AF294891

Als Kind war die US-amerikanische *New-York-Times-*, *USA-Today-* und *Publishers-Weekly*-Bestsellerautorin **Katie MacAlister** eine Leseratte. Einmal in der Woche ging sie in die Bibliothek, um anschließend ihre Zeit im Bann der ausgeliehenen Bücher zu verbringen. Auf die Idee, selbst Romane zu schreiben, kam sie allerdings erst, als sie einen Softwareratgeber verfassen musste. Als der Lektor ihr weder erlaubte witzige Dialoge einzubauen noch eine Liebesgeschichte, war Katie klar, dass sie zu Romanen umschwenken musste. Dort konnte sie endlich darin aufgehen, Welten zu erbauen, ihre Charaktere zu quälen und sich in alle ihre Helden zu verlieben.

Zwei Jahre nachdem sie angefangen hat, Romane zu schreiben, verkauft Katie ihren ersten Liebesroman, *Ein Lord mit besten Absichten.* Mehr als fünfzig Bücher später wurden ihre Romane bereits in zahlreiche Sprachen übersetzt, als Hörbücher aufgenommen und erhielten unterschiedliche Preise und sind Stammgäste auf den Bestseller-Listen. Katie lebt mit zwei Hunden und einer Katze an der nordwestlichen Pazifik-Küste und kann am häufigsten im Internet angetroffen werden.

(K)EIN

Womanizer

FÜR EINE

Nacht

ROMAN

Katie MacAlister

Deutsche Erstausgabe Dezember 2020
© 2020 dp DIGITAL PUBLISHERS GmbH

Made in Stuttgart with ♥
Alle Rechte vorbehalten

(K)ein Womanizer für eine Nacht

ISBN 978-3-96087-954-1
E-Book-ISBN 978-3-96087-953-4

Covergestaltung: Miss Ly Design
Umschlaggestaltung: ARTC.ore
Unter Verwendung von Abbildungen von
depositphotos.com: © brebca
shutterstock.com: © AS Inc, © settharath

Korrektorat: KoLibri Lektorat
Satz: dp DIGITAL PUBLISHERS
Druck und Bindung: Books on Demand GmbH, Norderstedt

Dieses Buch ist dir gewidmet. Ja, dir. Ich weiß, niemand hat dir jemals ein Buch gewidmet und es fühlt sich so falsch an, oder etwa nicht? Denk an all das, was du für andere tust! Die ganze Arbeit, durch die du dich jeden Tag quälst, nur damit das Leben für andere schöner ist, und welchen Dank bekommst du jemals? Du arbeitest, du versklavst dich, du verbringst deine Zeit damit, Dinge zu tun, die du nicht besonders gerne machst, aber du machst sie, weil du weißt, dass es andere glücklich macht.

Du verdienst es so sehr, dass dir ein Buch gewidmet ist und nun hast du es. Du kannst es ruhig jedem zeigen und anbieten, diese Seite zu signieren. Schließlich ist es dir gewidmet.

Kapitel 1

Ich habe niemals herausgefunden, ob es der Mann oder das Baby war, das mich handeln ließ und im Handumdrehen meinen gesamten Lebensweg verändert hat. Wenn ich später darüber nachdachte, war ich geneigt zu glauben, dass es das Kind war, aber irgendwo tief in meinem Herzen hatte ich den Verdacht, dass wenn der Mann es nicht gehalten hätte, dann wäre ich an ihnen vorbeigegangen.

Sie waren mir zum ersten Mal aufgefallen, als ich gerade dabei war, mich mit einer lähmenden Panikattacke auseinanderzusetzen. Für einen unglaublich beängstigenden Moment dachte ich, dass ich die Schultern eines blonden Mannes wiedererkannt hätte, der ein kleines Stück weiter auf dem Bahnsteig stand, und ich erstarrte, mein Magen zog sich vor Angst zusammen.

„Nein", flüsterte ich entsetzt, beide Hände hatten sich um meine Tasche verkrampft, zu verängstigt, um mich zu bewegen. „Orangen. Äpfel. Bowlingbälle. Diese kleinen Metallbälle an Schnüren, die auf den Schreibtischen von Abteilungsleitern stehen."

„Verzeihung?", fragte die Frau neben mir und warf mir einen Blick zu, der mich als jemand klassifizierte, der von gepolsterten Wänden springen sollte.

„Entschuldigung", würgte ich als Antwort hervor, mein Körper sackte vor Erleichterung zusammen, als der Mann sich umdrehte und ich erkannte, dass es nicht Mikhail war, einfach nur eine beängstigende Kopie von ihm. Ich fühlte mich schwach wegen des Schreckens, der mich ergriffen hatte und zwei Sekunden später, dem Wissen, dass ich in Sicherheit war – er war mir nicht irgendwie nach Auckland gefolgt. Ich riss mich zusammen und drehte mich mit einem kleinen Lächeln zu der Frau im mittleren Alter um, die neben mir angehalten hatte, um den Becher ihres Kaffees wegzuwerfen. „Swami Betelbaum sagt, dass man sich auf runde Dinge konzentrieren sollte, wenn man gestresst ist. Das beruhigt die Chakren. Oder erleuchtet es das Ka? Es war eines von beidem."

„Runde Dinge", sagte die Frau und nachdem sie mich einer wachsamen Musterung unterzogen hatte, ging sie davon und hielt ihre Tasche dicht an sich gepresst, als ob sie dachte, sie könnte sie als Schutzschild gegen eine plötzliche Attacke verwenden.

„Als ob", murmelte ich bei mir selbst. „Schneebälle. Kristallkugeln. Weihnachtskugeln."

Der Bahnhof war gerammelt voll mit Pendlern vom frühen Nachmittag, die alle mit unerschütterlicher Entschlossenheit ihre Routine durchzogen. Ich wurde von Frauen und Männern in Businessoutfits angerempelt, die emsig ihrem Leben und ihrer Karriere nachgingen. Für einen Moment stand ich da wie schiffbrüchig im Meer der Menschheit, alleine, isoliert, unberührt, obwohl ich von anderen umgeben war, aber der Selbsterhaltungstrieb brachte mich dazu, zu einer kleinen Oase der Ruhe neben einer Bank, die übersät war mit alten Zeitungspapieren, hinüberzueilen.

Langsam begann sich mein Herz zu beruhigen und meine Hände hörten auf zu zittern. „Diese kleinen Süßigkeiten aus Schokolade mit der leckeren Füllung. Schneekugeln. Gummibälle. Köpfe von Babys."

Also, das war seltsam – ich hatte niemals wirklich darüber nachgedacht, dass die Köpfe von Babys rund waren, aber keine fünf Meter von mir stand ein Paar, das sich mit gesenkter Stimme stritt, ein Baby in seinem Kinderwagen daneben war offensichtlich völlig vergessen. Das Baby hatte einen sehr runden Kopf, und ein paar Lungen, die darauf hindeuteten, dass es entweder Opernsänger werden oder in einer dieser Reality-TV-Shows mitspielen würde, in denen die Leute einander ständig nur anschrien.

Stirnrunzelnd sah ich zu dem Pärchen hinüber, abgelenkt von meinen eigenen Sorgen durch die Szene, die sich vor mir entfaltete. Wie konnten sie nur ignorieren, dass sich ihr Kind gerade die Seele aus dem Leib schrie? Welche Art von Eltern waren das, die so mit ihrem Streit beschäftigt waren, dass sie es nicht fertigbrachten, sich mit ihrem offensichtlich aufgebrachten Kind zu beschäftigen?

Ich entschied, dass die Frau nach Ärger aussah. Sie war groß und elegant, ihr langes schwarzes Haar schimmerte wie ein Vogelflügel und ergoss sich über ihren Rücken, um bis zu ihrem heißen, pinken Minirock zu reichen. Ein passendes Mieder stellte ungefähr alles zur Schau, was sie hatte, und sie hatte eine Menge.

„Brüste", sagte ich leise und genauer: „Operierte Brüste. Räder an einem Kinderwagen. Große Tränen, die über ein Babygesicht laufen."

Armes Kind. Sein Gesicht lief inzwischen rot an, als er weiter weinte, rot und klebrig durch die Tränen, sein Elend wurde durch kleine Rotzblasen hervorgehoben, die aus seiner Nase kamen.

„Rotzblasen", fügte ich hinzu und schaute die Eltern empört an. Warum unternahmen sie denn nichts?

„Es gibt bessere Dinge in meinem Leben als das", sagte die schwarzhaarige Frau mit einem starken Akzent. Russisch? Ukrainisch? Jedenfalls etwas Slawisches. Bei dem Akzent schüttelte es mich etwas. Ich war nur zu vertraut mit etwas sehr Ähnlichem. „Ich habe ihn zehn Monate. Jetzt ist er deins. Gebe ihn dir! Hier sind Papiere. Organisier das Sorgerecht mit Anwalt und ich unterschreibe."

„Das kannst du nicht machen!", rief der Mann aus und fasste nach dem Arm der Frau, als sie davonspazierte. Er hatte einen Akzent, der englisch klang, mit etwas anderem darin.

Ich beäugte ihn, fasziniert trotz des Wissens, dass es wesentlich besser war, sich nicht einzumischen. Er war groß, wahrscheinlich ein paar Zentimeter über eins achtzig.

Ich mochte keine großen Männer.

Er hatte außerdem lange Beine und breite Schultern.

Ich mochte wirklich keine breiten Schultern.

Am schlimmsten war, dass er diese Art von Gesicht hatte, das Frauen dazu brachte, stehen zu bleiben und zu starren, ganz männlicher Stoppelbart und eine kleine Einbuchtung in seinem quadratischen Kinn, und Augen mit dichten Wimpern, für die ich persönlich jemanden umgebracht hätte.

Ich mochte wirklich, wirklich keine attraktiven Männer.

„Ich habe keine Ahnung davon, wie man sich um ein Baby kümmert!", sagte der Mann in einem wütenden Tonfall, seine Hand auf dem Arm der Frau.

„Jetzt ist Zeit, dass du lernst", fauchte die Frau und warf ihr dichtes Haar zurück. „Es ist zu viel für mich! Ich habe Karriere!"

„Nastya, warte. Das kannst du mir nicht antun. Ich kann mir das gerade im Moment nicht leisten –" Der Mann ging hinter ihr her, als sie davonlief.

Meine Augen weiteten sich, als ich von dem Paar zu dem Baby schaute, Letzteres näherte sich schnell einem hysterischen Anfall an, Rotz und Tränen tropften überall hin und sein durchdringendes Geschrei brachte mich dazu, dass ich mir die Ohren vollstopfen wollte.

Sie gingen weg? Sie gingen einfach von dem Baby weg? Entsetzt schaute ich mich um, um zu sehen, ob jemand anderes das beobachtet hatte. Machten sie sich keine Gedanken darum, dass irgendein Verrückter das Kind ergreifen könnte?

Niemand schien es zu bemerken. Niemand schien sich darum zu kümmern. Ich schob mich die Bank hinunter, näher zu dem Baby. Ich sollte etwas unternehmen. Ich konnte die Leute doch nicht einfach davonlaufen lassen und das arme wütende Baby alleine lassen. Aber es war besser, sich nicht einzumischen in einen Wortwechsel zwischen Liebenden. Dort gab es nur Unheil. Richtig? Richtig.

„Hey", hörte ich, wie eine Stimme ausrief und zu meinem Entsetzen musste ich feststellen, dass sie aus meinem Mund kam. „Hey, Sie vergessen Ihr Baby."

Der Mann musste mich gehört oder bemerkt haben, dass er das arme Kind nicht einfach alleine lassen konnte, denn er drehte sich um und marschierte zurück, ein wütender Ausdruck war in das hübsche Gesicht eingraviert.

Ich wandte meinen Blick ab und huschte zurück auf die Bank und gab vor, sehr fasziniert von dem Anblick meiner Schuhe zu sein.

Die Schreie des Babys nahmen zu. Ich stahl einen Blick aus den Augenwinkeln, um zu sehen, dass der Mann das Baby nun im Arm hielt und es auf und ab wippte, weil er offensichtlich versuchte, es aufzumuntern, damit es seinen Wutanfall vergaß. Das Baby hatte, wie auch der Mann, schwarze Haare und dunkle Augen, es war wahrscheinlich sein Sohn. Welche Art von Vater wusste nicht einmal, wie man das eigene Kind hielt?

„Ein sehr schlechter Mann", sagte ich mir selbst und wandte wieder den Blick ab. Ich würde mich nicht einmischen. Das war nicht mein Problem. Er war wahrscheinlich einer von diesen Workaholics, die nie Zeit für ihre eigenen Kinder hatten. Ich verachtete diese Männer. So wie ich die Sache sah, war es so: Wenn man ein Kind in die Welt setzte, dann sollte man auch seine eigenen Verantwortlichkeiten erfüllen. So einfach war das.

Ich konnte nicht anders, als aufzuschauen, ich wollte dem Mann dringend sagen, was ich von ihm hielt, aber der Anblick, auf den ich traf, ließ mich für ein paar

Sekunden innehalten. Das Gesicht des Mannes war ergriffen, als er das schreiende und sich windende Kind hielt, sein Ausdruck nicht der eines herzlosen Vaters, der keine Zeit hatte für sein Kind, sondern der eines Mannes, der offensichtlich genauso verzweifelt war wie das Kind, und noch schlimmer, der keine Ahnung hatte, was er dagegen tun sollte. Er schaute verzweifelt um sich, suchte offensichtlich nach einer Lösung.

Er sah vollkommen und komplett verloren aus und während Pendler an ihm vorbeiströmten, Frauen und Männer alle auf ihr eigenes Leben fokussiert, und das schreiende Kind und den hilflosen Mann ignorierten, fühlte ich für einen Moment eine Art Verbundenheit, die ein isoliertes Wesen in einem anderen erkannte.

„Misch dich nicht ein", warnte ich mich selbst, während ich schon auf den Füßen war und mich auf den Mann zubewegte. Ich hielt vor ihm an und sagte leise: „Kann ich helfen?"

Er wandte mir sein Gesicht zu, in dem der Ausdruck völligen Leidens stand, seine dunkelblauen Augen waren mit Panik gefüllt. Aber obwohl diese Emotionen klar auf seinem Gesicht zu sehen waren, musste irgendein väterlicher Instinkt eingesetzt haben, denn er hielt das Baby fester und begann, den Kopf zu schütteln.

„Er ist ... Wissen Sie, er ist wirklich voller Rotz", sagte ich, holte ein kleines Paket mit Taschentüchern aus meiner Tasche und bot sie dem Mann an. „Wenn Sie den vielleicht abwischen, dann fühlt er sich vielleicht besser."

„Rotz?", wiederholte der Mann und schaute das Baby an, als hätte er keine Ahnung, was er dagegen tun könnte.

„Oh, um Himmels willen ... Hier." Ich tupfte die Nase des Babys mit einigen Taschentüchern ab und wischte den Rotz, der sich mit den Tränen vermischt hatte und über seinen Mund und sein Kinn gelaufen war, weg. „Und er ist wirklich aufgebracht, oder nicht?"

„Er ist nicht der Einzige, der aufgebracht ist", murmelte der Mann, verzog das Gesicht, als das Baby noch lauter schrie, sich wand und versuchte, aus dem Griff des Mannes zu entkommen. „Ich weiß nicht, warum er weint."

Ich sagte mir, dass ich mich wieder hinsetzen sollte, dass das nicht mein Problem war, dass ich nicht dafür verantwortlich war, dass andere Leute kein Talent als Eltern hatten.

„Also, zum einen halten Sie ihn falsch", sagte ich und Frust hatte den gesunden Menschenverstand aus meinem Kopf verbannt. „Ich kann mir nicht vorstellen, dass es gemütlich ist, so gehalten zu werden, als würden Sie ihn jedem Moment fallen gelassen. Hier, lassen Sie mich ihn für einen Moment haben."

Ich breitete meine Arme aus.

Der Mann schaute mich stirnrunzelnd an, seine langen, schmalen, schwarzen Augenbrauen zogen sich zusammen, während er mich betrachtete.

„In Ordnung", sagte ich und ließ meine Arme sinken, um zurück zu meiner Bank zu gehen. „Ich habe nur versucht zu helfen. Entschuldigen Sie, dass ich Sie gestört habe."

„Gott, ich brauche Hilfe. Ich bin ... Hier." Der Mann drückte mir das Baby in die Arme. Ich passte meinen Griff an ihn an und drückte ihn an meine Seite, eine Hand rieb über seinen Rücken.

„Ssssch", murmelte ich dem Kind zu und wiegte es von Seite zu Seite. „Ich weiß, dass du angekotzt bist, aber es wird alles gut. Du musst dich nur beruhigen. Du musst deinen inneren Frieden finden."

„So redet man nicht mit einem Baby", sagte der Mann und schwebte schützend vor mir, als würde er mir das Kind gleich wieder wegnehmen wollen.

„Ach wirklich? Sie haben es nicht viel besser gemacht." Ich warf ihm einen scharfen Blick zu und murmelte weiter sanft mit dem Baby.

„Ich habe keine Ahnung von Babys", gab der Mann zu und seine Augen huschten zwischen meinem Gesicht und dem des Babys hin und her.

„Man muss nicht viel wissen, um eines zu beruhigen." Ich hielt meine Stimme sanft, trotz der stechenden Worte. Langsam wurden die Schreie des Babys weniger durchdringend und er begann, leise kleine Schluckauflaute zu machen. „Wie, um Himmels willen, können Sie ein Kind haben und nicht wissen, wie man sich um es kümmert?"

„Bis vor einer Stunde wusste ich nicht, dass es ihn gibt", sagte der Mann grimmig.

Ich warf ihm einen verdatterten Blick zu. „So schlimm ein Mann auch sein mag, der keine Zeit für seine Kinder hat, muss ich sagen, dass derjenige, der noch nicht einmal weiß, dass er ein Kind hat, wesentlich schlimmer ist."

„Ich wusste nicht, dass ich einen Sohn habe, weil seine Mutter sich niemals die Mühe gemacht hat, es mir zu sagen", sagte er und hielt dabei seine Stimme leise, als das Kind in meinen Armen schlaff wurde und leise kleine nasse Schnüffelgeräusche gegen meine Wange machte, als er sich entspannte.

„Oh. Also ... Oh. Dann tut's mir leid.“

„Sie sind nicht zufällig ein Kindermädchen, oder?“, fragte der Mann plötzlich und sein Blick wanderte über mich, ohne Zweifel nahm er meine heruntergekommene Kleidung und meinen Seesack mit den Überresten von Reiseetiketten wahr. „Sind Sie Amerikanerin?“

„Ja, ich bin Amerikanerin, und nein, ich bin kein Kindermädchen. Ich habe keine Ahnung von Kindern außer, dass man ihnen die Nase putzen muss und dass man ihren Rücken reiben sollte, wenn sie weinen. Wie ist sein Name?“

Für einen Moment dachte ich, dass der Mann den Stapel von Papieren konsultieren würde, den die Mutter des Kindes ihm in die Hand gedrückt hatte, aber er steckte sie einfach nur in seine Tasche und zog eine kleine Grimasse.

„Nastya nennt ihn Piotr.“

„Das ist Russisch für Peter. Hey, Peter“, sagte ich leise, meine Lippen gegen die feuchte Stirn des Babys gepresst. „Du musst jetzt schlafen und dein Papi wird sich um dich kümmern, okay?“

„Ich weiß nicht, wie man sich um ein Baby kümmert“, sagte der Mann und fuhr sich mit der Hand durchs Haar. Er schaute sich auf dem Bahnsteig um, als würde er erwarten, dass ein magischer Kindermädchenshop plötzlich vor seinen Augen erscheinen würde. Als das nicht eintraf, wandte er seine Aufmerksamkeit wieder mir zu. „Er mag Sie. Können Sie mir heute Abend helfen?“

„Nein, wehr dich nicht dagegen – schlaf einfach ein. Ich verspreche, dass alles viel besser aussehen wird, nachdem du geschlafen hast", erklärte ich dem Baby und rieb immer noch seinen Rücken. Die Worte des Mannes trafen einen sensiblen Punkt und brachten mich dazu, ihn ungläubig anzustarren. „Ihnen helfen?"

„Ich brauche jemanden, der mir mit ihm hilft. Mit Peter. Ich werde morgen früh eine Agentur für Kindermädchen anrufen, aber jetzt ist es zu spät, um irgendjemanden zu organisieren" sagte er mit einem Blick auf seine Uhr.

Seine teure Uhr, bemerkte ich. Ich mochte auch keine Männer, die so viel Geld hatten, dass sie sich Luxusuhren leisten konnten. Diese Art von Männern tendierten dazu zu glauben, dass sie sich alles kaufen könnten, auch die Dienste einer Fremden.

„Sie sind ein völlig Fremder für mich", bemerkte ich und schüttelte den Kopf.

„Ich kenne Sie auch nicht, aber das bedeutet nicht, dass ich nicht gewillt bin, Ihnen zu vertrauen." Sein Blick suchte für einen Moment in meinem Gesicht; plötzlich schenkte er mir ein seltsam schiefes Lächeln, eine Seite seines Mundes kräuselte sich in liebenswerter Art. Plötzliche Hitze traf meinen Bauch beim Anblick dieses Lächelns. „Innerhalb vernünftiger Grenzen natürlich. Ich werde Sie bezahlen. Das Doppelte des üblichen Kurses. Mal angenommen, dass Sie nicht auf dem Weg irgendwohin sind? Und wenn Sie es wären, dann würde ich das Ticket ersetzen."

„Ich kenne noch nicht einmal Ihren Namen und Sie sind gewillt, mir Ihr Kind anzuvertrauen?" Ich schüttelte wieder meinen Kopf. „Sie sind bekloppter, als ich dachte."

„Nicht bekloppt, einfach nur verzweifelt", verbesserte er mich und streckte die Hand aus. „Mein Name ist Theo. Theodor Papaioannou."

„Kiera Taylor", sagte ich automatisch und schüttelte seine Hand ein bisschen, bevor ich wieder das nun stille Baby streichelte.

„Wie wäre es, Kiera? Würden Sie mich heute Abend unterstützen? Ich zahle, was auch immer Sie wollen."

Ich konnte gar nicht anders, als die Verzweiflung in seinen Augen zu bemerken. Wie konnte ich sie übersehen? Trotz des Wissens, dass das, was er angeboten hatte, sehr ungewöhnlich war, dachte ich darüber nach – ich dachte in der Tat für ein paar Sekunden darüber nach. Dann traf mich der Schmerz der Erkenntnis, was ich gerade tat. Wann würde ich endlich dazulernen? Wie viele Male musste das Leben mich zertrampeln, bevor ich verstand?

„Nein", sagte ich und platzierte das jetzt schlafende Baby vorsichtig in seinem Kinderwagen und schnallte es an, bevor ich aufstand und den Mann ansah. „Es tut mir leid. Ich wünschte, ich könnte, aber es ist sicherer, wenn ich es nicht tue. Viel Glück, Theo."

Er sagte nichts, beobachtete nur, wie ich meine Tasche und meinen Seesack einsammelte und ohne einen Blick zurück zum Eingang des Bahnhofs ging, wo ich ein Taxi erwischen konnte. Es würde ein Loch in mein Budget reißen, aber ich konnte nicht dort stehen bleiben mit diesem attraktiven, verzweifelten Mann.

Ich machte fünf Schritte, bevor ich ein fast unhörbares „Bitte" hörte.

Ich hielt an. Ich befahl meinen Beinen, weiterzugehen. Sie blieben stehen. Langsam drehte ich mich um. „Tamburine", erklärte ich Theo.

Seine Augenbrauen wanderten nach oben. „Trommeln. Der Schalltrichter auf diesen großen Trompeten."

„Musikinstrumente für 500?", fragte er und Amüsement glitzerte in seinen Augen.

„Swami Betelbaum, mein Coach in Sachen Meditation, sagt, dass man in Zeiten von Stress an runde Dinge denken soll", erklärte ich und starrte ihn an.

Je länger ich ihn ansah, desto weniger mochte ich ihn. Er war zu attraktiv, zu groß, zu bedürftig. Einfach ... zu sehr.

Ich konnte das nicht tun. Es war die eine himmelschreiende Verrücktheit. Er war ein Fremder und ich ... Ich konnte es mir nicht leisten, irgendjemandem zu vertrauen.

Ich öffnete meinen Mund, um Nein zu sagen, aber was herauskam, war: „Eine Nacht. Ich helfe Ihnen eine Nacht mit Peter, bis Sie morgen ein Kindermädchen haben, obwohl ich wirklich keine Ahnung von Kindern habe. Ich bin einfach nur eine Anwaltsassistentin aus Sacramento. Leben Sie hier in Auckland?"

„Nein", sagte er, schenkte mir ein erleichtertes Lächeln, das viel zu viele Dinge mit meinem Inneren anstellte, dass ich mich damit wohlfühlte.

„Aber das könnte ich. Ich denke darüber nach, hier ein Büro einzurichten, hatte mich gerade umgesehen, als Nastya mich ausfindig gemacht hat. Ich habe ein Zimmer in einem Hotel nicht weit von hier."

Wenn er glaubte, dass ich auf so engem Raum mit ihm zusammenbleiben würde, dann war er bescheuert. Er musste mir schon ein eigenes Zimmer besorgen. „Whoa, einen Moment. Ich bleibe nicht mit Ihnen in einem Hotelzimmer."

Er schickte mir ein weiteres schiefes Lächeln. „Es ist eine Suite. Es gibt zwei Schlafzimmer."

„Was ganz in Ordnung wäre, wenn wir annehmen würden, dass ich Ihnen vertraue, aber das tue ich nicht." Ich beäugte ihn. Es gab keinen Grund, warum ich zustimmen sollte, die Nacht bei einem Mann zu verbringen, der so attraktiv war. Attraktive Männer waren sich immer bewusst, wie sie aussahen. Sie erwarteten, dass Frauen mit ihnen ins Bett sprangen einfach als eine Tatsache im Leben.

Warum solltest du nicht ab und an mal ein bisschen Spaß haben?, flüsterte meine innere Stimme. Diese verdammte innere Stimme, von der Swami Betelbaum sagte, dass ich lernen müsste, sie zu ignorieren, denn sie würde mich wegbringen von Gelassenheit.

Und was ich so verzweifelt wollte, war Gelassenheit.

„Die Türen haben Schlösser. Sie können sich also einschließen in Ihrem Zimmer", sagte er und seine Lippen waren schmal.

Ich erkannte, dass ich ihn beleidigt hatte. Das war keine Überraschung, denn ich hatte ihn mehr oder minder beschuldigt, ein Vergewaltiger oder Schlimmeres zu sein.

„Verschlossene Türen sind nichts weiter als eine Illusion", sagte ich, plötzlich so müde, dass ich mich einfach nur zu einem kleinen Ball zusammenrollen und die Welt sich ohne mich weiterdrehen lassen wollte.

Wie lange war es her, dass ich geschlafen hatte? „Woher weiß ich, dass Sie kein schrecklicher Serienmörder mit einer Axt sind, der mich in sein Hotelzimmer lockt, um mich dann in kleine Häppchen zu hacken?“

„Ich bezweifle, dass viele Serienmörder ihren zehn Monate alten Sohn auf ihre Mördertouren mitnehmen“, sagte er mit dem Ansatz dieses erotischen halben Lächelns. „Wenn Sie möchten, kann ich Ihnen die Namen und Telefonnummern von Leuten geben, die als Bürgen fungieren können.“

„Ihre Freunde mit den Äxten?“, sagte ich mit einem Schnauben.

„Nur einer davon hat eine Axt“, antwortete er und das Lächeln war diesmal definitiv da. „Ich kann Ihnen den Namen eines respektablen Bankers in Sydney geben und meines Brokers in Athen und ...“ Seine Stimme klang ein wenig angestrengt. „... meines Bruders. Er ist ein erfolgreicher Immobilienmakler.“

„Sicher. Und ich bin überzeugt, dass er alles für Sie sagen würde.“

„Nein.“ Das Wort kam plötzlich, aber es steckte eine Menge an Gefühlen darin, Gefühle, die ich gut kannte – Selbsthass, Reue und Leid. „Wenn überhaupt, dann wird er Ihnen wahrscheinlich alle möglichen unschmeichelhaften Geschichten über mich erzählen“, erklärte er und versuchte, die Situation offensichtlich leicht zu nehmen, aber er schaute mir nicht in die Augen. „Er ist aber hochgradig seriös. Er ist verheiratet und hat vier Kinder.“

Eine Nacht. Der Gedanke tanzte mit schwindelerregender Verlockung durch mein Gehirn. Misha würde mich niemals finden können, wenn ich nicht unter meinem Namen eingecheckt wäre. Ich hätte eine Nacht, in der ich ausruhen, in der Tat schlafen könnte, ohne auf das Geräusch meines Mörders zu lauschen, der sich unbemerkt anschlich.

Eine Nacht in Sicherheit. Ich wollte es so sehr, dass ich es fast schmecken konnte.

„Abgemacht", sagte ich, während ich automatisch die Menge beobachtete. Es war mir inzwischen in Fleisch und Blut übergegangen. „Aber ich will nicht, dass das Hotel meinen Namen kennt."

Er schenkte mir einen merkwürdigen Blick, stimmte aber zu und nahm meine Tasche. Ich zögerte einen Moment, dann nahm ich den Kinderwagen in Beschlag und schob ihn hinter ihm her. Ein paar Schritte weiter hielt er inne und sammelte eine Laptoptasche und einen kleinen Trolley ein.

„Ich werde allerdings Ihre Bürgen anrufen", warnte ich ihn. „Wenn da etwas faul ist, blasen wir die Sache ab."

Er neigte zustimmend den Kopf und hielt die Tür für mich mit dem Ellbogen auf.

Ich sagte nichts, streifte aber seinen Arm, als ich hindurchging und war mir seiner Präsenz als Mann plötzlich sehr bewusst.

Ein Mann, der viel zu attraktiv und selbstbeherrscht für meinen Seelenfrieden war.

Kapitel 2

Theo saß im Taxi und fragte sich, ob sein Leben jemals wieder so wäre wie vorher.

Er hatte einen Sohn. Einen zehn Monate alten Sohn. Sein Blick wanderte dorthin, wo das Baby saß, festgeschnallt in einem Sitz zwischen ihm und Kiera. Ein Kind, das so aussah wie er, sodass er wusste, dass Nastya nicht einfach nur ans schnelle Geld kommen wollte. Nicht, dass er das wirklich gedacht hätte. Sie mochte viele Dinge sein, aber sie war zu einfach gestrickt, um auf so einen teuflischen Plan zu verfallen.

Das Gefühl der Verzweiflung, das alles lahmlegte, wusch über ihn hinweg, als er das Baby betrachtete, das neben ihm schlief. Wie zum Teufel konnte er ein Vater sein? Er bekam noch nicht einmal sein eigenes Leben auf die Reihe, also wie sollte es ihm möglich sein, ein Kind aufzuziehen, das nicht genauso ein großer Reinfall werden würde wie er?

Sein Bruder, Iakovos, war der perfekte Vater. Nicht er. Nicht der Trunkenbold, der fast eine unschuldige Frau und zwei ihrer ungeborenen Kinder umgebracht hatte.

Gott, er wollte einen Drink. Nein, nicht einfach nur wollte, er brauchte ihn, er verlangte nach dem Gefühl des Vergessens, das den Schmerz tilgen würde, der immer so nahe zu sein schien, ganz egal, was er tat.

Einen Sohn.

Er schaute wieder das Baby an und versuchte, seine Gefühle einzuordnen. Teile von ihm, die, von denen er dachte, dass es die guten waren, waren gerührt bei dem Anblick des Kindes. Dein Sohn, flüsterte die gute Seite in ihm, eine fremdartige Welle des Beschützerinstinkts stach ihn heftig in die Brust. Ein Sohn, den er beschützen und ernähren, den er lehren sollte. Einen Sohn, der aufwachsen würde, um ein besserer Mann zu werden als sein Vater.

Das Baby schlief mit zur Seite geneigtem Kopf. Theo runzelte die Stirn. Das konnte nicht bequem sein. Gerade als er den Kopf des Babys bewegen wollte, lehnte sich Kiera über Peter und brachte ihn in eine bequemere Position.

Ihr Blick traf seinen und er war sich wieder einmal der Verurteilung bewusst, die sie offensichtlich über ihn ausgesprochen hatte. Und warum sollte sie auch nicht – hatte sie nicht selbst gefragt, welche Art von Vater nicht wusste, dass er einen Sohn hatte, mal abgesehen davon, wie man für ihn sorgte?

„Ich wusste wirklich nichts von ihm", erklärte er ihr, er hatte das Gefühl, dass irgendeine Erklärung nötig wäre. „Nastya rief heute Morgen an und sagte, dass sie nach Italien gehen würde und sie wollte mich sehen, bevor sie flog."

„Italien?", fragte Kiera.

„Sie ist ein Model." Ohne nachzudenken, ließ er seinen Blick über ihren Körper wandern und bewertete die positiven und negativen Dinge, ohne sich bewusst zu werden, was er tat. Sie war größer als der Durchschnitt, für seinen Geschmack ein bisschen zu dünn, mit Haaren, von denen er zuerst gedacht hatte, dass sie dunkelbraun waren, aber die im Licht des Nachmittages in einem satten Kastanienbraun schimmerten. Er konnte ihre Brüste nicht gut sehen in dem formlosen, weiten T-Shirt, das sie über Leggins trug, aber sie schienen nicht zum Träumen zu verleiten. Das Gesicht war herzförmig und hatte viele Sommersprossen und besaß die leichte Einbuchtung eines Grübchens auf einer Wange. Ihre Augen ... Ihre Augen verfolgten ihn, auch wenn er mit seinen eigenen Sorgen beschäftigt war.

„Wovor laufen Sie davon?", fragte er leise, damit der Taxifahrer sie nicht hören konnte.

Sie schrak gegen die Tür zurück, ihre Augen, mit der Farbe der Ägäis, plötzlich weit vor Angst. Sie leugnete es nicht; sie schaute ihn nur an mit diesen riesigen Augen wie eine Gazelle, die am Wasserloch überrascht worden war. Aus irgendeinem bizarren Grund, den er ganz und gar nicht verstand, war er sich bewusst, dass der frisch erwachte Drang, Peter zu beschützen, sich auch auf sie erstreckte.

Er kannte sie nicht, ermahnte er sich selbst. Tatsächlich wäre er innerhalb der nächsten Stunde im Besitz aller verfügbaren Fakten über sie und ihrer Geschichte, die in Einträgen in Akten gefunden werden konnten, dank der Textnachricht, die er an seine Assistentin gesendet hatte, während sie auf ein Taxi warteten, aber das würde ihm nur die Details über ihr Leben verschaffen. Er kannte sie nicht als Mensch. Und doch ... Da war etwas an ihr, eine Art von Zerbrechlichkeit, als wäre sie so angespannt, dass ein kleines Detail sie zerbrechen würde. Das Bild des erschreckten Rehs, das drauf und dran war zu fliehen, blieb ihm.

„Wovor haben Sie Angst?", fragte er erneut.

„Vor vielen Dingen", sagte sie und ließ den Blick auf ihre Hände sinken. „Haie. Winzige, giftige Pfeile. Ent-Enthauptung."

Seine Augen verengten sich, als sie das letzte Wort stotterte.

Sie hatte offensichtlich Angst vor etwas. Nein, jemandem. Warum sonst sollte sie zustimmen, bei einem Fremden zu bleiben? Irgendein Grund brachte sie dazu, ihm auszuhelfen, trotz des Fakts, dass sie ihm offensichtlich misstraute. Er war niemals zuvor das kleinere von zwei Übeln gewesen und er mochte dieses Gefühl nicht. Er wollte wissen, vor wem sie Angst hatte, bevor er ihr seinen Sohn anvertrauen würde.

Seinen Sohn. Würde er sich jemals daran gewöhnen, das zu hören? Würde er jemals auch nur ein halb so guter Vater sein wie Iakovos? Das Gefühl der Panik traf ihn tief im Magen, bevor er es niederrang und sich sagte, dass er keine Wahl hatte. Er hatte jetzt einen Sohn. Er musste ein Vater sein, auch wenn er nicht die geringste Ahnung hatte, wie er das machen sollte.

„Ich glaube, ich werde mir diese Bürgen anhören", sagte Kiera und streckte die Hand nach dem Telefon aus, von dem er gesagt hatte, dass sie es benutzen konnte, um Anrufe zu tätigen.

Welche Art von Frau hatte heutzutage kein eigenes Handy?

Eine, die vor jemandem davonlief.

Er rief das Telefonbuch auf, wählte eine Nummer, drückte auf wählen und gab ihr das Handy. „Das ist Simon, mein Banker."

Er hörte stumm zu, als sie sich für die Störung entschuldigte und dann erklärte, dass sie wegen eines Geschäftsvorschlags anrief, über den sie nachdachte.

„Was ich wirklich gerne wissen würde, ist, ob Sie das Gefühl haben, dass Mister Papaioannou ein gutes Risiko darstellt." Er hob eine Augenbraue, als sie darauf bedacht war, Blickkontakt zu vermeiden.

„Nein, nein, natürlich nicht, ich frage nicht nach finanziellen Details – ich will einfach nur wissen, ob Sie meinen, dass … Ein Geschäft mit ihm, hätten Sie kein Problem damit, das mit ihm zu tätigen? Also … Ich glaube nicht, dass die Art des Geschäfts wirklich relevant ist. Entweder vertrauen Sie jemandem oder nicht. Nein, Sir, ich will nicht –"

Theo seufzte, nahm ihr das Telefon ab und sagte abrupt: „Simon, sie will wissen, ob ich vertrauenswürdig bin. Das ist alles", bevor er das Telefon zurückgab.

Ihr Gesicht überzog sich mit einem Hauch von Pink, etwas, das ihn sowohl amüsierte als auch erstaunte. Er hatte nicht gedacht, dass Frauen immer noch erröteten. Die Art von Frauen, die er normalerweise datete, hatten diese Fähigkeit sicherlich lange verloren. Er konnte sich nicht vorstellen, dass Nastya über irgendetwas errötete.

„Ich verstehe. Vielen Dank für Ihre Hilfe. Es tut mir leid, Sie gestört zu haben."

Sie legte auf und biss sich auf die Unterlippe. Eine Welle der Hitze traf ihn, als er ihren Mund betrachtete. Sie hatte die süßesten kleinen, rosenfarbenen Lippen, die ihn dazu brachten, sie schmecken zu wollen.

„Cantalupe-Melonen", sagte sie endlich.

„Golfbälle."

Sie warf ihm einen überraschten Blick zu. Er lächelte.

„Oreokekse, wenn man sie von oben betrachtet", antwortete sie mit herausfordernder Stimme und fügte dann hinzu: „Das war wirklich peinlich, aber wenn es Ihnen nichts ausmacht, dann würde ich jetzt gerne den zweiten Bürgen anrufen." Sie gab ihm das Telefon zurück.

Er schaute auf die Uhr und wählte eine Nummer. „Hallo, Henry. Tu mir einen Gefallen und sag der Dame, die ich dir gleich geben werde, ob du das Gefühl hast, dass du meinem Wort trauen kannst. Nein, mach es einfach."

Sie nahm das Telefon und schaute ihn immer noch nicht an. „Hallo. Ja, danke. Tun Sie. Mit ... oh." Der winzigste Teil ihres Mundwinkels bewegte sich zu einem Lächeln. „Und hat er ... Nein, nein, natürlich nicht. Ich verstehe. Vielen Dank."

„Habe ich was?" Er konnte nicht anders, sondern musste sie fragen, als sie ihm das Telefon zurückgab, ihre Wangen immer noch pink, aber für einen Moment stand Lachen in ihren Augen.

„Er sagt, dass er Ihnen so vertrauen würde, dass er Sie seine achtzehnjährige Tochter daten lassen würde und er kann das von niemand anderem behaupten, am wenigsten von dem jungen Mann, den sie datet."

„Zufrieden oder wollen Sie auch den letzten?"

Das Lächeln in ihren Augen erstarb, als sie sich wieder über Peter beugte und die leichte Decke zurechtschob, die über ihm ausgebreitet war. „Ich hätte auch gerne den letzten, wenn es Ihnen nichts ausmacht."

„Nein, macht es mir nicht, aber das muss noch ein paar Minuten warten", sagte er und nickte aus dem Fenster, als sie vor dem eleganten Hotel vorfuhren.

Sie schaute besorgt aus und als sie aus dem Auto stiegen, überprüfte er im Geheimen sein Telefon, wissend, dass selbst eine Assistentin, die so effizient war wie Annemarie, einen Hintergrund-Check nicht so schnell zustande brächte, aber er wollte so sehr wissen, was sie über Kiera hatte ausfindig machen können.

Er war nicht dumm – er würde seinen Sohn nicht einer potenziell gefährlichen Situation aussetzen, bis er nicht mehr über Kiera wusste, aber bis dahin hatte er das Recht, fasziniert von ihr zu sein.

Der Bericht über ihren Hintergrund sollte besser auch die Information enthalten, vor wem sie solche Angst hatte. Er hatte das Gefühl, dass er mit demjenigen ein oder zwei Takte reden wollte, wer auch immer es war.

Kapitel 3

Ich war mehr als nur ein bisschen unsicher, als ich mit einem völlig Fremden in die Lobby des Hotels ging, aber zwei Dinge beruhigten mich: Das erste war die Tatsache, dass das Hotel groß war, mit einem konstanten Strom von Leuten, die in die Lobby kamen oder sie verließen und das zweite war die Tatsache, dass Theo einen Anruf bekam, während er den Taxifahrer bezahlte. Das gab mir die Gelegenheit, in die Lobby zu schleichen, während er draußen stand und hastig auf Griechisch sprach.

„Schau, Peter, Leute. Viele Leute. Sind sie nicht interessant?" Ich schob das Baby in seinem Kinderwagen gerade durch die Türöffnung und legte einen Stopp ein, um die Leute in der Lobby zu mustern. Keiner schenkte mir auch nur das kleinste bisschen Aufmerksamkeit. Keiner erhob sich, um Bösartigkeit und Schrecken zu verströmen oder mit dem Finger auf mich zu deuten und zu verlangen, dass die Polizei mich verhaftete. Keiner schaute auch nur in unsere Richtung, was Balsam für meine Nerven war, die am Zerfasern waren.

Wenigstens wäre ich für eine Nacht außerhalb von Mikhails Zugriff.

„Es tut mir leid", sagte Theo und erschien plötzlich neben mir. Er nahm seine Laptoptasche und die Tasche des Babys und ließ die anderen für den Portier übrig, und erschreckte mich für eine Sekunde, als ich die Wärme seiner Hand auf meinem Rücken spürte, als wir die Lobby ganz betraten. „Ihr zwei bleibt hier. Ich brauche nicht lange."

Das Baby fing wieder an zu strampeln, es war genau da aufgewacht, als wir im Hotel ankamen. Ich kniete mich nieder, um zu überprüfen, dass er nicht zu eng festgeschnallt war, nahm den Geruch von etwas Schrecklichem wahr und kräuselte die Nase in Richtung des täuschend süßen Babys.

„Mann, daran habe ich noch nicht einmal gedacht", erklärte ich ihm und schickte ein kleines Gebet Richtung Himmel, dass Theo wusste, wie man Babys wickelte. „Es tut mir leid, dass du jetzt in deinen eigenen Fäkalien sitzt, Peter. Ich kann mir vorstellen, dass das sehr ungemütlich ist und außerdem ziemlich stinkt, aber sobald dein Papi uns zu seinem Zimmer gebracht hat, bin ich sicher, dass er dich sauber machen wird und dann wirst du wieder glücklich sein. Ich frage mich, was du essen möchtest."

Peter, der an seinen Fingern genuckelt hatte, begann plötzlich zu rufen: „No no no", als Theo erschien und deutete mit einem anklagendem nassen Finger auf ihn.

„Er kann reden", sagte Theo und ein Blick von Begeisterung huschte über sein Gesicht. „Ich frage mich, was er noch sagen kann? Kannst du Papa sagen, Peter? Papa? Na vielleicht habe ich etwas Süßes ..." Theo stellte die Laptoptasche ab und begann, die Taschen seiner Anzugjacke abzuklopfen.

„Theo, er ist kein Papagei", sagte ich und als Peters Gesicht sich wieder in Tränen auflöste, gab ich Instinkten nach, von denen ich nicht wusste, dass ich sie besaß, und nahm ihn aus dem Kinderwagen und balancierte ihn auf meiner Hüfte, während ich seinen Rücken rieb. „Ich will dir jetzt einen kleinen Ratschlag geben, von dem ich hoffe, dass du ihn beherzigst, Baby. Lass niemals andere Leute ihre Erwartungen auf dich projizieren. Du musst nicht Papa sagen, wenn du das nicht willst. Nur weil er dein Vater ist, heißt das nicht, dass er das Recht hat, Dinge von dir zu verlangen, mit denen du dich nicht wohlfühlst. Du sagst Papa, wenn du so weit bist. Und wenn du das nicht tun willst, kannst du ihn einfach nur no no no nennen. Wir sind nicht hier, um dich zu beurteilen. Finde einfach deinen inneren Frieden und mach dir um andere Leute keine Gedanken, okay?"

Theo schaute aus, als wollte er in Lachen ausbrechen, aber er brachte es fertig, ein ernstes Gesicht beizubehalten, als wir zum Aufzug gingen und ein Portier einen Wagen hinter uns herschob.

„Das ist ziemlich ... Geräumig", sagte ich einige Minuten später und schaute mich in der Suite um, die Theo gebucht hatte. Allein das Wohnzimmer hätte vermutlich mein früheres Apartment aufnehmen können.

Theo bezahlte den Portier und öffnete die Tür zu einem Schlafzimmer, dann schritt er durch das Wohnzimmer hinüber zu dem anderen. „Gibt es ein Zimmer, das du lieber möchtest?"

Ich schüttelte den Kopf und nahm immer noch die elegante Umgebung auf.

„Dann nehme ich dieses hier. Es hat zwei Betten." Er sammelte sein Gepäck ein und das des Babys und nahm es mit in sein Zimmer.

Hatte er nicht etwas zu seiner Ex darüber gesagt, dass er sich kein Kind leisten könnte? Wie zahlte er für dieses Zimmer, wenn das Geld knapp war? Er hätte eine niedrigere Kategorie buchen sollen. Oder war das so eine Geschäftssache? Einer der Anwälte in der Kanzlei, für die ich gearbeitet hatte, hat mir einmal gesagt, dass der äußere Schein alles war, und dass, wenn man aussah, als hätte man Geld, Leute auch glaubten, dass man Geld hätte. Vielleicht legte er Wert auf den äußeren Schein aus Geschäftsgründen?

Schuld klopfte an. Er hatte versprochen, das Doppelte des normalen Lohns für einen Babysitter zu zahlen und ich hätte das gerne genommen. „Reifen. Oliven. Das linke Ohrläppchen von Tante Talia.“

Andererseits, was machte ich hier? War ich wirklich gewillt, mit Peter zu helfen, nur wegen des Gedankens, dass ich eine Nacht schlafen könnte? „Traurigerweise ist das so“, sagte ich laut und zuckte zusammen, als eine weitere Welle des Babygestanks mich traf. „Wir sind hier und wir werden mit den Dingen fertig werden, so wie sie auftauchen, klar? Heiliger Bimbam, Baby. Das ist wirklich unerträglich.“

„Dein Zimmer ist hier“, sagte Theo, der wieder aufgetaucht war, um zu der anderen Tür hinüberzunicken. „Du solltest wahrscheinlich überprüfen, ob das Schloss funktioniert. Ich übernehme Peter.“

„Prima“, sagte ich, gab ihm das Baby und eilte zu meinem Zimmer. „Er muss gewickelt werden.“

„Was?“

Ich legte einen Stopp vor der Tür zu meinem Zimmer ein und erkannte den Moment, in dem er verstand. Sein Gesicht zuckte, als er das Baby auf Armeslänge von sich hielt, etwas auf Griechisch sagte, und er schaute aus, als könnte er nicht glauben, dass der Gestank von einem so kleinen Kind kam.

Dann schaute er auf und begann, sich auf mich zuzubewegen.

Ich wirbelte herum, warf die Tür zu und um auf der sicheren Seite zu sein, schloss ich auch ab.

„Kiera." Seine Stimme war leicht gedämpft.

„Ja?"

„Das Baby muss gewickelt werden."

„Ja, das ist richtig."

„Ich habe noch niemals ein Baby gewickelt."

„Ich auch nicht."

„Aber du bist eine Frau."

Ich gab nach und kicherte ein bisschen, bevor ich die Tür öffnete. „Ich hasse es, dir das mitteilen zu müssen, aber nur, weil ich einen Uterus habe, heißt es nicht, dass ich instinktives Wissen darüber habe, wie man eine Windel wechselt."

„Bitte", sagte er und hielt mir Peter hin.

Das Gesicht des Babys verzog sich wieder, als wäre er kurz davor zu weinen. Theo sah auch so aus, als wollte er weinen.

„Er ist dein Sohn", bemerkte ich.

„Und ich versuche sehr, mit dieser Tatsache klarzukommen, aber ich mache das zum ersten Mal und ich brauche Hilfe. Biiiiitte."

„Oh, na gut, aber das machen wir in deinem Schlafzimmer." Ich fügte mich dem Unvermeidlichen, nahm das Baby und ging hinüber zu Theos Zimmer. „Ich will in der Lage sein, in meinem zu schlafen."

„Ich muss einige Anrufe tätigen. Danach können wir Abendessen bestellen.“

Ich nickte und ging ins Badezimmer, das an Theos Schlafzimmer anschloss, legte eines der dicken blauen Handtücher des Hotels auf den Badvorleger, bevor ich das Baby obendrauf absetzte.

„Ich hoffe, du hast keine Erwartungen im Hinblick auf dieses Erlebnis, die ich nicht erfüllen kann“, erklärte ich dem Baby, öffnete seine Tasche und betrachtete den Inhalt. „Ich werde mein Bestes geben, aber bitte denk daran, das ist das erste Mal für mich. Was haben wir denn hier …? Windeln, Check. Eine Art von Wundsalbe. Puder. Und eine Box mit Feuchttüchern. Das sieht praktisch aus. Also, lass uns dich ausziehen. Das geht hier ab, fantastisch. Und das sieht aus, als würde es hier losgehen, und dann können wir das ausziehen und HIMMEL HERRGOTT!“

Die Erinnerung an die zehn Minuten, die darauf folgten, würde sehr lange sehr lebendig bleiben. Irgendwann hatte ich den Hintern des Babys halbwegs sauber, indem ich die Hälfte der Box mit den Feuchttüchern verbraucht hatte und zwei Extrawindeln, um den Überfluss aufzuwischen, während der Boden übersät war mit Trümmerteilen meiner Schlacht.

Obwohl die Belüftung auf vollen Touren lief, war der Gestank im Badezimmer stark genug, um Theo zurücktaumeln zu lassen, als er hereinkam, um nachzusehen, wie wir uns schlugen. „Bist du noch nicht fertig?“, fragte er und starrte ungläubig, als er erkannte, dass das Babypuder irgendwie über Peter, dem Fußboden und mir explodiert war und ich ein nacktes, sich windendes Baby an meine Hüfte gepresst hielt.

„Sieht es aus, als seien wir fertig?", fauchte ich, mit den Nerven am Ende. „Mach dich nützlich. Hol eine Mülltüte und sammle all das ein. Ich habe Peter sauber gemacht, aber er stinkt noch immer. Ich glaube, ich werde seinen Hintern waschen müssen."

„Unternimm irgendetwas", stimmte Theo zu, während er zusammenzuckte und rückwärts aus dem Badezimmer ging.

Hoffnung keimte auf, als ich das Bidet sichtete. „In Ordnung, das ist, wofür es da ist. Lass uns einfach ... Himmel, nein!"

Ich musste Peter wohl in der falschen Position gehalten haben, um den Wasserstrahl aufzufangen, denn dieser segelte fröhlich durch seine strampelnden Beine und erwischte mich direkt an der Brust.

Peter sah so aus, als würde er gleich wieder weinen und das erfüllte mich mit Panik und einer frisch gewonnenen Entschlossenheit. „In Ordnung, stress dich nicht. Denk an deinen inneren Frieden. Finde dein inneres Zen, und entspann dich, während ich eine wasserdichte Strategie überlege", erklärte ich dem Baby und zog mein tropfnasses T-Shirt aus.

„Er braucht eine Dusche", sagte Theo hilfreich, als er mit einem Müllsack zurückkam, um die Trümmerteile einzusammeln.

„Ich werde ihm ein Bad einlassen", antwortete ich und ließ warmes Wasser einlaufen, das nasse nackte Baby immer noch an meiner Seite. Ich traute mich nicht, ihn abzusetzen, da ich nicht wusste, wie sauber der Boden war. Das heißt, bevor das Puder überall hingekommen war.

„Er pisst die Wand an."

„Was? Oh, Peter, nein!"

Ein kleines bisschen zu spät erkannte ich, dass mich umdrehen, um zu sehen, was das Baby tat, bedeutete, dass ich einfach nur Pisse überall hin verteilen würde und das tat ich auch, direkt über die Vorderseite von Theos Hemd, als er dabei war, sich zu bücken, um eine Windel aufzuheben.

Theo sprang zurück und fluchte.

„Oh, mach nicht so einen Aufstand wegen ein kleines bisschen Pisse von einem Baby", schnaufte ich, als er sich das Hemd vom Leib riss. „Ich hatte Kacke über meine ganzen Arme verteilt. Ich musste sie dreimal waschen, bevor ich aufhören konnte zu würgen."

Er schaute auf, um zu antworten und hielt inne, seine Augen auf meine Brust fokussiert.

Ich schaute an mir herab und musste entdecken, dass mein letzter sauberer BH, ein durchsichtiges kleines Ding mit hübscher Stickerei auf den Cups, genauso durchweicht war wie mein Shirt und dass er nun genau genommen durchsichtig war.

Ich fühlte mich heiß und unangenehm und feucht und trotzdem zur gleichen Zeit seltsam erregt bei dem Blick, den er meinen Brüsten zuwarf. Aber ich würde sterben, bevor ich ihn das wissen ließ. „Es tut mir leid, dass der Anblick meiner Titten dich so beleidigt. Ich bin nass geworden, als ich versucht habe, das Baby im Bidet zu waschen."

Theo riss seinen Blick von meiner Brust los und schenkte dem Bidet einen neugierigen Blick. „Du hast versucht, ihm ein Bad im Bidet einzulassen?"

„Ich habe versucht seinen Hintern zu waschen, ja. Das ist schließlich, wofür es da ist. Aber er mochte es nicht, also gibt es jetzt ein Vollbad. Du kannst uns jetzt alleine lassen."

„Ich bleibe und helfe, jetzt wo er nicht ... Ich helfe, ihn zu baden."

„Du willst es tun? Super." Ich versuchte, ihm das nasse Baby zu überreichen.

Er wich zurück und hielt die Hände hoch. „Ich sagte, ich helfe. Du kannst es übernehmen und ich schau dir zu, sodass ich es beim nächsten Mal machen kann."

„Entweder übernimmst du das oder ich, aber wenn ich das mache, dann musst du gehen", erklärte ich ihm und wand das Toilettenpapier aus dem Griff des Babys, das es sich geklaut hatte.

„Warum kann ich nicht bleiben?", fragte Theo und runzelte die Stirn.

Ich wollte nichts so sehr in diesem Moment, als ihn einfach in die Kniekehlen zu boxen. „Weil meine Unterhose zu meinem BH passt."

„Das ist schön zu wissen, aber hat das irgendeinen Einfluss darauf, Peter zu baden?"

„Ja! Er ist ein Baby! Er kann nicht allein in der Badewanne sitzen, also muss ich mit ihm hinein."

„Und?"

Ich schaute ihn böse an, als er zu meinen Brüsten hinabsah. „Ah. Also, das macht mir nichts aus."

„Mir aber." Glaubte der Mann ernsthaft, dass ich mich quasi nackt in dem gleichen Zimmer wie er aufhalten würde?

„In Ordnung. Dann setze ich mich mit ihm in die Badewanne", sagte er, mit den Händen auf seiner Gürtelschnalle.

Seine Hosen trafen auf den Boden auf, bevor ich mich überhaupt hastig zur Badewanne umdrehen konnte, um das Wasser aufzuwirbeln und mich selbst abzulenken. „Lass deine Unterwäsche an."

„Warum? Im Gegensatz zu dir bin ich nicht schüchtern."

„Lass sie einfach an", knurrte ich und schloss meine Augen, bis ich ein Platschen hörte.

Als ich sie öffnete, fiel mein Blick sofort auf Theos nackte Brust, die nur ein paar Zentimeter von mir entfernt war. Ich starrte auf seine Brust. Ich schloss meine Augen wieder, dann öffnete ich sie. Nein, er war immer noch da, immer noch so attraktiv wie beim ersten Blick.

Lieber Himmel, der Mann war eine Schönheit.

„Baby", sagte er und streckte die Hände aus.

„Was? Oh." Ich reichte ihm Peter und beschäftigte mich mit einem Waschlappen und Seife.

Es war einfach gemein von ihm, seine Brust so für mich zur Schau zu stellen. Was glaubte er, was ich war, eine Nonne?

Das Baby saß zwischen Theos Knien und planschte glücklich im Wasser, brabbelte Babysprache vor sich hin und kicherte, als Theo ihm half zu planschen.

Ich brauchte drei Versuche, aber endlich war ich in der Lage, meine Augen von der Breitseite dieser wunderbaren Brust abzuwenden, woraufhin ich erleichtert feststellte, dass Theo seine knappe schwarze Unterhose angelassen hatte. An diesem Punkt schwor ich einen feierlichen Eid, während ich versuchte, Peter zu waschen. Ich würde nicht auf Theos Schritt gucken. Es war überhaupt nicht interessant für mich. Es war mir absolut egal, was er in seiner Unterhose hatte. Es ging mich einfach nichts an.

Ich schaute und wäre fast in die Badewanne gefallen.

„Vorsichtig", warnte Theo und schaute auf, seine Brust und sein Gesicht nass von seinem und Peters Spiel, und sein Grinsen verblasste ein bisschen, als er mich ansah. „Geht's dir gut? Du siehst aus, als würdest du gleich ohnmächtig werden."

„Ja, mir geht's gut, absolut gut. Warum sollte es mir nicht gut gehen? Meine ... äh ... Meine Hand ist abgerutscht, das ist alles. Das kann jedem passieren. Es ist ein ganz normales, alltägliches Vorkommnis. Die Hände von Leuten rutschen ständig ab." Entschlossen wandte ich meinen Blick wieder dem Baby zu. Verdammt, ich würde Theo mich nicht so verwirren lassen. Er würde es lieben, zu wissen, dass ein bisschen nackte Brust und Arme und Bizeps mein inneres Selbst zu einem Ohnmachtsanfall verleiten könnte und dass er mich so durcheinanderbrachte.

Es fiel mir auf, dass ich mich nicht besonders bedroht von Theo fühlte. Ich warf einen schnellen Blick auf ihn, während ich die Beine des Babys wusch, und wunderte mich über diese Tatsache, untersuchte diese Feststellung, um zu sehen, was das bedeutete. Ich kannte den Mann nicht und doch, hier war er, fast nackt und alles, was ich fühlte, war ein überwältigendes Verlangen, seine Brust anzusehen. Und seine Beine. Und seine Arme.

Ich räusperte mich und fühlte die Hitze auf meinen Wangen. Ich musste aufhören, über Theos Muskeln und seine Haut und, oh Himmel, über seine Oberschenkel nachzudenken! Ich würde ihn ignorieren und mich komplett auf das Baby konzentrieren. Das war die Lösung.

Das Baby hatte andere Ideen und wand sich aus meinem Griff, jedes Mal, wenn ich versuchte, ihn festzunageln, um einen Arm oder ein Bein zu waschen.

„Entschuldige", sagte ich, als ich versuchte, die Brust des Babys zu waschen und er sich zur Seite wand, und ich stattdessen Theos Unterschenkel erwischte.

„Er mag Wasser", sagte Theo.

Ich versuchte, über Worte nachzudenken, um ihm eine Antwort zu geben, aber mein Gehirn schien den Dienst zu verweigern, während ich die lange Linie von Theos Beinen betrachtete. Er hatte dunkle Körperbehaarung, nicht so viel, dass ich ihm einen Rasierer kaufen wollte, aber genug, um mir den Unterschied zwischen seinem und meinem Körper sehr wohl bewusst zu machen.

Was zum Teufel tat ich, über seinen Körper nachzudenken? Baby! Wasch das Baby!

Ich erwischte Peters Arm mit der Absicht, seinen Hintern mit dem Waschlappen abzuwischen, aber bevor ich das tun konnte, warf er sich nach vorne, um Theos wackelnde Zehen zu erwischen und ich fiel über den Rand der Wanne.

„Alles okay?", fragte er. Mein Gesicht war in seinen Magen gepresst, mein Atem war in der Kehle stecken geblieben, als ich versuchte, mich von ihm zu lösen und meine seifigen Hände auf den harten Muskeln seiner Oberschenkel lagen.

Ich schaffte es, mich in die Senkrechte zu bringen, aber ich fühlte, wie mein Gesicht flammend rot war vor

Verlegenheit. „Entschuldige, er will nicht gewaschen werden."

„Wenn du mich auch waschen willst, dann ziehe ich meine Unterwäsche aus", sagte Theo und seine Augen tanzten, als ich versuchte, irgendwohin zu sehen außer auf seinen Schritt.

Ich würde nicht hinsehen, ich würde absolut nicht hinsehen ...

Es schien so, als wäre ein Paar von Bulldoggen in seine Unterwäsche gestopft.

Oh, lieber Gott im Himmel.

„Kiera? Hast du dir den Magen an der Kante von der Badewanne wehgetan?" fragte Theo, als ich eine Hand auf meine Brust legte, um etwas Sauerstoff in meine Lungen zu bekommen.

„Nein, mir geht's gut", sagte ich und bemerkte, dass meine Stimme wie ein Frosch klang. Ein weiblicher Frosch, fasziniert von der Ausstattung eines männlichen Frosches in der Nähe. Ich räusperte mich. „Ich ... äh ... Ich denke, das Baby ist sauber."

„In Ordnung. Obwohl es eine Schande ist, er mag es wirklich."

Ich hielt meinen Blick fest auf Peter gerichtet, und ließ ihn ein paarmal im Wasser auf und ab hüpfen, während Theo aus der Badewanne stieg und nahm abwesend das Handtuch entgegen, das er mir hinhielt, um das Baby abzutrocknen.

Das laute, nasse Geräusch von Unterwäsche, die auf dem Boden auftraf, ließ mich mitten im Abtrocknen erstarren. Für einen Moment drohte, Panik aufzuwallen, aber zu meiner Erleichterung verschwand sie wieder und ließ nur ein merkwürdiges Gefühl von Wut zurück.

Theo sagte: „Ich werde das Abendessen heraufbringen lassen, wenn es dir nichts ausmacht. Das wird für Peter einfacher sein."

„Macht nichts aus", sagte ich schnell und fragte mich, wo der Sauerstoff im Badezimmer hin war.

Er stand hinter mir, nackt. Ich konnte es fühlen, wie er dastand, nass und nackt und wie er aussah, und sich für mich zur Schau stellte. Wie konnte er es wagen, dazustehen ohne einen einzigen Faden am Leib, seine Haut ganz warm und nass und glitschig, ganz so, als hätte er keine Ahnung, welchen Effekt er auf mich haben würde? Männer, die aussahen wie er, wussten immer, wie Frauen auf sie reagierten. Sie sonnten sich darin.

Die Bastarde.

„Was glaubst du, was er isst?", fragte Theo. „Fertignahrung ist in der Tasche, aber Nastya hat nicht gesagt, ob er auch etwas anderes isst. Ich nehme an, das kann ich online nachschlagen."

Also, ich würde nicht zulassen, dass er an mich herankam. Ich würde ihm nicht die Befriedigung verschaffen, auf ihn zu reagieren, ganz männlich und nackt und nass, mit seinen zwei Bulldoggen zwischen den Beinen. Er konnte dort stehen, solange er wollte, mit seinen geschmeidigen Muskeln und seiner verlockenden Haut – ich würde sterben, bevor ich auch nur ein kleines bisschen sein Ego füttern würde.

„Alles in Häppchen, denke ich mir", sagte ich und trocknete das Baby ab. „Cerealien vielleicht. Joghurt.

Früchte, die leicht zu kauen sind. Ein bisschen Nudeln ohne Sauce.“

„Ich werde es bestellen.“

„Und vielleicht –“ Ich drehte mich herum und hielt inne. Er war gerade dabei, sein Gesicht und seine Brust abzutrocknen, und der Rest von ihm war genau auf Augenhöhe.

Ungläubig starrte ich seine Genitalien an.

„Vielleicht was?“ Er schaute auf mich herab, und das kleinste Lächeln verzog seine Lippen, während ich weiter starrte. „Gefällt dir, was du siehst?“

Seine Stimme drang durch den Nebel in meinem Kopf.

Ich räusperte mich und mit einem schier übermenschlichen Kraftakt brachte ich mich dazu, in seine Augen zu sehen. „Nicht wirklich, nein.“

Er hob seine Augenbrauen, er hatte offensichtlich nicht diese Antwort erwartet.

Ich nährte die Wut, die immer noch in mir brannte. Diese Wut würde mir Sicherheit verschaffen. „Ich mag keine Männer, die größer sind als ich. Ich mag keine Männer, die attraktiv sind. Ich mag keine Männer mit großen ...“ Ich wedelte mit der Hand in Richtung seines Schritts. „... großen Körperteilen. Und ich mag wirklich keine Männer, die ihre äußere Erscheinung einsetzen, um zu bekommen, was sie wollen. Willst du Peter anziehen, oder soll ich das übernehmen?“

„Das kannst du machen.“ Er beobachtete mich für einen Moment, während ich mich durch die Babytasche wühlte und frische Kleider und eine frische Windel hervorzog. Er sagte nichts weiter, aber verließ das Badezimmer.

Idiot, sagte ich mir und beobachtete, wie er davonging. *Hoooo, sogar die Rückansicht ... Nein! Hör auf zu starren, du Narr!* „Ich bin der schlechteste Lügner der Welt, Peter", sagte ich leise und fühlte, dass ich errötete und heiß und unglaublich erregt war. Verärgert! Ich war unglaublich verärgert, nicht erregt.

Verdammt, Theo war das feinste Exemplar der Spezies Mann, das ich jemals gesehen hatte. Trotz der Tatsache, dass er keine meiner mentalen Alarmglocken in Gang setzte, musste ich schnell raus hier, oder ich wäre bis über beide Ohren verloren und ich war es satt, das Gefühl zu haben, dass ich ständig gegen die Strömung schwamm.

Als ich das Baby endlich angezogen hatte, war Theo am Telefon und bestellte das Abendessen.

Ich setzte Peter auf den Fußboden und zog mir mein nasses T-Shirt über, das Gefühl war unangenehm, aber es war besser, als meine Titten mehr oder minder nackt Theo zu zeigen. Das Baby sang mir einige Male no no no vor und krabbelte dann hinüber zum Bett, umklammerte die Tagesdecke und zog sich auf die Füße.

Ich kniete mich hinter ihn, meine Hände ausgestreckt, um ihn aufzufangen für den Fall, dass er umfiel, aber obwohl er ein bisschen wackelig schien, hüpfte er und klatschte seine Hände auf die Decke, ohne umzufallen. „Also, bist du nicht clever?", sagte ich und lächelte, als er auf seinen kleinen dicken Beinchen durch die Gegend hüpfte. „Du kannst stehen."

„Natürlich kann er das", sagte Theo, dankenswerterweise angezogen. „Er kann wahrscheinlich sogar laufen. Das werden wir nach dem Abendessen feststellen."

Stolz war ganz klar aus Theos Stimme herauszuhören, als er sprach und er war offensichtlich in seinen Augen, als er einen verschwörerischen Blick in meine Richtung warf, als Peter mithilfe seines Griffs am Bett noch ein paarmal auf und ab hüpfte. Aber es war der Ausdruck auf diesem Gesicht, der etwas tief in meinem Bauch erwärmte, und mich mit dem Bedürfnis zurückließ, dem schmerzhaften Wunsch, nur für einen Moment, Teil dieses Stolzes zu sein.

Das ist der Weg in die Katastrophe, sagte mein inneres Selbst und widerwillig ließ ich das Bedürfnis gehen und das sexuelle Interesse, das mich so ärgerte, ebenfalls.

„Ich werde mir irgendetwas überziehen, das weniger nach Badespaß aussieht", erklärte ich Theo und kam auf die Füße, während Peter sich hinsetzte, um mit Theos Schuhen zu spielen.

„Wenn du glaubst, dass das Badespaß ist, dann muss ich dir etwas zeigen", war seine Antwort, die er mit einem Blick aus halb geschlossenen Lidern begleitete, der trotz meiner guten Vorsätze ein langsames Brennen in meinem Magen entzündete, das sich zu einem wütenden Inferno der Lust entwickelte.

Unsere Blicke trafen sich, seiner neckend und meiner wachsam. Ich wollte ihm sagen, dass ich die letzten neun Monate damit verbracht hatte, mich vor jedem Schatten und jedem Fremden zu verstecken ... Aber nichts hatte mich so durcheinandergebracht und besorgt gestimmt, wie ich es jetzt war.

Es war ganz einfach: Ich war die Beute für den Jäger Theo und es gab rein gar nichts, was ich dagegen unternehmen konnte. Warum lief ich also überhaupt weg?

Ich schüttelte innerlich den Kopf über die Tatsache, dass ich genau in diesem Moment aus der Tür gehen sollte und stattdessen doch Entschuldigungen dafür fand zu bleiben.

Ich rannte quasi in mein Zimmer, um mich umzuziehen und mir selbst eine Predigt zu halten, während ich das tat.

Als ich ins Wohnzimmer zurückkehrte, mein Entschluss, Theo auf Armlänge von mir entfernt zu halten, so fest wie er eben werden würde, fand ich ihn auf dem Fußboden sitzend zusammen mit Peter und einem Stoffbuch, mit einem Kuscheltier in Form einer Giraffe, das Peter auf Theos Fuß haute und einem gelben knollenförmigen Gummiding.

„Ich habe gerade über all die Dinge nachgedacht, die ich erledigen muss." Theos Gesichtsausdruck war angespannt. „Das ist alles so neu für mich, aber ich will es richtig machen. Ich muss es richtig machen."

„Es wird eine große Veränderung für euch beide sein", sagte ich und schaute mich im Zimmer um.

„Das ist eine Untertreibung. Ich frage mich, wie ich mich um ein Baby kümmern soll, wenn ich nichts über sie weiß, aber dann sagt er no no zu mir und ich schmelze innerlich dahin."

„Er ist aber auch süß." Ich beäugte all die elektrischen Kabel, die von diversen Lampen kamen und schüttelte innerlich den Kopf.

„Ich werde ihm richtige Spielsachen besorgen", sagte Theo und beobachtete mich, als ich zu dem Glastisch hinübertrat. „Das ist alles, was Nastya für ihn eingepackt hat. Wenigstens hat er ein Kauspielzeug."

„Ein was?“ Ich grunzte, als ich den Tisch so weit zurückschob, bis er gegen eines der beiden Sofas stand und die Lampen in der Nähe ausstöpselte.

„Er zahnt, glaube ich. Er hat ein paar Zähne, also nehme ich an, dass er zahnt und ich dachte, man gibt Babys etwas, auf dem sie kauen können, wenn sie das tun.“ Er hielt die gelbe Gummiknolle mit dem merkwürdig schmalen Ende hoch.

„Kauspielzeug.“

„Macht Sinn.“

Ich beäugte den Beistelltisch und nahm die Lampe herunter, um sie auf den kleinen Esstisch zu stellen, der zwischen uns und der winzigen Kitchenette stand.

„Was machst du da?“, fragte Theo, während Peter ihm das Kauspielzeug abnahm und es sich in den Mund stopfte und darauf herumnagte, während er mich auch beobachtete.

„Wenn Peter fallen sollte, dann könnte er sich seinen Kopf an dem Glastisch stoßen“, antwortete ich und nickte hinüber. „Und die Lampe könnte ihm auf den Kopf fallen.“

„Du bist sicher, dass du kein Kindermädchen bist?“, fragte Theo mit einem weiteren von diesen sexy schiefen Grinsen.

„Ziemlich sicher. Ich verfüge jedoch über gesunden Menschenverstand.“ Ich ging zum Schlafzimmer zurück und nahm eine Decke aus dem Schrank, die ich auf dem Teppich ausbreitete und setzte das Baby und seine Spielzeuge darauf.

Bevor er antworten konnte, zirpte Theos Telefon. Er zog es hervor, schaute darauf und sagte, während er auf die Füße kam: „Ich muss eine wichtige E-Mail auf meinem Laptop überprüfen. Kannst du für ein kleines bisschen auf ihn aufpassen? Das Abendessen sollte bald hier sein."

„Sicher." Ich lächelte, als Peter, der wie verrückt no no no machte, meine Beine benutzte, um sich auf die Füße zu ziehen und schaute auf Theo, als er zögerte.

„Willst du immer noch den dritten Anruf tätigen?"

„Ich denke, das ist das Beste, meinst du nicht?" Ich begegnete seinem suchenden Blick mit dem von Kontrolle, jetzt, wo ich meine streunenden Gefühle im Griff hatte.

Er zuckte mit den Schultern und wählte einen Eintrag aus der Kontaktliste seines Telefons aus, und gab es mir. „Versuch die erste Nummer zuerst. Wenn er nicht im Apartment ist, probier die zweite Nummer. Das ist die vom Haus."

Ich nahm das Telefon und fragte mich, welche Art von Menschen sowohl ein Apartment als auch ein Haus hatte und wartete, bis er im anderen Zimmer verschwunden war und das Baby sich selbst beschäftigte, indem er die Farben versuchte, aus dem Stoffbuch zu kauen, bevor ich auf die Wahltaste drückte.

„Hallo. Ist Mister Papaioannou zu sprechen?"

„Nein, nicht hier. Kyrie Papaioannou ist weg."

„Verstehe. Danke sehr." Ich legte auf und wählte die zweite Nummer, bevor ich die Nerven verlor.

Die Begrüßung war auf Griechisch. „Hallo. Ich würde gerne mit Mister Papaioannou sprechen."

„Erwartet er Sie?", fragte eine Frau und ihre Stimme war verärgert, als wäre sie gestört worden.

„Nein, nicht wirklich. Ich rufe wegen seines Bruders an, Theo."

Die Frau schwieg für ein paar Sekunden. „Bleiben Sie dran“, befahl sie.

Ich blieb dran. Eine Minute später meldete sich eine andere Frauenstimme. „Wer ist da?“

Ich wollte meinen Namen nicht preisgeben, aber entschied, dass sie mit nur einem Teil davon nicht viel anfangen konnte. „Mein Name ist Kiera.“

„Rufen Sie wegen Theo an? Ist er verletzt?“

„Nein, überhaupt nicht.“ War das seine Schwägerin? Sie klang besorgt. „Es tut mir leid, wenn ich Sie erschreckt habe, aber ich habe versucht, Mister Papaioannou anzurufen, Theos Bruder.“

„Ich verstehe. Iakovos ist mit unseren Mädchen unterwegs und bringt ihnen bei, wie man schwimmt, nicht dass ich mich nicht später darum kümmern müsste und alles wieder rückgängig machen muss, was er ihnen beigebracht hat, denn er ist zwar sehr attraktiv, aber er kann ums Verrecken nicht schwimmen. Aber das macht wirklich keinen Unterschied, oder?“

„Nein“, stimmte ich zu und war etwas überrascht über die Wendung, die diese Unterhaltung genommen hatte.

„Ich bin übrigens Harry Papaioannou. Theos Schwägerin. Kann ich Ihnen mit irgendetwas helfen?“

„Ich hoffe doch. Das klingt jetzt erst einmal wie eine sehr seltsame Frage, aber ich würde gerne wissen, ob Sie Theo vertrauen.“

„Ihm vertrauen?“

„Ja.“

„Warum?“

Ich verzog wegen nichts Besonderem das Gesicht. „Also … Weil ich wissen muss, ob ich ihm vertrauen kann.“

„Ihm womit vertrauen?“

Ich hatte das starke Bedürfnis zu lachen. Das musste die bizarrste Unterhaltung sein, die ich jemals geführt hatte. „Na ja, es geht tatsächlich um mich.“

„Wirklich“, schnurrte Harry und klang da bei viel interessierter und viel weniger misstrauisch. „Also, um Ihre Frage zu beantworten, ja, ich vertraue ihm. Er hatte ein paar Probleme in der Vergangenheit, aber trotz diesen vertraue ich ihm. Wir haben ihn nicht mehr gesehen, seit Nicky eins geworden ist, aber … Also … Die Antwort ist Ja.“

„Alles klar, danke.“

„Es geht nicht um diese ganzen Listen-Sachen, oder?“

„Was für Listen-Sachen?“

„Dimitri hat uns gesagt, dass er von einem Herausgeber eines Magazins, der einen Mancrush wegen Theo hat, ihn unterstützen will, um auf die Liste zu kommen. Die Junggesellenliste.“

„Ich … Ich weiß nichts von irgendeiner Liste.“

„Wenn Sie meinen Rat wollen, dann lassen Sie ihn nicht auf diese Liste. Nicht nur braucht er nicht noch mehr Frauen, die sich ihm an den Hals werfen, aber es ist auch einfach bescheuert, sobald sie auf dieser Liste sind. Zum Beispiel nehmen Frauen das als Zeichen dafür, dass die Jagdsaison eröffnet ist.“

„In Ordnung“, sagte ich und fragte mich, ob die Frau, die Harry hieß, verrückt war, oder ob ich es war. „Das werde ich nicht zulassen.“

„Gut. Ist Theo da? Wo sind Sie? Warum hat er uns seit Ewigkeiten nicht mehr angerufen?"

Es war mir unangenehm, dieser Frau zu sagen, wo wir waren, besonders seitdem ich wusste, wie tödlich es war, seinen Aufenthaltsort preiszugeben. Vielleicht gab es einen Grund, warum Theo nicht in Kontakt blieb mit seiner Familie. Unabhängig von seiner Beziehung zu ihnen, war es nicht an mir, ihnen zu sagen, wo er war. „Tut mir leid, aber das kann ich nicht beantworten. Ich werde ihm mitteilen, dass Sie gefragt haben. Vielen Dank für die Information und es tut mir leid, dass ich Sie gestört habe."

Ich legte in dem Moment auf, als Harry verlangte, mit Theo zu sprechen und starrte für einen Moment das Telefon an, und fragte mich, was ich eigentlich tat, in einem Hotelzimmer zu sitzen mit einem Mann zusammen, der offensichtlich nicht noch mehr Frauen brauchte, die sich ihm an den Hals warfen.

Er bedeutete schlicht und einfach Ärger.

„Na?" Theo kam herein und ging neben Peter in die Hocke, sein Gesichtsausdruck merkwürdig wachsam. „Hat mein Bruder gesagt, wie instabil ich bin und dass du abhauen sollst, solange du noch eine Chance hast?"

„Ich habe nicht mit ihm gesprochen", sagte ich und gab ihm sein Telefon wieder.

„Ich hab mit deiner Schwägerin gesprochen. Sie sagte, dass sie dir vertraut."

„Harry", sagte er mit einem liebevollen Lächeln, das seine Augen wärmte.

„Ich hatte den Eindruck, dass sie will, dass du dich meldest. Sie sagte auch ..." Ich schüttelte den Kopf über die Verrücktheit von dem allen. „Ich bin nicht ganz sicher, ob ich das verstanden habe, aber sie sagte irgendetwas darüber, dich nicht auf eine Liste zu lassen.“

Sein Lächeln wurde breiter. „Oh?“

„Ja. Offensichtlich ist es schlimm und ich soll dich aufhalten.“

„Hat sie sonst noch was gesagt?“

Ich kam auf die Füße und hatte das Bedürfnis, etwas zu tun, das etwas Abstand zwischen Theo und mich brachte und holte deshalb die Babynahrung und die Fläschchen. „Nicht wirklich, nur dass dein Bruder seinen Töchtern das Schwimmen beibringt und sie das später alles wieder rückgängig machen müsste.“

Theo lachte. „Das klingt nach Harry.“

Ich musste bald hier raus, sagte ich mir. Mich an diesen verlockenden Mann zu binden und das anbetungswürdige Baby, das war nicht die Antwort auf meine Probleme.

Das Richtige, das Vernünftige wäre, sofort morgen früh zu verschwinden. Ich kannte Theo kaum, obwohl ich mich mit ihm seltsam wohlfühlte und er brauchte mich nicht, um mit Peter zu helfen. Nicht wirklich. Er war nur ein kleines bisschen überwältigt von der Tatsache, ein frischgebackener Vater zu sein und fühlte sich besser, wenn er jemanden um sich hatte, der ihm helfen konnte, die größten Hindernisse dabei zu nehmen, zu lernen, wie man sich um ein Baby kümmerte.

Ich war nützlich, nichts weiter.

Ich hätte mir gewünscht, dass der Gedanke nicht so wehgetan hätte.

Theo brabbelte mit Peter, während letzterer lautstark an seinem Fläschchen dunkelte. Eine weitere Welle von Sehnsucht brach über mir zusammen, dieses Mal mit so viel Stärke, dass sie mich zum Zittern brachte. Es war etwas in Theos Augen, das Gefühl eines Mannes, der versuchte, den Kopf über Wasser zu halten, das mich mit ihm verband, Gleiches, das Gleiches suchte, meine Seele wollte ihn trösten, obwohl ich wusste, dass das nicht meine Aufgabe war. Ich war so kaputt, eine Gefahr für jeden, der mir nahe kam, mein Leben solch ein Knoten aus Schrecken, Angst und Verzweiflung, dass ich nicht das Gefühl hatte, dass jemand es entwirren könnte und trotzdem, da war ich und wollte nichts weiter, als den Schmerz zu lindern, der so deutlich in seinen Augen stand.

Der Himmel wusste, was ich in diesem Moment getan hätte, wenn Peter nicht sein Fläschchen leer getrunken und von Theo verlangt hätte, dass er es bewunderte.

Ich rannte zu meinem Zimmer, während Theo Peter für ein Spielzeug begeisterte und mich mit dem festen Entschluss zurückließ, dass ich von diesem verführerischen Mann wegkommen musste, der sich so leicht in meine Gedanken schlich, bevor es zu spät war.

Wenn es das nicht schon war.

Kapitel 4

Als Theo die E-Mail von seiner Assistentin sah, war er wütend. Annemarie war in allen Dingen zuverlässig, sogar wenn sie in Australien war, während er in Neuseeland weilte, und sie hatte ihn bei der Bearbeitung seiner Anfrage nicht enttäuscht, sofort Hintergrundinformationen über Kiera zu recherchieren oder wenigstens das aufzutreiben, was in der Kürze der Zeit ausfindig gemacht werden konnte. Sein Körper mochte sie begehren, aber sein Körper hatte in der Vergangenheit viele schlechte Entscheidungen getroffen und er würde die Sicherheit seines Sohnes nicht wegen einer Fremden aufs Spiel setzen, die so leicht zugesagt hatte, mit ihm zu kommen, ohne einen Blick zurück.

Außer, dass es so nicht wirklich gewesen war. Er musste jedes kleinste bisschen seines nicht gerade geringen Charmes einsetzen, um sie dazu zu bewegen, ihm zu helfen.

Er schaute auf den Computerbildschirm, und beim ersten Satz wallte Wut in ihm auf.

Die Verdächtige Kiera Taylor hat einen Haftbefehl, ausgestellt von der Polizei in Wellington.

Sie war eine Kriminelle auf der Flucht. Er wollte ihr ihre verdammten Lügen ins Gesicht schmettern, zusammen mit ihren sanften Blicken und der liebevollen Art, die sie bei Peter an den Tag legte, gar nicht zu reden von der Anziehung gegenüber ihm, die sie bekämpfte oder zumindest vorgab zu bekämpfen. Es war alles falsch, alles eine Lüge.

Dann las er die nächsten Sätze und er sackte im Stuhl zurück, in seinem Kopf arbeitete es.

Sie ist angeklagt, Eigentum eines Mikhail Girbac entwendet zu haben, genauer, ein wertvolles Teil von Computerausrüstung. Der Haftbefehl ist nicht eingelöst und ihr gegenwärtiger Aufenthaltsort ist unbekannt. Ich habe eine schnelle Recherche gestartet und herausgefunden, dass Mikhail Girbac drei Haftbefehle wegen häuslicher Gewalt, einen wegen Raubes und einen wegen Beteiligung an organisierter Kriminalität hat, alle in Australien. In Neuseeland hat er außerdem einen Haftbefehl wegen Raubes und Überfalls, aber bis dato keine Verurteilungen. Kiera Taylor hat keine vorhergehenden Verurteilungen oder andere ausstehende Haftbefehle in Neuseeland oder Australien. Ich werde nicht in der Lage sein herauszufinden, ob sie in den USA Anklagen hat, bis die Behörden dort wieder aufmachen.

Er konnte sich die Situation genau vorstellen: Ein Mann, wahrscheinlich ihr Liebhaber, schlägt sie und als Vergeltung lässt sie einen Computer mitgehen. Er erhebt Anklage und sie flüchtet. Das stimmte auch mit ihrer allgemeinen Angst und Wachsamkeit überein. Es war ihm aufgefallen, wie sorgfältig sie die Lobby des Hotels abgesucht hatte, bevor sie sie betreten hatte.

Die kleine Gazelle hatte Angst, sehr viel Angst, aber Theo war kein Narr. Sie hatte ihm nicht gesagt, dass sie auf der Flucht vor der Polizei war und eine ehrliche Frau hätte das getan. So verzweifelt er ihre Hilfe auch brauchte, es wäre der reinste Wahnsinn, ihr Peter anzuvertrauen.

Besorg mir alles, was du über sie finden kannst, schrieb er an Annemarie zurück. Such mir auch alles über diesen Mikhail Girbac.

Er klappte seinen Laptop zu und nach einem Moment des Nachdenkens steckte er ihn in die Tasche und stellte sie hinter den Sessel. Er glaubte wirklich nicht, dass sie ihn direkt unter seiner Nase bestehlen würde, aber aus den Augen, aus dem Sinn.

„Ich glaube, er ist hungrig", sagte Kiera, als Theo aus seinem Zimmer auftauchte. Sie war in der winzigen Küche zusammen mit einer Packung wiederverwendbarer Babyflaschen und der Babynahrung und las die Zubereitungshinweise. „Oh, gut, hier steht, dass ich es ihm bei Zimmertemperatur füttern kann. Ich habe mir darüber Gedanken gemacht, wie ich es warm bekommen würde."

Für einige Minuten lenkte Peter Theo ab, indem er ihn mit no no no aufforderte und zufrieden an seinem Stoffbuch saugte.

„Füttern wir ihm das einfach?", fragte Kiera und kniete sich neben die beiden mit der Flasche in der Hand. „Oder musst du ihn halten, wenn ich ihn füttere?"

„Ich weiß nicht", sagte Theo und fühlte, wie die bekannte Panik zurückkam, bevor er sie hinunterschluckte. „Vielleicht halte ich ihn auf meinem Schoß, aufrecht?"

Sie versuchten das und zu Theos unglaublicher Erleichterung langte Peter nach der Flasche und saugte zufrieden daran, während er mit den Augen Kiera beobachtete, als sie sich wegbewegte.

„Ich schaue nur nach, ob hier etwas drin ist, das er essen kann."

Er beobachtete, wie Kiera die Minibar untersuchte und war erstaunt darüber, dass jemand so unschuldig und echt aussehen konnte, der die Wahrheit völlig versteckte. Er fragte sich, ob sie dazu gezwungen gewesen war, vor ihrem Freund zu fliehen oder ob es da noch mehr gab. Vielleicht war sie die perfekte Schauspielerin und er war direkt in ihre seidig weiche und verführerische Falle getappt.

Es lag ihm auf der Zunge, sie nach dem Haftbefehl zu fragen, als sie eine winzige Flasche Wein hochhielt und fragte, was er wollte.

„Nichts."

Kiera schaute ihn seltsam an, ohne Zweifel hatte sie seine erstickte Stimme bemerkt. Sein Magen zog sich zusammen, aber er war nicht durch die Hölle und zurück gewandert, um dem Bedürfnis nach Alkohol wieder die Kontrolle in seinem Leben zu geben. Er bemühte sich, sich zu entspannen und nutzte die Mechanismen, die er auch in der Vergangenheit angewandt hatte, um ihn durch soziale Situationen zu bringen, wo Alkohol ausgeschenkt wurde.

„Du trinkst nicht?"

„Nein."

Sie schüttete zwei Miniaturflaschen, die sie geöffnet hatte, in die Spüle, kam herüber, um sich neben ihn zu setzen. Peter war mit seinem Fläschchen fertig und hielt sich an der Couch fest, und versuchte, unter eines der Kissen zu krabbeln. „Wie lange bist du schon trocken?"

Theo warf ihr einen fragenden Blick zu.

„Mein Vater", antwortete sie.

Sein Blick fiel auf Peter. Er brauchte ein paar Minuten, bevor er antwortete: „Fünf Jahre, vier Monate, zwölf Tage."

„Das ist ein guter Anfang", sagte sie und ihre Stimme war weich vor Verständnis.

Theo wollte sich darin einwickeln. „Ich habe viele Fehler gemacht, bevor ich in die Klinik gegangen bin", gab er zu und seine Stimme war schroff.

„Jetzt hast du noch einen weiteren Grund, trocken zu bleiben."

Kiera nickte zu Peter hinüber.

Sein Blick traf ihren und er sah, dass sich in ihren schönen Augen das Gleiche spiegelte, was er im Spiegel sah, wenn er an einem Tiefpunkt angekommen war: Zweifel, Angst und Schmerz. „Mein Vater hatte drei Kinder. Das hat ihn nicht davon abgehalten, sich zu Tode zu trinken, als meine Mutter starb. Warum glaubst du, dass ein Kind in der Lage sein wird, mich von diesem Weg abzuhalten?"

Sie betrachtete ihn und schüttelte dann langsam den Kopf. „Du bist nicht dein Vater, Theo."

„Nein." Er schaute Peter an. „Das bin ich nicht."

Sie streckte die Hand aus und legte sie auf seine, versuchte, ihn offensichtlich zu trösten. „Das klingt jetzt lächerlich, weil wir uns gerade erst kennengelernt haben, aber trotzdem, ich habe Vertrauen in dich. Du magst ein frischgebackener Vater sein, aber ich glaube, du bist ein ganz hervorragender."

Theo schloss die Augen und drehte seine Hand so, dass seine Finger sich mit ihren verflochten, hob ihre Hand an seine Lippen.

Sexuelles Interesse flammte wieder in ihm auf und verbreitete eine Wärme, die in seinem Schwanz anfing und sich nach außen ausbreitete. Er umarmte sie und ließ das Gefühl kommen, weil es den Drang nach Alkohol verdrängte. Nichts weiter im Kopf als einen kleinen Vorläufer zur Verführung, küsste er ihre Finger und schenkte ihr seinen erotischsten Blick, einer von denen, der niemals fehlschlug, wenn es darum ging, Frauen in sein Bett zu kriegen.

Sie versteifte sich und mit einer gemurmelten Entschuldigung rannte sie quasi in ihr Zimmer.

„No no no", sagte Peter und beobachtete sie.

„Verdammt", fluchte Theo bei sich und war wütend, dass seine Lust ihn dazu gebracht hatte, zu vergessen, dass sie vorsichtig behandelt werden musste. „Ich bin ein Depp, Peter. Ich habe sie erschreckt."

Ein Teil von ihm wollte in dieser Situation wütend sein. Was zur Hölle hatte er getan, das so schlimm war? Er mochte es nicht, behandelt zu werden, als wäre er ein Vergewaltiger. Er mochte es nicht, wie sie alles, was er tat, als Bedrohung ihrer persönlichen Sicherheit auffasste. Er mochte die Tatsache nicht, dass sie ihn anscheinend überhaupt nicht mochte. „Frauen mögen mich nicht nicht, Peter. Einige mögen vielleicht nicht wahnsinnig interessiert an mir sein, aber sie machen nicht grundsätzlich einen Bogen um mich. Ich habe meine eigenen persönlichen Dämonen, aber ich habe niemals eine Frau schlecht behandelt. Ich habe niemals einer das Verlangen gegeben, vor mir davonzulaufen.

Um Himmels willen, Harry hat mir die Nase gebrochen, als ich versucht habe, sie zu küssen. Nein, Peter, das alles gefällt mir ganz und gar nicht. Kiera hat Angst und ich würde wetten, dass sie bei diesem Mikhail-Kerl misshandelt wurde, der die ganzen Haftbefehle wegen häuslicher Gewalt hat. Aber warum läuft sie davon? Warum schaltet sie nicht die Polizei ein, wenn sie so viel Angst hat?"

Und welche Art von Frau wäre in einer solch schlechten mentalen Verfassung, dass sie mit einem völlig Fremden in sein Hotelzimmer ging? Er kannte die Antwort, bevor die Frage in seinem Kopf vollständig Form angenommen hatte: Eine, die täuschte, die eine Lügnerin war, eine Diebin ... Oder eine, die ganz und gar verängstigt war.

Dieser letzte Gedanke brachte ihn dazu, sich wie der größte Vollidiot des Planeten zu fühlen. Wenn sie wirklich vor ihm Angst hatte, dann konnte er sehen, dass das, was für ihn ein völlig normaler Flirt war, plötzlich in einem ganz anderen Licht erschien.

Es war ein sehr verstörender Gedanke.

„Kein Wunder, dass sie es nicht aushält, um mich zu sein. Andererseits, vielleicht ist es fake? Verdammt, ich wünschte, ich würde es wissen. Entweder ist sie eine verdammt gute Schauspielerin und plant, mich komplett auszurauben, oder sie ist verzweifelt." Er nahm das Kauspielzeug, das Peter ihm gebracht hatte, entgegen, der etwas behauptete, das nur er verstand. „Und, ehrlich gestanden, ich mag keine der beiden Varianten. So sehr ich das auch bereue, ich fürchte, sie muss gehen. Wir können dich keiner Gefahr aussetzen, alter Junge, oder nicht?"

Die nächsten zwanzig Minuten verbrachte er damit, mit Peter zu spielen und das nagende Unwohlsein, das Sorge um Kiera war, in den Hintergrund zu drängen, während er abwechselnd fasziniert und verängstigt von seinem Sohn war.

„Es ist nicht so, dass er mir Angst macht", erklärte er Kiera, als sie endlich wieder aus ihrem Zimmer auftauchte. Er lag platt auf dem Rücken, hielt Peter über sich, während er eine grobe Nachahmung von Flugzeuggeräuschen von sich gab. Peter kreischte vor Vergnügen, seine Arme und Beine wedelten wild umher, während er kicherte und glückliche no no nos von sich gab.

Für einen Moment sah sie überrascht aus, mitten in eine Unterhaltung hineinzuplatzen, die er in seinem Kopf geführt hatte. „Aha?"

„Es ist so, als wüsste ich nicht, was ich tue. Was, wenn ich etwas falsch mache? Was, wenn ich sein Leben zu einem solchen Maß versaue, dass er mich hasst und Jahre in Therapie verbringen muss? Was, wenn ich doch mein Vater bin?" Er setzte sich auf und brachte Peter wieder auf den Boden. Sofort begann das Baby, Kiera mit no no no einzudecken und krabbelte dann hinüber zu Theos Fuß, um an seinem Knöchel zu nagen. „Das hätte mir nicht passieren sollen."

„Verhütung ist keine Einbahnstraße", sagte Kiera und gab Peter eine leere Rolle Toilettenpapier und lächelte, als das Baby sie sich prompt in den Mund steckte.

Er warf ihr einen fragenden Blick zu: „War das eine Anspielung?"

Für einen Moment sah sie erschrocken aus; dann zog ein kleines Stirnrunzeln ihre gewölbten Augenbrauen zusammen. „Ganz und gar nicht. Ich meinte nur, dass es nicht fair ist, zu erwarten, dass die Frauen immer diejenigen sind, die sich darum kümmern müssen. Vielleicht hatte deine Nastya die Nase voll davon, als Spiralträgerin durch die Gegend zu laufen, ein Implantat im Arm zu haben, Spritzen zu bekommen.“

„Das ist nicht ganz das, was ich gemeint hatte ...“

„So wie du dir auch Peter nicht leisten kannst?“ Aus dem Blick, den sie ihm zuwarf, tropfte kühle Verachtung.

Theo schenkte ihr einen fragenden Blick. „Ich was?“

„Am Bahnhof hast du deiner Ex gesagt, dass du dir Peter nicht leisten kannst.“

„Aha, das.“ Theo lächelte das Baby an. „Ich meinte, dass ich es mir zeitlich nicht leisten kann, ein Vater zu sein und in dem Moment, als es heraus war, war mir schon klar, was für ein Esel ich war. Ich sage nicht, dass es leicht sein wird, ein Baby und mein Geschäft zu handeln, aber ich werde das schon hinkriegen. Er ist die Anstrengung definitiv wert.“

In diesem Moment kam ihr Abendessen, ein Kellner brachte einen Wagen mit einer Auswahl an Gerichten und wurde gefolgt von einer Dame vom Zimmerservice, die einen Hochstuhl brachte. Kiera schaute den Teppich an und nahm Peter hoch, während Theo angab, dass der kleine runde Tisch gedeckt werden sollte und in sein Zimmer ging. Für einen Moment fragte er sich, ob er sein Portemonnaie gut sichtbar hatte liegen lassen, aber er schämte sich für sich selbst, als sie mit zwei Handtüchern in der Hand zurückkkam.

„Der Teppich sieht teuer aus“, erklärte sie ihm, als sie das größte der Handtücher unter den Kinderstuhl legte und Peter darauf absetzte, bevor sie ihn ebenfalls mit einem Handtuch eindeckte.

„Für jemanden, der kein Kindermädchen ist, bist du erstaunlich gut in dem Ganzen. Ich glaube, das ist deins." Er schob ihr einen Teller hin.

Sie ignorierte ihr Essen, um Peter ein paar Stückchen Nudeln zu füttern, bevor sie eine Scheibe Orange in sehr kleine Stücke schnitt, die sie auf seinem Tablett arrangierte. „Willst du ihm etwas davon füttern?", fragte sie und nickte zu einer kleinen Schüssel mit Apfelmus.

„Sicher." Er stellte die Schüssel auf das Tablett und fing sie gerade noch auf, als Peter seine Faust hineinhaute und die Schüssel das Fliegen lehrte, die mit einem nassen Platschen auf dem Tisch landete.

„Das Schlüsselwort in dem Satz war füttern, nicht ihm geben", sagte Kiera und reichte ihm das Handtuch.

Theo wischte die Kleckse von Apfelmus, die auf dem Tisch verteilt waren, auf. „Er kann nach Dingen greifen. Ich dachte, er könnte einen Löffel benutzen."

„Vielleicht. Vielleicht braucht er noch Hilfe. Lass nicht zu, dass die Erwartungen deines Vaters über deine Fähigkeiten mit einem Löffel dich dazu bringen, dass du dich irgendwie minderwertig fühlst", erklärte sie Peter und nahm das, was von dem Apfelmus übrig geblieben war und schaffte es mit einem Löffel, etwas davon in seinen Mund zu befördern. Er brabbelte lediglich vor sich hin und Apfelmus tropfte von seinen Lippen, während er ein Stückchen Nudel in seinen Mund schob. „Du tanzt zu deiner ganz eigenen Musik und scherst dich nicht darum, was irgendwer sonst tut."

„Swami Betelbaum?", fragte Theo und war amüsiert, obwohl er schwere Verdächtigungen gegen sie hatte. Er nahm an, dass er ihr ein Essen schuldete, nach allem, was sie erduldet hatte, um Peter sauber zu bekommen. Sobald das vorüber war, würde er ihr allerdings erklären, dass er sie trotz allem nicht behalten konnte und würde ihr als Kompensation Lohn für ein paar Tage geben. Vielleicht den von einer Woche.

Sein Blick fiel auf ihre Brüste bei der Erinnerung an ihre heldenhafte Tat, Peter sauber zu bekommen und er musste zu seiner Enttäuschung feststellen, dass ihre Brust schon wieder in einem weiten, ausgebeulten T-Shirt unsichtbar war.

„Swami Betelbaum ist voll hervorragender Ratschläge. Er hat mir geholfen, meine Panikattacken in den Griff zu bekommen." Sie schielte in Richtung der Auswahl an Getränken, die auf dem Tisch stand. „Ich frage mich, ob er eine andere Flüssigkeit als den Babybrei zu sich nehmen kann. Glaubst du, er ist laktoseintolerant?"

Er hielt inne, eine Gabel voll mit Steak fast bei seinem Mund. „Swami Betelbaum? Das wirst du besser wissen als ich."

„Klugscheißer." Sie zog eine Grimasse in seine Richtung, bevor sie zu Peter hinübernickte.

Theo grinste und war von der Tatsache begeistert, dass sie sich offensichtlich entspannt hatte, obwohl sie so hyperwachsam war und sich sehr wohl der Ironie bewusst, dass er sich über ihre mentale Verfassung Gedanken machte, während er gleichzeitig plante, sie direkt nach dem Essen loszuwerden. „Ich weiß nicht. Sieht er für dich danach aus?"

„Ich weiß nicht, ob man danach aussieht, aber ich würde es nicht riskieren." Sie schüttete etwas Apfelsaft in einen Plastikbecher und hielt ihn Peter hin. Er schob ihn zur Seite und machte gierige Handbewegungen Richtung Theo, während er ernsthaft vor sich hin brabbelte. „Ich glaube, das ist Antwort genug. Es sieht aus, als wollte er dein Steak."

„Also, das kann er nicht haben", sagte Theo und schob seinen Teller etwas weiter weg. „Nein", erklärte Theo. „Das ist Essen für Erwachsene. Nicht gut für Babys."

„No no no no!", sagte Peter und streckte weiter die Hände aus.

„Ich bin sehr hungrig", fuhr er fort und schenkte seinem Sohn einen strengen Blick, von dem er hoffte, dass er väterliche Festigkeit ausdrückte. „Ich habe heute hart gearbeitet und einen Tritt in die Magengrube kassiert, als ich herausgefunden habe, dass es dich gibt. Ich würde gerne mein Abendessen in Frieden zu mir nehmen. Du wirst feststellen, dass du dein eigenes Essen hast. Bitte iss es. Nein, du sollst es nicht auf Kiera werfen. Siehst du den Gesichtsausdruck von ihr? Das sagt, dass sie es nicht mag, ein Stückchen Nudel auf ihren Arm geworfen zu bekommen."

„Halb zerkaute, angesabberte und mit Apfelmus vermischte Nudel", korrigierte Kiera ihn, entfernte das widerwärtige Ding von ihrem Arm und wischte ihn ab, bevor sie ein paar Stücke gekochter Karotten mit einer Gabel zerdrückte und Peter etwas davon auf einem Löffel anbot. „Ich bin froh, dass du mit ihm redest, als wäre er intelligent, Theo. Swami Betelbaum sagt, dass es sehr wichtig ist, die Fähigkeiten anderer Leute nicht zu unterschätzen. Und hier, siehst du? Er mag Karotten."

Peter langte nach ihm. Oder eher, seinem Abendessen.

„Soll ich?", fragte er Kiera und war zögerlich, seinem neu gefundenen Sohn irgendetwas zu verweigern, das er wollte. Für einen Moment hatte er die Vorstellung von Ponys und einem Mountainbike und später sehr schnellen Sportwagen in der Zukunft seines Sohnes. Es war eine schöne Vision, entschied er, eine, in der eine ältere Version seiner selbst vorkam – etwas älter, vielleicht mit ein oder zwei silbernen Strähnen an seinen Schläfen, die ihn distinguiert erscheinen ließen, aber immer noch sehr attraktiv – neben seinem erwachsenen Sohn. Seltsamerweise kam in dieser Vision auch Kiera vor, die auf Peters anderer Seite stand, ihr Gesicht voller Stolz.

„Ich sehe keinen Grund, warum nicht, obwohl du das alles plattdrücken musst. Vielleicht eher klein schneiden und dann mit ein paar Kartoffeln vermischen?"

„Hmmm?" Es kostete etwas Mühe, aber er hörte auf, sich diesen schönen Moment auszumalen, in dem er Iakovos erzählte, wie sein Sohn gerade mit Bestnoten von Oxford abgegangen war. Wieder kam Kiera in die Szene, stand neben ihm, bei ihm untergehakt, während sie Harry erklärte, welche weltbewegenden wissenschaftlichen Entdeckungen Peter gemacht hatte, bevor er seinen Abschluss bekommen hatte.

„Stimmt etwas nicht?", fragte Kiera ihn und hätte fast ein Stück ihrer Lasagne gegessen, die sie als Abendessen bestellt hatte, aber ließ den Bissen unangetastet wieder sinken, als Peter mit dem Löffel auf das Tablett einhämmerte, den sie ihm gegeben hatte, um damit zu spielen und Stückchen von Apfelmus, Orange und Nudeln auf den Fußboden beförderte. „Joghurt, Peter? Magst du Joghurt?"

Welches Recht hatte sie, sich in seine privaten Fantasien von Peters umwerfenden Erfolgen einzumischen, die er in der Zukunft haben würde? Das war nicht richtig, dass sie, eine Diebin, verlangen sollte, dass sie bei Peters Triumphen dabei sein sollte, einfach nur, weil sie ihn fütterte und badete und es ertrug, dass er Essen nach ihr warf, ohne sich zu beschweren?

Er war verärgert und erregt gleichzeitig. Verdammt sei seine Lust. Wenn das anhielt, dann würde er eine Frau finden müssen, um diesen besonderen Drang zu stillen.

Außer, dass er nicht irgendeine Frau wollte. Keine, die nicht Sommersprossen, ein herzförmiges Gesicht hatte und Augen wie das ägäische Meer. Er fragte sich, wie sie schmecken würde. War sie salzig wie die See?

Er räusperte sich und hatte ein Auge auf Peter, der jetzt Joghurt über den Hochstuhl verteilte und dabei fröhlich vor sich hin brabbelte. „Also, was bringt eine Anwaltsassistentin von Kalifornien nach Neuseeland?", fragte er in einer Tonlage, die ihm wie leichte Konversation vorkam und nicht so, als würde er sich verzweifelt davon ablenken wollen, wie ihre Lippen wohl schmeckten. Und ihre Brüste. Und ihr Bauch. Und all die versteckten Teile, von denen er annahm, dass sie so heiß waren wie die Sonne am Mittag.

Sie schwieg für einen Moment und die mit Essen beladene Gabel hatte immer noch nicht ihren Mund erreicht. Ihr Blick huschte hinüber zu Peter. Es brauchte fast eine halbe Minute, aber dann sagte sie endlich: „Ein Mann."

„Ah. Freund?"

„Jetzt Ex-Freund, ja." Sie starrte auf ihren Teller und legte die Gabel ab.

„Neuseeland ist sehr weit weg, um nur für einen Mann hierherzukommen", sagte er, schwankend zwischen dem Verlangen, sie direkt nach dem Haftbefehl zu fragen oder sie auf das nächste Bett zu werfen und jeden Quadratzentimeter von ihr zu lecken.

„Fehler Nummer eins", sagte sie und rupfte ein Brötchen in Stücke, um das weiche Innenleben daraus zu entfernen und Peter zu geben. Er matschte es in das Joghurt-Pasta-Desaster auf seinem Tablett, bevor er es sich auf den Kopf schmierte. Ihr Blick traf Theos, ihre Augen funkelten vor Ärger und Hass in kleinen blauen und grünen Punkten. „Er war groß, so wie du. Gut aussehend, so wie du. Er hatte –" Sie gestikulierte zu seinem Schritt. „So wie du."

Theo wollte beleidigt sein, aber er wusste, dass er sie rücksichtsvoll behandeln musste. Sie hatte etwas überlebt, das er sich noch nicht einmal vorstellen konnte und er wollte ihr erklären, dass er nicht vorhatte, sie zu beunruhigen. „Wenn du auf die Episode im Bad anspielst, dann entschuldige ich mich. Ich wäre nicht so entspannt damit umgegangen, mich vor dir auszuziehen, wenn ich gewusst hätte, dass es dich so mitnimmt. Obwohl ich auch darauf aufmerksam machen möchte, dass ich vielleicht so groß bin wie dein Ex, aber ich bin nicht er", sagte er und wiederholte damit absichtlich ihren Kommentar über seinen Vater.

Sie ließ den Blick sinken. „Das sagst du."

„Ich lasse diese Beleidigung durchgehen, weil ich ein verständnisvoller Mann bin, und kein Monster, der seine Größe und sein Gesicht und seinen Schwanz dazu benutzt, Frauen einzuschüchtern. Noch einmal, es tut mir leid wegen der Sache im Bad, aber ich hatte keine Ahnung, dass es dich so verstören würde. Was den Rest angeht, ich kann nichts dafür, dass ich aussehe, wie ich aussehe – genauso wenig wie du. Besonders, weil es ein bisschen auffällig wäre, wenn ich Make-up tragen würde."

Peter angelte sich die Schüssel mit den zerdrückten Karotten, die Kiera zu nah in seiner Reichweite hatte stehen lassen. Er hämmerte sie auf das Tablett und sang sich ein Lied vor, dann tauchte er zwei Finger hinein und deutete auf sie.

„Niemand will zugeben, dass er ein Monster ist", sagte sie und schluckte, ihr Blick immer noch auf den Tisch gerichtet. „Das, von dem du glaubst, dass es dich zu dem verständnisvollsten Mann auf Erden macht, mag für jemand anderen komplett anders aussehen."

Peter schnappte sich eine Handvoll Kartoffelbrei von Theos Teller und mit einem zufriedenen Kichern steckte er sich die Finger erst in den Mund und schmierte sich den Rest dann noch auf den Kopf.

„Ich habe nicht gesagt, dass ich der verständnisvollste Mann der Welt bin. Ich meinte einfach nur, dass ich verstehe, warum du so verstört warst. Außerdem nehme ich an, dass du auf die Tatsache referierst, dass ich mein Problem mit Alkohol erwähnt habe." Er war plötzlich verärgert. Er wusste nicht, wie sie von den weniger großartigen Dingen wusste, die er getan hatte, als er betrunken war, aber es war klar, dass sie das tat und es ärgerte ihn. „Weil ich mich bei Harry entschuldigt habe, als ich sie belästigt habe."

Peter drehte die Schüssel mit den Karotten um und stülpte sie sich auf den Kopf.

Kieras Blick traf Theos, ihre Augen wachsam. „Du hast deine Schwägerin belästigt?"

„Ja." Er deutete mit einem Stück Fleisch auf sie, das er gerade für Peter in Stücke schneiden wollte. „Aber du musst mich nicht ansehen, als sei ich der Abschaum auf dem Angesicht der Erde. Ich wusste nicht nur nicht, was ich tat, weil ich sturzbetrunken war, sondern Jake hat mich auch ordentlich dafür verprügelt und wie ich gerade gesagt habe, habe ich mich am nächsten Tag dafür entschuldigt."

„Jake?", fragte sie und schaute verwirrt aus.

„Iakovos", sagte er mit einer heftigen Geste. „Das ist Griechisch für Jakob. Ich nenne ihn manchmal Jake."

„Oh." Sie schaute zu Peter hinüber und ihre Augen weiteten sich, ein merkwürdiges kleines Zwitschern von Lachen kam zwischen ihren wundervollen Lippen hervor. Er schaute hinüber, um zu sehen, was so witzig war und erstarrte vor Entsetzen bei dem Anblick. Peter hatte den Kopf beschmiert mit Karotten, Kartoffelbrei und Joghurt. Sein einst mal sauberes T-Shirt war nicht mehr zu erkennen. Ein Tropfen von Karotte tropfte von der Schüssel, die er über seinen Kopf entleert hatte, platschte auf das Tablett, das fast unerkennbar war. „Ich glaube, er braucht noch ein Bad."

Bedauernd schaute er auf sein teilweise aufgegessenes Steak und legte die Gabel ab. „Diese Vaterschaftssache nimmt mehr Ressourcen in Anspruch, als ich mir das gedacht hätte. Nein, bleib einfach sitzen. Ich werde ihn baden, jetzt, wo ich weiß, wie."

„Warte. Solange er dreckig ist, versuche ich, ihm noch etwas Essen einzutrichtern."

Zehn Minuten später nahm Theo das immer noch vor sich hin brabbelnde Baby mit in sein Badezimmer, zog sie beide aus und nahm das zweite Bad für diesen Tag. Eine weitere Welle von Panik traf ihn, als Peter im Wasser planschte. Was zur Hölle wusste er darüber, wie man ein Kind großzog, ganz zu schweigen davon, wie man sich um ein Baby kümmerte? Wie sollte er das alleine hinkriegen? Selbst wenn er ein Kindermädchen hätte, wäre er immer noch verantwortlich für das Wohlergehen von Peter und Glück und eine Million andere Dinge, die er nicht ertragen konnte.

Theo fühlte sich völlig und komplett überfordert, aber er wusste, dass er wegen Peter nicht das Handtuch werfen durfte. Er hoffte einfach nur, dass er das hinkriegen würde, ohne komplett die Kontrolle zu verlieren.

Peter planschte und brabbelte und trat mit seinen kleinen Füßen für eine Weile um sich, aber als er gegen Theos Bein sackte und langsam an seiner Kniescheibe knabberte, entschied Theo, dass der Badespaß vorüber war. „Müde? Prima. Ich glaube nicht, dass du mit ansehen solltest, wie Kiera geht. Ich will nicht, dass du traumatisiert wirst, wenn du so jung bist."

Er brauchte mindestens fünf Minuten, um Peter trocken zu bekommen und dann musste er sich all die Dinge ansehen, die in der Tasche waren, die offensichtlich dafür gedacht waren, auf ihm verteilt zu werden und er musste entscheiden, was davon anwendbar war. „Du bist nicht wundgescheuert, also werden wir das zur Seite stellen. Sorgt Puder normalerweise nicht bei

Frauen dafür, dass sie einen Harnwegsinfekt bekommen, wenn man es dort benutzt?" Er beäugte das Babypuder und schaute dann auf Peter, der Hände von Theos Brusthaar umklammert hielt und es dazu nutzte, auf die Füße zu kommen. Er war zufrieden zu sehen, dass Peter nicht beschnitten war. „Nur für den Fall, dass es für kleine Jungs so ist wie für Frauen, werden wir es weglassen." Am Ende hatte er Peter in die Windel verpackt und in einen Einteiler, der aussah, als könnte man darin schlafen.

„No no", sagte Peter, steckte seine Finger in den Mund und nagte daran.

„Ich besorge dein Kauspielzeug", versprach er und öffnete die Badezimmertür.

Kiera stand an der Kommode gegenüber der Tür, halb abgewandt, sein Portemonnaie in der Hand, mit einem Blick von erschrockenem Entsetzen auf ihrem Gesicht.

Wut erfüllte ihn, Wut, dass er selbst so dumm gewesen war, so blind gegenüber der Wahrheit über sie, und Wut, dass sie seine Gutmütigkeit mit so viel Falschheit belohnte.

„Was zur Hölle glaubst du, was du da machst?", brüllte er und setzte Peter auf dem Fußboden ab, bevor er hinüberspazierte, dort, wo sie wie festgewachsen stand und ihre Gazellen-Augen waren riesig. Er schnappte sich sein Portemonnaie aus ihrer Hand und die Frustration, die sich an diesem schrecklichen Tag in ihm aufgestaut hatte, ließ die einfache Geste in ein umfassendes Wedeln seiner Hand wachsen.

Kiera keuchte und fiel auf die Knie, ihre Hände hatte sie schützend über ihren Kopf zusammengeschlagen.

Theo stand da und schaute auf sie herab, verblüfft von ihrer automatischen Reaktion, schaute zuerst auf seine Hand, die er bis zum Kopf erhoben hatte, dann dorthin, wo sie zwischen herzerweichenden Schluchzern Worte japste.

„Es tut mir leid – ich habe nichts genommen, ich schwöre. Ich wollte nur sicherstellen, dass du der Theo bist, von dem du behauptest, dass du das bist –"

In ihrer Stimme schwang so viel Entsetzen mit, das er niemals in seinem gesamten Leben bei einem anderen Menschen gehört hatte. Vorsichtig ließ sie die Arme sinken und krabbelte rückwärts, bis sie gegen die Wand gepresst war, ihr ganzer Körper versuchte, sich offensichtlich kleiner zu machen, um weniger Angriffsfläche zu bieten.

Er ließ langsam seine Hand sinken und fühlte sich, als wäre er gerade von einem Maultier in den Magen getreten worden. Sie beobachtete ihn mit Augen, die nun dunkel vor Angst waren und, als er keine Anstalten machte, sich zu ihr hin zu bewegen, kam sie zögerlich auf die Füße und ging rückwärts aus dem Zimmer, murmelte immer noch eine Erklärung und eine Entschuldigung. Sie machte zwei Schritte zurück, dann wirbelte sie herum und rannte in ihr Zimmer, warf die Tür hinter sich zu. Er glaubte, dass er sogar hören konnte, wie sie den Schlüssel umdrehte.

Alles, was er bis dahin gewusst hatte, änderte sich in diesem Moment. Die Welt hörte auf, ein Ort zu sein, an dem er sich wohlfühlte, wo er wusste, wer er war und was sie ihm schuldete. Statt dieses bekannten Lebens trat eine neue Realität auf, eine, wo eine schöne verwundbare Frau so misshandelt worden war, dass sie bei der kleinsten Geste seiner Hand vor ihm kroch.

Er hatte ein Kind, das seine Liebe und seine Fürsorge brauchte und nun ... Er schaute auf die geschlossene Tür und glaubte zu fühlen, wie Wellen der Angst aus ihrem Raum rollten. Und nun hatte er Kiera.

Das erste Mal in seinem Leben stellte Theo sein eigenes Glück, sein eigenes Wohlergehen und seine Bedürfnisse hintan und ersetzte sie stattdessen mit denen einer zerbrechlichen, verängstigten Frau und eines Babys, das einen Vater verdiente.

Er nahm Peter hoch und hatte plötzlich das Bedürfnis, ihn zu halten, die Wärme des Babys an seiner Brust zu spüren. Er musste fühlen, dass er nicht das Monster war, das er in Kieras Augen gesehen hatte.

„Was zur Hölle hat ihr Ex ihr angetan?", fragte er Peter flüsternd. „Was zur tiefsten Hölle hat er ihr angetan?"

Das Baby gurgelte schläfrig an seinem Nacken.

„Was fange ich mit dir an? Wie werde ich ein so guter Vater, wie du ihn verdienst? Ich bin nicht Iakovos – ich bin nicht sicher, ob ich das auf die Reihe kriege."

Peter bekam einen Schluckauf und das Gefühl des Babys, das an ihm einschlief mit so viel Vertrauen, erfüllte Theo mit dem scharfen Gefühl der Liebe, gefolgt von der sofortigen tiefgreifenden Entschlossenheit, dass er alles unternehmen würde, was nötig war, um Peter ein glückliches Leben zu bescheren. „Ich weiß noch nicht, wie ich das anstellen werde, aber ich werde der Vater sein, den du brauchst. Ich werde einen weiteren Assistenten einstellen, wenn ich muss, obwohl der Himmel weiß, dass Annemarie fast übermenschlich ist in ihrer Fähigkeit, mit Dingen klarzukommen. Aber so ist das eben, stimmt's? Wir werden das zusammen hinbekommen. Nur sei nicht so streng mit mir für eine Weile, bis ich den Dreh raus habe, in Ordnung, alter Junge?"

Dann dachte er an Kiera in ihrem Zimmer, offensichtlich voller Angst vor ihm und ein zweiter Entschluss begann, sich zu formen, dieser saß tief in seinem Magen, begleitet von einem Gefühl, das ihn plötzlich unbesiegbar machte. Er legte Peter in die Wiege, die er vom Hotel geordert hatte und deckte das Baby mit einer Decke zu, während er versprach: "Wir werden das richtig machen, Peter. Irgendwie werden wir ihr zeigen, dass sie uns vertrauen kann und dann werden wir es richtig machen. Denn sie braucht uns und ich fange an zu glauben, dass wir sie auch brauchen."

Theo seufzte, als er die Rezeption anrief, um zu fragen, ob sie einen Drucker hatten, den er benutzen konnte. War es just an diesem Morgen gewesen, als sein Leben unkompliziert und leicht gewesen war? Er fühlte sich, als wären Millionen Jahre seitdem vergangen.

Und trotzdem, zum ersten Mal fühlte er sich merkwürdig zufrieden mit dem Leben. Er hatte ein Ziel – zwei Ziele – und bei Gott, er würde sie umsetzen. Dieses Mal würde er sein Leben nicht versauen. Es war zu viel abhängig von seinem Erfolg.

Kapitel 5

„Pizza", sagte ich, als ich auf dem Boden des Badezimmers saß, mein Rücken an die Wand gelehnt, während ich meine Knie an meiner Brust umklammert hielt und mich verzweifelt davon abzuhalten versuchte, zu hyperventilieren. „Münzen. Einige Sorten von Melonen. CD-ROMs. Fäuste."

Mein Magen zog sich beim letzten Wort zusammen. Ich versuchte verzweifelt, das wilde Klopfen meines Herzens zu beruhigen, aber der falsche Gegenstand verstörte mich. Ich verdankte es Swami Betelbaum, dass ich wenigstens das verdrängen konnte. „Keine Fäuste", sagte ich und versuchte, das Bild von Theos wütendem Gesicht aus meinem Gedächtnis zu löschen. Dieses schöne Gesicht, schrecklich verzerrt durch seine Wut.

Und warum sollte er nicht wütend sein? Für mich macht es absolut Sinn, zu verifizieren, ob er der Mann war, für den er mir seine Referenzen gegeben hatte, aber ich wusste tief in meinem Inneren, dass er das nicht so sehen würde. Männer wie er wollten nicht herausgefordert werden. Oder infrage gestellt werden.

Mir stockte wieder der Atem und drohte, mich zu strangulieren. „Globen. Jo-Jos. Schallplatten. Fleischpasteten."

Wie hatte ich nur so dumm sein können? Ich hatte zugelassen, dass ich mich in einer falschen Sicherheit wiegte mit Theo, einfach weil er so nett erschien. So bedürftig. Und so dankbar für meine Hilfe mit Peter.

„Das ist, was du für diesen Grad der Dämlichkeit bekommst", sagte ich laut und stemmte mich mit Mühe auf die Füße. Für einen Moment starrte ich mich im Spiegel an und mochte nicht, was ich sah. „Swami Betelbaum wäre enttäuscht", erklärte ich meinem Spiegelbild und öffnete dann die Badezimmertür einen Spaltbreit, um in mein Zimmer zu spähen.

Ich hasste die Tatsache, dass ich so ein Feigling war, dass ich nicht einfach wie ein normaler Mensch ins Zimmer gehen konnte, aber in diesem Moment war das jenseits meiner Fähigkeiten.

Das Zimmer war so, wie ich es verlassen hatte. Theo war nicht darin, der wütete und mich anschrie, er pochte auch nicht an die Tür und verlangte, dass ich sofort ging, beides hatte ich halb erwartet. Ich setzte mich für dreißig Minuten aufs Bett, saß einfach da und dachte nach, versuchte, einen Plan zu entwickeln, versuchte, einen Weg zu finden, um Theo zu erklären, was ich getan hatte, aber mein Gehirn verweigerte die Zusammenarbeit.

Ich hatte zu viele Nächte ohne Schlaf verbracht. Zu viele Tage, in denen ich über meine Schulter gespäht hatte.

Das Beste, was mein verwirrtes Gehirn sich ausdenken konnte, war zu warten, bis ich sicher war, dass Theo schlief und dann aus der Suite zu huschen.

Aber wohin würde ich gehen?

„Hurn?" Ein Geräusch brachte meinen Kopf dazu, nach oben zu rucken und der verwirrte Ausruf war ein halbes Schnarchen. Ich musste fast eingenickt sein, obwohl ich kerzengrade auf der Kante des Bettes saß. Mein Blick wanderte zu Tür und starrte überrascht auf das weiße Ding, das am unteren Türspalt flatterte und sich wand.

Es war ein Stück Papier. Es wand sich und ruckelte, zerknitterte ein bisschen, als eine silberne Klinge es hindurchschob.

War das ein Messer vom Tisch? Theo hatte ein Messer? Die Panik wollte wiederkommen, wollte mich wieder in ihren atemlosen, herzrasenden Griff zwingen, aber das weiße, zerknitterte Ding lag halb unter meiner Tür und schien so merkwürdig, dass es mich stattdessen dazu brachte aufzustehen. Ein Blick versicherte mir, dass die Tür immer noch verschlossen war und ich kam leise näher, hielt den Atem an für den Fall, dass er mich hören konnte.

Aber es gab kein Geräusch. Ich untersuchte das weiße Ding. Es schien ein Umschlag zu sein. Meine Finger zuckten ein bisschen und ich zupfte zögerlich daran. Es gab ohne viel Mühe nach. Ich schaute es an und drehte es um. In großer Schrift war auf der Vorderseite mein Name gekritzelt.

„Theo hat mir einen Brief geschrieben?", flüsterte ich. „Ist das die formelle Aufforderung, dass ich gehen soll?"

Das wollte ich wirklich nicht lesen. Ich wusste, was ich dort finden würde: Hetze, wütende Worte, Verwünschungen und schließlich die Forderung, dass ich verschwinden sollte. Er würde vielleicht sogar drohen, die Polizei zu rufen. „Merkur. Venus. Erde. Mars."

Während ich mich mit allerlei Schimpfworten bedachte, setzte ich mich aufs Bett und riss den Umschlag auf, einige Seiten ergossen sich auf die Bettdecke.

Das erste, das ich aufnahm, war eine Art von Bild. Ich schaute es überrascht an. Es war die Kopie eines griechischen Führerscheins, ausgestellt auf Theodor Christos Orien Papaioannou, mit einer Adresse in Athen. Das Bild von Theo war nicht großartig, es tat seinem hübschen Gesicht sicherlich keine Gefallen, aber es war offensichtlich er.

„Was zum …" Ich schaute auf die nächste Seite. Es war ein Ausdruck irgendeiner Finanzinstitution und beinhaltete eine Biografie von ihm. Hier war das Bild besser, aber sein Lächeln projizierte ein Selbstbewusstsein, bei dem alle möglichen Alarmglocken in meinem Kopf angingen.

Die dritte Seite schien ein Kontoauszug von einer neuseeländischen Bank zu sein. Die Kontodaten waren geschwärzt worden, aber die Beträge waren so hoch, dass ich die Augenbrauen hochzog. Am oberen Ende hatte jemand in den gleichen großen Buchstaben wie auf dem Umschlag geschrieben: Nur für den Fall, dass du dir Sorgen um meine Zahlungsfähigkeit machst.

„So viel zum Thema, ich bezahle meinen Anteil am Abendessen", sagte ich zu mir, bevor ich mich der letzten Seite widmete, eine, die mit dieser ganz unverwechselbaren Handschrift bedeckt war.

Kiera, es tut mir mehr leid, als du wissen kannst, dass ich dich erschreckt habe. Du hast jedes Recht sicherzustellen, dass ich der bin, für den ich mich ausgegeben habe und zu meinem tiefsten Bedauern habe ich da nicht früher dran gedacht. Ich habe ein paar Ausdrucke beigefügt, von denen ich hoffe, dass sie dich rückversichern werden, dass ich kein Axtmörder bin oder ein Vergewaltiger oder der Anführer eines Kults, der verlangt, dass du den Harem von zweiundzwanzig schwarzen Frauen komplettierst, obwohl ich dich zu meiner Hauptfrau machen würde und ich würde sogar die anderen zweiundzwanzig vor die Tür setzen, wenn du das verlangst. Gerne gebe ich dir weitere Beweise für meine Identität, wenn du möchtest. Du musst mich nicht sehen – du kannst einfach auf die Rückseite von dem hier schreiben, wenn du mehr willst. Peter und ich gehen ins Bett. Meine Tür wird zu sein, aber nicht abgeschlossen. Ich habe mein Portemonnaie auf dem Tisch im Wohnzimmer liegen lassen. Wenn du möchtest, kannst du es so lange inspizieren, wie du magst. Falls du dich über die Bilder darin wunderst: Die eine Frau ist meine Schwester, Elena, und die Babys sind meine Nichten und Neffen. Danke, dass du dich um Peter gekümmert hast. Er ist in seiner Wiege mit dem Kauspielzeug und produziert anbetungswürdige leise, schläfrige Geräusche. Es tut mir leid. Es tut mir wirklich leid. Theo

Ich drängte die Tränen zurück, die mir in den Augen stachen bei den ersten paar Sätzen, und war mehr als nur ein bisschen erstaunt, dass er nicht wütend war auf mich, nicht das kleinste bisschen. Er hatte verstanden. Und, was noch erstaunlicher war, er hatte sich entschuldigt. „Verdammt, er ist lieb, und das will ich nicht", sagte ich und wischte mir wütend über die Augen. „Ich komme mit allem klar, nur nicht damit, dass er lieb ist."

Ich las den Brief wieder und zog die laufende Nase hoch, die immer zu den Tränen auftauchte. Nachdem ich ein paar Minuten nachgedacht hatte, schrieb ich auf die Rückseite des Papiers:

Lass ihn nicht mit dem Kauspielzeug einschlafen. Er könnte daran ersticken.

Es brauchte ein paar tiefe Atemzüge und einen Durchmarsch durch alle Marken von runden Crackern, die mir einfielen, aber dann endlich entriegelte ich die Tür und schaute hinaus.

Das Wohnzimmer war leer. Das Portemonnaie lag in großartiger Einsamkeit auf dem Tisch. Ich nahm es und schlich zu seiner Tür, bevor ich mich hinkniete und meine Notiz auf den Boden legte. Das Portemonnaie lag obendrauf für den Fall, dass Theo den Brief nicht sehen würde.

Es brauchte eine geschlagene Minute von gutem Zureden, um mich dazu zu bringen, aber schließlich klopfte ich zweimal an seine Tür und rannte dann durch das Wohnzimmer zurück in die Sicherheit meines eigenen Schlafzimmers, schloss die Tür und verriegelte sie, bevor ich mein Gepäck beäugte. Ich hatte nicht ausgepackt, damit ich bereit wäre, mich mitten in der Nacht davonzustehlen, aber nun ...

Ich setzte mich wieder aufs Bett und berührte die Seite, auf der Theos Führerschein abgedruckt war. „Ich mag dieses Bild viel lieber, wo du so wunderbar verwuschelt und informell bist, als das im Anzug, gekämmt in diesem Finanzbericht."

Stille herrschte für weitere zehn Minuten in meinem Zimmer; dann fällte ich eine Entscheidung.

„Ich werde bleiben", sagte ich und fühlte mich plötzlich sehr tapfer. Swami Betelbaum wäre stolz auf mich, dachte ich, als ich mir selbst zunickte, ganz so, als könnte er mich sehen, wie ich mich mit einem anderen Menschen verband. Swami Betelbaum hielt sehr viel von Verbindungen mit anderen. „Theo hat sich entschuldigt. Er war gar nicht wütend und es tat ihm leid, dass er falsch verstanden hat, was ich tat. Das ist ein gutes Zeichen. Das ist ein Zeichen, dass er nicht denkt, dass er immer recht hat und niemals falschliegen kann." Ich saß eine weitere Minute da, bevor ich die Worte aussprach, von denen ich nie gedacht hätte, dass ich sie wieder sagen würde: „Ich vertraue ihm."

Aber für wie lange?, fragte meine innere Stimme.

Ich ignorierte sie, denn ich wollte nicht zulassen, dass sie dieses seltsame neue Gefühl verdarb, das darin resultierte, Kontrolle zu haben und kletterte voll bekleidet ins Bett. Ich wusste, dass die meisten Menschen es seltsam fanden, so ins Bett zu gehen, dass man jederzeit bereit war, wieder aufzuspringen und innerhalb einer Sekunde davonzustürmen, aber ich fand es beruhigend zu wissen, dass, wenn ich mitten in der Nacht vor Misha davonrennen müsste, dann wäre ich bereit, das zu tun.

„Zweiundzwanzig schwarze Ehefrauen", schnaubte ich und dachte über Theos Brief nach, während ich das Licht der Stadt betrachtete, das durch die Vorhänge fiel und auf der Decke flackerte. „In deinen Träumen, Theo."

Bedeutungsschwangere Worte, stellte sich heraus.

Es fing so an, wie es immer begann, wenn ich erschöpft war: Ein vage unangenehmer Traum, einer mit beliebigen Bildern, die über mein inneres Auge huschten, ineinander verliefen und sich änderten, bevor die Szene in Wellington sich wieder abspielte. Das Geräusch der Klimaanlage in Mishas Apartment lieferte das Hintergrundrauschen, über das hinweg er mich anschrie und die Worte unterstrichen wurden von dem Geräusch von zersplitterndem Glas, während er wütete und alles zerstörte, was in seine Reichweite kam.

In meinem Traum kroch ich vor ihm und versuchte zu verstehen, warum er so wütend war, meine Frage erhielt nur eine Rückhand als Antwort, die mich rückwärts in die Wand schickte. Bevor die Sternchen wieder verschwunden waren, war er über mir, eine Hand auf meinem Nacken und würgte mich, als er sein Gesicht in meines schob und Speichel flog, während er mir erklärte, sehr detailversessen, was er mit mir anstellen würde, wenn ich es wagen würde, ihn jemals zu betrügen.

Die Angst, die über mich hinwegschwappte in meinem Traum, war schrecklich, aber es war nichts verglichen mit dem, was ich zu dieser Zeit gefühlt hatte: Angst und das kranke Wissen, dass es keinen Ausweg gab von Misha. Er hatte zu viele Freunde, zu viele Leute, die ihm einen Gefallen schuldeten.

Der Traum änderte sich: Ich schnappte mir meine wenigen kostbaren Besitztümer – ein paar Bücher, Kleidung, die winzigen Zengartensteine, die ich benutzte, weil sie rund waren – all das wanderte in einen Seesack. Das Gefühl der Sinnlosigkeit und der Hoffnungslosigkeit, das ich gefühlt hatte, als ich aus dem Apartment geschlichen war, fehlte, während ich betete, dass ich längst weit weg wäre, bevor Misha feststellte, dass ich verschwunden war, aber ich hatte es damals gefühlt. Und ich hatte es zwei Wochen später gefühlt, nachdem meine Zeit im Frauenhaus abgelaufen war. Ich fühlte die Spuren auch jetzt noch.

Ein Schatten schob sich über mich und in meinem Traum wusste ich – wusste ohne den geringsten Zweifel –, dass Misha mich gefunden hatte. Er würde mich so in Stücke schneiden, wie er es versprochen hatte, wenn ich ihn jemals verlassen würde und ein Schrei brach sich in mir Bahn, einer gefüllt mit dem Wissen, dass ich es schließlich doch nicht geschafft hatte zu entkommen. Er hatte mich gefunden und nun würde ich den Preis zahlen.

Ich dachte zuerst, dass das Klopfen das Blut in meinen Ohren war, aber plötzlich war ich wach, blinzelte und schaute mich wild um. Das Zimmer war leer.

„Kiera? Verdammt, öffne die Tür!" Das Klopfen ertönte wieder über Theos gedämpfter Stimme. Ich rieb mir das Gesicht.

„Was? Was ist los?", rief ich in dem Moment, als mich eine schreckliche Angst ergriff, eine, die genauso schlimm war wie in meinem Traum.

Ohne nachzudenken, rannte ich zur Tür, schloss auf, bevor ich sie aufriss. „Was ist mit Peter? Geht es ihm gut? Verdammt, ich habe gesagt, du sollst ihm das Kauspielzeug wegnehmen, während er schläft!"

Theo stand vor mir, eine Hand erhoben, um wieder gegen die Tür zu pochen. Ich zuckte zurück und instinktiv machte ich einen Schritt nach hinten beim Anblick der erhobenen Hand, aber dieses Mal war meine Panik nach außen gerichtet. Ich drückte mich an ihm vorbei und rannte in sein Zimmer, mein Herz klopfte einen hektischen Trommelwirbel, als ich neben der Wiege stand und leicht keuchte.

Peter lag auf dem Rücken, eine kleine Faust neben seinem Gesicht und schlief tief und fest. Ich durchsuchte die Wiege, aber konnte das Kauspielzeug dort nicht finden. „Was ist los mit ihm?", fragte ich mit leiser Stimme und hob die leichte Decke an, um sicherzugehen, dass seine kleinen knubbeligen Beine nicht verknotet waren. Er sah aus, als wäre alles absolut in Ordnung.

„Nichts, von dem ich wüsste. Sollte etwas los sein?" Theos Gesicht sprach von Sorge, als er die Decke wieder an Ort und Stelle brachte, die ich bei meiner Suche verschoben hatte. „Ich habe ihn auf den Rücken gelegt. Ich dachte, das ist das, was ich machen sollte?"

„Solltest du. Himmelherrgott, warum hast du mich dann so erschreckt?" Ich konnte nicht anders, als über Peters schwarzes Haar zu streicheln, jetzt glatt, aber es zeigte Anzeichen, dass es sich locken würde.

„Ich habe dich erschreckt?" Er sah fassungslos aus und sprach in einem heiseren Flüstern. „Du hast mir fast einen Herzanfall beschert, als du geschrien hast. Ich dachte, jemand würde dich umbringen."

In diesem Moment fielen mir zwei Dinge auf: Theo war komplett nackt und ich hatte wieder geträumt.

„Ich ... Ich ..." Ich musste mich sehr bemühen, meinen Blick von der nackten Brust vor mir abzuwenden. Ich hatte Männerbrüste vorher gesehen, aber Theos ließ die Kategorie ganz hübsch einfach aus und ging direkt über in absolut fantastisch. Er war muskulös, aber nicht auf obszöne Weise, sein Brusthaar machte die Konturen vager, aber nicht so sehr, dass es die schönen Kurven und Täler völlig verdeckt hätte. Ich hatte den schlimmsten Drang, die Hand auszustrecken und sie direkt auf die Mitte seiner Brust zu legen, meinen Fingern zu erlauben, mit den weichen schwarzen Locken zu spielen. Ich schluckte, wie es schien, mehrere Liter von Speichel herunter und versuchte, meine sieben Sinne wieder zusammenzusuchen. „Ich träume manchmal."

„Nur manchmal?" Einer seiner Mundwinkel zuckte. Ich wusste nicht, ob das daher kam, dass er mich ertappt hatte, wie ich seine Brust anstarrte oder ob ihn irgendetwas anderes an mir amüsierte. „Ich träume die ganze Zeit."

Ich machte einen Schritt zurück und schaute überall hin, nur nicht auf diese großartige Männlichkeit, die vor mir stand, mich reizte, mich bat, ihn zu berühren und in meinem Körper plötzlich das Bedürfnis zum Leben erwachen ließ, dass ich ihn sofort auf Theo befördern sollte, wenn nicht schneller. Ich bemühte mich, meine Gedanken zu sammeln und mein Stolz bestand darauf, dass ich mich benahm, als würde nicht der attraktivste Mann, den ich jemals gesehen hatte, vor mir stehen und sich überhaupt nicht darum kümmern, dass er splitterfasernackt war. „Du hast nicht diese Art von Träumen, die ich habe. Solltest du nicht ..." Ich machte eine vage Geste in Richtung des offenen Koffers, der auf einer Gepäckablage stand.

„Sollte ich nicht was?" Er kam nicht näher, aber das musste er nicht. Ich konnte fühlen, wie er mir all seine männliche Nacktheit aufdrängte. Und plötzlich brachte mich das in Rage. Wie konnte er es wagen, sich so wohlzufühlen mit der Tatsache, dass er so umwerfend war, dass er mich dazu brachte, zu sabbern? Er machte es wahrscheinlich absichtlich. Wahrscheinlich zog er sich nackt aus bei jeder Gelegenheit, sodass er Frauen zum Sabbern brachte, die es nicht fertig brachten, von seiner fantastischen Brust wegzusehen. Und seinen Armen. Er hatte sehr hübsche Arme. Nicht mit vielen Venen und zu vielen Haaren, aber solide. Muskulös. Die Art von Armen, die man an einem Mann wollte. Und seine Hände – ich musste aufhören, darüber nachzudenken, ich wusste sehr wohl, dass ich eine Schwäche für Männerhände hatte.

„Kiera?"

„Hmm?" Er schaute mich an, als wäre ich diejenige, die da stand und skandalös wäre.

„Was sollte ich tun?"

Und seine Oberschenkel. Mein Blick huschte über seinen Penis, dankbarerweise nicht in erregtem Zustand und gestattete mir, den Anblick seiner langen Oberschenkelmuskeln zu genießen. Ich liebte die Oberschenkel von Männern. Da stand Theo und reizte mich mit seinen Oberschenkeln.

„Gut. Ich warte, bis du fertig bist. Wenn du bei der Brust fertig bist, kann ich dann die Arme verschränken?"

Wut sammelte sich in mir an, eine Art von beschützender Wut, die darauf aus war, mich davor zu bewahren, was mein Körper wollte. Und weil mich meine Lust schon zuvor auf Abwege gebracht hatte, fütterte ich die Wut und nährte sie, fachte die Flammen höher an, denn wenn ich nicht wütend war, dann würde ich einfach nur dastehen und diesen Mann anstarren und ihn ansabbern wollen.

Und das war, was er wollte, dieser Bastard mit der erotischen Brust, den schönen Armen und den belästigungswürdigen Oberschenkeln.

„Soll ich mich umdrehen? Man hat mir gesagt, mein Hintern sei nett."

„Ja", sagte ich, ohne nachzudenken. Ich musste meine Wut weißglühend halten. Es war wichtig, dass ich das tat, damit ... Der Gedanke vertrocknete in meinem Hirn, während Theo sich umdrehte und zuließ, dass mein Blick von seinen schönen Unterschenkeln nach oben zu der Rückseite dieser Oberschenkel wanderte, die ich plötzlich ablecken wollte, nur damit meine Augen stotternd bei seiner Rückseite zum Halten kamen.

Heilige Gottesmutter, ich war in Schwierigkeiten. Mein Kiefer gab ein bisschen nach beim Anblick dieser Rückseite. Der kurzen Blick, den ich zuvor erhascht hatte, war nett gewesen, aber das ... Mein Gehirn legte einen Feiertag ein, um ihn zu bewundern. Sein Hintern war heller als der Rest von ihm, mit schönen Schwüngen und Kurven, die nach meinen Händen riefen. Ich fluchte bei mir, meine Hände juckten regelrecht, diese süße, süße Kurve seiner Pobacken zu halten. Mehr als nur ein bisschen verwirrt, ließ ich meinen Blick am oberen Ende beginnen und ihn nach unten wandern, einfach nur um zu sehen, ob ich die Schönheit seiner Rückseite falsch eingeschätzt hatte.

Die Muskeln seiner breiten Schultern verengten sich nach unten zu seiner Hüfte und dann zu seinem Hintern. Nein, dachte ich bei mir selbst, und schüttelte innerlich den Kopf, ich lag nicht falsch. Sein Hintern war großartig. Ich wollte unbedingt die zwei kleinen

Grübchen küssen, die darüber waren. Zur Hölle, ich wollte alles von ihm küssen, Vorder- und Rückseite.

„Reicht es? Ich hoffe doch, denn es ist ein bisschen langweilig, die Wand anzuschauen." Er drehte sich um, aber er musste meinen perplexen Gesichtsausdruck bemerkt haben, denn er streckte die Hand aus, als er auf mich zutrat.

Mein Instinkt brachte mich dazu, zurückzuweichen, bis ich in einen Stuhl stolperte.

Theo kam zum Halten, ließ die Hand sinken, der spielerische Gesichtsausdruck, der seine Augen mit Lachen gefüllt hatte, verschwand. Er betrachtete mein Gesicht für einen Moment, dann schritt er hinüber zu dem Koffer und zog ein Paar Jeans an. Er drehte sich zu mir und fragte: „Besser?"

Ich nickte und fühlte mich, als wäre nicht einmal ansatzweise genug Sauerstoff im Raum.

„Darf ich näher kommen? Es ist ziemlich schwierig, auf diese Distanz zu flüstern."

Ein kleines bisschen Wärme machte sich in meinem Bauch breit. Er fragte um Erlaubnis, um näher zu kommen? Ich schüttelte bei dem Gedanken meinen Kopf. Kein Mann hatte mich jemals gefragt, was ich wollte.

„In Ordnung, dann bleibe ich hier", sagte er und interpretierte die Geste offensichtlich falsch.

„Nein, das Kopfschütteln war für mich", erklärte ich ihm und nannte mich einen Feigling, dann bewegte ich mich auf ihn zu, sodass ich ungefähr einen halben Meter von ihm entfernt war. „Niemand hat mich jemals gefragt, ob er näher kommen dürfte. Ich bin nicht ... Ich bin kein seltsamer Mensch, der sich vor Keimen fürchtet, Theo."

„Nein, aber ich habe dich vorher erschreckt." Er hob
seine Hand, langsam, und ich wusste, dass er die Bewegung absichtlich so ausführte, um mich nicht wieder zu
erschrecken. Seine Finger strichen eine Haarsträhne
von dort fort, wo sie an meinen Lippen klebte. „Wenn
ich dir hier und jetzt verspreche, dass ich dich niemals
verletzen werde, wirst du mir dann glauben?"

Ich antwortete nicht. Er gab sich so viel Mühe, lieb zu
sein, mich nicht zu erschrecken, dass ich auf diese Net-
tigkeit nicht mit der Wahrheit reagieren wollte.

„Das habe ich auch nicht geglaubt." Sein Daumen
strich für eine kurze Sekunde über meine Unterlippe.
„Es macht keinen Unterschied, ich schwöre dir, dass
ich niemals im Zorn die Hand gegen dich erheben
werde. Ich hoffe, dass du es eines Tages glauben wirst."

Ich seufzte und wünschte, dass es wahr wäre, aber ich
hatte zu viele ähnliche Versprechen von Misha gehört,
um es zu glauben. „Ich weiß es zu schätzen", sagte ich
endlich, weil ich das Gefühl hatte, dass ich sein Versprechen in irgendeiner Weise anerkennen müsste.

„Willst du mir von dem Traum erzählen?", fragte er
und ich ließ zu, dass seine Hand meinen Arm hinab-
glitt, runzelte die Stirn, als er darauf sah. „Schläfst du …
Das ist vielleicht nicht meine Angelegenheit, aber
schläfst du immer vollständig bekleidet?"

„Ja." Ich machte eine vage Geste. „Wenn du so schläfst,
dann musst du nur noch deine Schuhe anziehen und
du kannst los."

„Wohin?"

Ich begegnete seinem Blick und ließ dann meinen sinken. Leider wieder direkt auf seine Brust. „Wo auch immer du hinmusst."

„Kiera.“

Ich schaute wieder auf seine Augen und bewunderte einfach nur, wie attraktiv er war. Er hatte eine lange, schmale Nase; einen Kiefer, der nun von Stoppeln verdunkelt war, der genau auf diese Weise kantig war, dass es in meinem Magen heiß wurde; ein Kinn, das den kleinsten Ansatz einer Spalte hatte, an der ich unbedingt knabbern wollte; dunkelblaue Augen, die fast marineblau waren. Beim Anblick des dunklen Stoppelansatzes ging ich wieder in den Sabbermodus über, meine Finger kribbelten regelrecht mit dem Bedürfnis, sein Gesicht zu berühren. Da war etwas an seiner Oberlippe, die Art, wie sie sich auf die untere drückte, die eine unheilige Faszination auf mich ausübte. Seine Lippen sollten nicht so lecker aussehen, oder?

Verdammt, er war wieder absichtlich so erotisch, sogar mit seinen Hosen an.

„Ich will dich berühren, Kiera. Ich werde meine Arme um dich legen. Ich will dich umarmen. Nicht mehr. In Ordnung?“

Ich versuchte, meine Wut wieder anzufachen, weil ich fühlte, dass das besser wäre als die lustvollen Gedanken, die bei seinem Anblick in meinem Kopf spazieren gingen, aber all das schlug fehl, als Theo die Distanz überbrückte, die zwischen uns war und seine Bewegungen betont waren, als er seine Arme um mich legte, mich sachte an seine Brust zog, seine Hände auf eine unpersönliche Weise auf meinem Rücken, die trotzdem kleine Hitzewellen über mein Rückgrat sandte und direkt zu meinen verborgenen Bereichen, und sich dort auf eine Art und Weise ansammelten, die sie mich unbedingt bemerken ließen.

„Warum?", fragte ich und konnte mich nicht daran hindern, seinen Geruch einzuatmen. Es war eine Kombination aus spritziger Zitrone und irgendetwas mit Holz, wie Zedern.

„Ich konnte nicht anders", sagte er. „Versteh mich nicht falsch, ich will dich unbedingt auf eine Art und Weise umarmen, die dich dazu bringen würde, auf meine Brust zu schauen, wie du das vor ein paar Minuten getan hast, aber da diese Umarmung definitiv sexueller Natur wäre, und du nichts davon willst –"

„Will ich nicht?", sagte jemand. Einen Moment später realisierte ich, dass die Stimme aus meinem Mund kam. Verdammt, ich hatte nicht die Erlaubnis gegeben, das zu sagen und doch, ich würde lügen, wenn ich es leugnen würde.

Swami Betelbaum hatte eine Menge über Leute zu sagen, die sich selbst belogen und nichts davon war nett.

Theo erstarrte mitten in der unpersönlichen Umarmung. „Du magst es nicht, wenn ich nackt bin."

„Oh, ich mag dich nackt", gab ich zu und bewertete, was passierte, mehr als nur ein bisschen erstaunt über die Umstände. Hier war ich, in den Armen eines Mannes, eines halb nackten Mannes, den ich gerade erst getroffen hatte, und statt mich unwohl zu fühlen, versuchte mein ganzer Körper, mich dazu zu bringen, mich an Theo zu pressen. „Aber das wusstest du. Du hast dafür gesorgt, dass du in meiner Gegenwart nackt bist, mit diesen ganzen Muskeln, und der Brust, den Händen, nicht gerade Tonnen von Körperbehaarung, die ich erwartet hatte, weil du Grieche bist, und ich dachte, dass alle griechischen Männer irgendwie, du weißt schon, borstig wären, aber du bist nicht über die

Maßen haarig, von dem ich auch glaube, dass du es absichtlich tust, nur damit es mir auffällt.“

„Meine Mutter war Engländerin“, sagte er und seine Stimme klang merkwürdig. Er ließ mich los, um einen Schritt zurück zu machen, und Amüsement tanzte in diesen schönen dunkelblauen Augen. „Das hilft bei dem Bedürfnis, alles wegzuwachsen. Und zu dem Punkt, dass ich absichtlich in deiner Anwesenheit nackt wäre – ich weiß nicht, was ich sagen soll. Ich habe dir gesagt, dass ich nicht schüchtern bin.“

„Also, wenn es darum geht, wenn ich einen Körper wie deinen hätte, dann wäre ich auch nicht schüchtern“, sagte ich.

„Wenn du einen Körper wie meinen hättest, dann würde ich noch nicht einmal darüber fantasieren, dich zu küssen“, antwortete er und ich konnte gar nicht anders, als ein kleines bisschen zu lächeln.

„Was ... äh ...“ Ich räusperte mich und fühlte jede Facette von Peinlichkeit, obwohl ich versuchte, nonchalant rüberzukommen. „Was tust du in deiner Fantasie?“

„Kiera Taylor“, sagte er mit einer gespielt schockierten Stimme, seine Augen groß. „Flirtest du mit mir? Einem Mann, der vor ein paar Minuten in deiner Gegenwart noch nackt war?“

Ich fühlte, wie ein Kichern in mir aufstieg. „Ich bin kein geschlechtsloser Freak, weißt du. Ich mag nur einfach nicht ...“

„Männer, die hübsch sind, die große Körper haben, einigermaßen große Schwänze, nicht dass meiner irgendwie unnatürlich riesig wäre oder so. Nicht in der

Kategorie Pornostar. Einfach nur normal, einer angemessen für die anliegende Aufgabe – sozusagen."

„Das weiß ich nicht", sagte ich und meine Augen wanderten zur Vorderseite seiner Jeans. „Es schien eine ziemliche Handvoll."

„Ich will so unbedingt eine lüsterne Grimasse ziehen und gleichzeitig total bescheiden aussehen, aber ich nehme an, dass du bei dieser gedimmten Beleuchtung weder das eine noch das andere sehen könntest, also werde ich dir einfach sagen, dass ich in meiner Fantasie, in der ich dich küsse, meine Hände auf deinen Hüften habe und ich dich necke, bis du deinen Mund öffnest, indem ich entlang deiner süßen leckeren Lippen küsse, an der vollen Unterlippe knabbere, die ich unbedingt kosten will, und danach, mit einem Seufzen vor Vergnügen, öffnest du dich für mich und lässt zu, dass ich in deine Süße eindringe."

Ich starrte ihn an, die Bilder, die er kreiert hatte, tanzten verlockend in meinem Kopf, ich hatte wieder das Sabbern angefangen. Ich versuchte, darüber wütend zu sein, aber konnte es nicht. „Das ist ... Das ist eine ziemlich genaue Fantasie. Was mache ich darin?"

„Ah, also, deine Mitwirkung ist sehr wichtig", sagte er, seine Stimme ernst, aber seine Augen voller Wärme und Lachen. Es war ein merkwürdig erregender Gesichtsausdruck und ich konnte nicht anders, als einen Schritt näher zu treten. „Ich würde jetzt gerne sagen, dass du mir alle meine Kleider vom Leib reißt und verlangst, dass du mit mir anstellen darfst, was du willst, aber ich weiß, dass du nicht so einfach von meinen Vorzügen zu überzeugen bist. Stattdessen entscheidest du dich, mit mir zu spielen, indem du deine Hände auf meinen Hintern legst und mit den Fingernägeln leicht über meine Wirbelsäule kratzt."

Ein kleines Zittern durchlief mich bei dem Gedanken von meinen Händen auf seinem Hintern. „Beiße ich dich irgendwo?"

Eine seiner glänzenden schwarzen Augenbrauen wanderte nach oben. „Willst du das?"

„Ja", sagte ich, ohne nachzudenken. Meine Augen wanderten zu den Sehnen in seinem Nacken. „Da gibt es einen Punkt ... Es scheint mir, als wäre es schön, dich dort zu beißen ... Nicht dass ich ein Vampir bin oder so ... Aber diese Stelle an deinem Nacken ist irgendwie ... interessant."

„Dann darfst du in sie reinbeißen", sagte er nach einem Moment. Ich konnte nicht anders, als zu bemerken, dass er seine Hände zu Fäusten geballt hatte. „Ich würde dir gerne Zugang zu meinem Nacken verschaffen. Äh ... Würdest du gerne noch sonst etwas tun in meiner Fantasie?"

„Deine Brust", sagte ich und mein Körper verlangte, dass ich hinübergehen und mich an ihm reiben sollte. Tatsächlich hatte ich mich vorwärtsbewegt, bevor ich es bemerkte. Was zur Hölle war dieser Wahnsinn? Ich hatte mich niemals sofort zu einem Mann hingezogen gefühlt, sicher nicht nach der Erfahrung mit Mikhail, aber Theo war ... Anders.

Kein Mann ist anders. Unter der Oberfläche sind sie alle gleich, sagte die Stimme in meinem Kopf.

„Was ist damit?" Theos Stimme wurde etwas heiser. „Berührst du sie in meiner Fantasie?"

„Oh ja", hauchte ich und kam noch einen Schritt näher, sodass ich so nah bei ihm stand, dass meine Brüste bei jedem Atemzug an seine Brust stießen. „Ich würde definitiv meine Finger darüber ausbreiten und all diese schönen dicken Muskeln berühren und deine Nippel küssen.“

„Meinen Nippeln würde das gefallen“, sagte er und seine Stimme war jetzt definitiv heiser. Er spreizte die Finger, dann zuckten sie, aber er hielt die Arme an seinen Seiten und dafür war ich sehr dankbar.

Männer, die wie er aussahen, die wahrscheinlich Frauen mit dem Spatel von sich abkratzen mussten, waren nicht gerade für ihre Zurückhaltung bekannt. Sie waren arrogant, nahmen an, dass sie das Recht hatten, was auch immer zu tun, ohne zuerst zu fragen. Hier stand Theo, und machte sich alle Mühe, sich zurückzuhalten.

Weil er wusste, dass ich Angst hatte. Ein kleines Stückchen Eis, das sich um mein Herz gebildet hatte, bekam einen Riss und brach ab.

Ich räusperte mich wieder. „Und dann ist da dein Bauch.“

Sein Bauch zog sich zusammen. „Was willst du damit machen? Bitte sag mir, dass deine Zunge involviert ist. Und deine Brüste. Wenn möglich beides, wenn du besonders biegsam bist.“

„Nicht besonders, obwohl ich schnell bin.“

Er blinzelte mich an.

Ich musste ein bisschen lachen. „Ich meinte das nicht in der Art, wie es klang. Theo?“

„Ja?“

„Ich möchte dich küssen.“ Ich schluckte hart, als die Worte meine Lippen verließen, aber ich fühlte deutlich, dass ich ein Ventil für all die Gefühle finden musste, die er in mir aufgewirbelt hatte mit diesen paar Worten. Ich musste wissen, ob er ein Mann war, dem ich vertrauen konnte und das bedeutete, dass ich mich für ihn verletzlich zeigen musste.

Nur ein bisschen. Nur um zu sehen, was er damit tat.

„Dich zu küssen, stand an der Spitze der Liste von Dingen, die ich seit Langem tun wollte."

„Wir sind uns heute Morgen begegnet", bemerkte ich.

„Das ist Erdzeitalter her", stimmte er zu und streckte die Hand nach mir aus.

Einen Moment erstarrte ich, aber ich ließ zu, dass er mich näher zog, bis ich in ihn stolperte und mein Gehirn wurde überrannt von dem Gefühl, seinen harten Körper an meinen gepresst zu fühlen. Ich war niemals diejenige gewesen, die sich übermäßig weiblich vorgekommen war, aber die Art, wie mein Körper mit seinem verschmolz, ließ mich die Weichheit wertschätzen, die Frauen nun mal besaßen. „Ich will dich küssen", wiederholte ich mit einem warnenden Unterton in meiner Stimme.

Seine Augen betrachteten meinen Mund.

„Und das bedeutet, ich will nicht, dass du mich küsst. Also, nicht zuerst. Macht das Sinn?"

„Nein", sagte er schnell, aber seine Mundwinkel zuckten. „Aber lass dich nicht aufhalten. Kann ich meine Hände auf deinen Hüften lassen?"

„Ja", sagte ich und drehte meinen Kopf nach oben. Ich war eine große Frau, aber Theo war ungefähr zehn Zentimeter größer als ich, nicht so groß, dass ich mich auf die Zehenspitzen stellen musste, um ihn zu küssen, aber so viel, dass ich mich noch weiblicher fühlte.

Meine Lippen streichelten in der sanftesten aller Berührungen gegen seine.

„Würde es dir etwas ausmachen, wenn ich auch deine Brüste berühre?", erkundigte er sich, als ich zuerst einen und dann den anderen Mundwinkel küsste.

Einen Moment dachte ich darüber nach und erprobte, ob das eine Panik in mir auslöste.

Meine Brüste waren definitiv für Theos Hände gemacht. Sie schrien geradezu danach, in seinen Händen platziert zu werden und je schneller, desto besser. „In Ordnung", sagte ich.

Ich machte mit den leichten, kleinen Küssen über seinen Mund weiter. Seine Lippen waren entspannt, leicht geteilt und ließen mich mich heiß und ruhelos fühlen. „Was hältst du von Zungen?", fragte ich und bewegte meine Hüften so, dass der schmerzende Teil von mir sich enger an ihn presste.

„Ich halte viel von ihnen, sowohl im täglichen Gebrauch als auch im sexuellen Sinne", antwortete er und seine Lippen berührten meine, während er sprach. Seine Hände, die auf meinen Hüften lagen, bewegten sich und seine Finger spreizten sich, als sie nach oben wanderten. Seine Daumen streiften die Unterseite meiner Brüste, die plötzlich für meinen Seelenfrieden viel zu empfindlich waren.

„Okay. Dann los", sagte ich, meine Hände lagen auf seinen Schultern, als ich mich noch mehr auf ihn stützte, und meine Zunge neckte den Spalt zwischen seinen Lippen.

Ich unternahm testweise kleine Ausflüge in die Wärme seines Mundes, der Akt intim, aber es fühlte sich richtig an. Er fühlte sich richtig an.

Bis er wütend wird und dann wird er die Tatsache, dass du dich zu ihm hingezogen fühlst, nutzen, um dich zu bestrafen, sagte die dunkle Stimme in meinem Kopf.

„Du wirst nicht versuchen, die Kontrolle über meinen Mund zu übernehmen?", fragte ich, als die Stimme in meinem Kopf eine Ranke von Zweifel ausfuhr, die das Vergnügen, das ich empfand, ein bisschen verdarb.

„Ich werde tun, was auch immer du möchtest, das ich tue", sagte er. „Und nicht, dass ich das nicht absolut genießen würde, was ich tue, obwohl du mich auch einfach umbringen könntest mit der Art, wie du mich neckst, bei deinem letzten Vorstoß, aber ich würde gerne anmerken, dass ich gerne übernehmen würde, wann immer du möchtest."

Ich knabberte an seiner Unterlippe, meine Hände streichelten über seine Seiten, die Muskeln unter der seidigen Haut lagen in dicken Bändern. Ich wollte unbedingt seinen Hintern mit beiden Händen berühren, aber ich erinnerte mich daran, dass ich ihn nicht nur erst heute getroffen hatte; ich würde es außerdem viel lieber haben, wenn sein Hintern nackt wäre, bevor ich ihn betatschte. „In Ordnung, du darfst übernehmen, aber ich behalte mir das Recht vor, dich jederzeit zu bremsen."

„Ich stimme deinen Bedingungen zu", sagte er ernst und langsam bewegten sich seine Hände nach oben über meine Brüste, bis er mein Gesicht umfasste und meinen Kopf leicht auf eine Seite drehte. Seine Lippen waren sanft auf meinen, aber mit mehr Nachdruck, als ich das bei ihm getan hatte. Er neckte, er knabberte, er saugte meine Unterlippe in seinen Mund, bis ich stöhnte und mich wieder gegen ihn bewegte, dabei spürte ich die wachsende Länge von ihm gegen mein Schambein. Dann war er in meinem Mund, seine Zunge rauschte hinein, aber es war eine Invasion, die mein ganzer Körper willkommen hieß, meine Finger gruben sich in seine Schultern wegen dieses ganzen Vergnügens.

„Ich war niemals – Himmel, deine Brust –, ich war niemals eine, die ein großer Freund von Zungenküssen war", sagte ich, als wir beide nach Luft rangen. „Zungen sind ... Du weißt schon, schleimig ... Aber das hier ..."

„Gut?", fragte er und lächelte auf mich herab.

„Sehr."

„Ich bin froh, das zu hören. Darf ich vorschlagen, dass wir uns aufs Bett setzen und weitermachen?"

Mein Blick wanderte zum Bett und bewertete meine Gefühle. „Ich werde nicht mit dir schlafen, wenn es das ist, was du denkst."

„Das würde ich nicht annehmen", antwortete er und zupfte sanft an mir, als er zum Bett zurückwich. „Erinnerst du dich, dass ich geschworen habe, dass ich dich niemals schlagen werde? Du kannst zu diesem aufrichtigen Versprechen hinzufügen, dass ich dich niemals zwingen werde, etwas zu tun, was du nicht willst."

Ich wollte ihm glauben, oh, wie gerne wollte ich ihm glauben. Aber ich war vorher zum Narren gehalten worden mit schlimmen Konsequenzen. Allerdings vertraute ich meiner Fähigkeit, entkommen zu können, sollte er die Kontrolle verlieren und ließ zu, dass er mich auf seinen Schoß zog. Er küsste mich wieder, seine Hände wanderten unter mein T-Shirt, lange, kräftige Finger schienen aus Feuer zu bestehen, als sie meine Brüste streichelten und neckten.

„Kiera", sagte er, das Wort fast ein Stöhnen, als er beide Brüste umfasste und sein Mund plötzlich heiß und sehr fordernd auf meinem war. „Wenn du wüsstest, was du mit mir machst. Was deine Brüste mit mir machen. Und deine Hüften. Und Beine. Du hast sehr lange Beine. Ich würde dir sehr gerne das Vergnügen zeigen, das wir miteinander haben könnten mit deinen Hüften und Brüsten und deinen Beinen, die um mich gewickelt sind."

Ich gab dem Verlangen nach, das ich, wie es schien, für eine sehr lange Zeit versucht hatte zu bekämpfen und liebkoste seinen Nacken, bevor ich sanft auf die Sehne biss, die ein süßes Sirenenlied für mich sang.

Unter mir erstarrte er, dann plötzlich lag ich auf dem Rücken und er schwebte über mir. Mir stockte der Atem, aber es war nicht Panik, die mein Gehirn flutete – es war ein sexuelles Bedürfnis, ein so starkes Verlangen, dass es mich überwältigte, sodass ich fast vor Verlangen zitterte.

„Das, meine verlockende kleine Gazelle, ist nicht fair. Lass uns sehen, wie dir das gefällt."

Er zog das T-Shirt hoch und entblößte meine Brüste. Er hielt inne und schaute auf. „BH an oder aus?"

Aus, kreischte mich mein Körper an, als ich meinen Rücken durchbog. *Aus, aus, aus!*

„An", sagte ich und wusste, dass ich etwas Kontrolle über mein Verlangen behalten musste.

Er nickte, dann senkte er seinen Kopf, seine Hände waren auf den Unterseiten meiner Brüste, sein Atem dampfte in dem Tal zwischen ihnen. Ich stöhnte leise, als er mich liebkoste, er küsste, er rieb seine Wangen mit dem Stoppelbart dagegen, ein Gefühl sowohl sanft als auch extrem anregend und als er seine Zunge zum Einsatz brachte, wusste ich, dass ich ihm Einhalt gebieten müsste oder ich würde wirklich seine Fantasie erfüllen, in der ich ihm all seine Kleidung vom Leib riss und mit ihm tun würde, was ich wollte.

Langsam, sehr langsam wand ich mich unter ihm weg. Mein Atem kam abgehackt, mein Körper eine gigantische erogene Zone, und er warf mir allerhand unhöfliche Worte an den Kopf dafür, dass ich ihn von Theo entfernte. „Danke", sagte ich und versuchte, meine Stimme stabil zu halten.

„Dafür, dass ich dich geküsst habe?", fragte er und drehte sich um, sodass er sich auf einen Arm stützte.

Ich würde nicht auf die Beule in seiner Jeans gucken. Ich würde absolut nicht hinsehen.

Ich sah hin. „Himmelherrgott, Theo, das sieht aus, als hättest du eine Bulldogge in deiner Hose. Tut es nicht weh?"

Er schaute überrascht nach unten, dann zu mir auf, und sein Lachen erfüllte mich mit einem Gefühl von Freude, das ich sehr lange nicht mehr gefühlt hatte. „Es tut verdammt weh gerade jetzt, aber es gibt nicht viel, was ich dagegen tun kann."

Für eine Sekunde erstarrte ich und fragte mich, ob er auf passiv-aggressive Art und Weise versuchte, mich zu oralem Sex zu bringen.

Er seufzte, dann stand er auf, seine Hände auf meinen Armen. „Es tut nicht weh, nicht in dem Sinne, wie du das meinst, aber ich werde mich nicht für eine Erektion entschuldigen, die ich mir redlich verdient habe. Du bist eine sehr begehrenswerte Frau, Kiera. Ich werde mich dir nicht aufzwingen, aber wenn dich die

Tatsache verstört, dass ich dich sehr gerne in meinem Bett hätte, dann werde ich mich entschuldigen und mein Bestes tun, dazusitzen mit einem Kissen auf meinem Schoß. Oder einer Decke. Oder Peter, obwohl, so wie er auf und ab hüpft, wird er wahrscheinlich nicht das bequemste Schutzschild für eine Erektion sein."

„Ich bin nicht verstört. Wenn ich jemand anderes wäre, dann würde ich an dir kleben wie festgeleimt, aber ich habe Probleme mit Vertrauen."

„Ich verstehe", sagte er und ich hatte das merkwürdige Gefühl, dass er das tat. Vielleicht lag es daran, dass er ebenfalls in der Vergangenheit Fehler gemacht hatte.

Ich begann davonzugehen und biss mir auf die Lippe, als ich an das Zimmer dachte, das auf mich wartete. Eines gefüllt mit Albträumen und Leid, ein einsames, kaltes, leeres Zimmer. Um was ich bitten wollte, war verrückt. Ich sollte noch nicht einmal in Millionen Jahren darüber nachdenken. Und trotzdem, ich hatte mich in seine Hände begeben und er hatte aufgehört ohne ein Wort der Beschwerde, obwohl er offensichtlich mehr von mir wollte. Er respektierte diese Grenzen. „Würde es dir etwas ausmachen, wenn ich hier schlafen würde? In dem anderen Bett? Ich ... Ich habe keine Albträume, wenn jemand da ist. Ich war in verschiedenen Frauenhäusern und dort hatte ich nie welche."

Er zog die Decken des anderen Bettes zurück und gestikulierte dorthin, bevor er sich zu seinem eigenen umdrehte und seine Jeans auszog. „Sei willkommen, aber sei gewarnt: Mein Bruder sagt mir, dass ich schnarche. Das ist natürlich eine himmelschreiende Lüge, aber nur für den Fall, dass du heute Nacht ein

Geräusch hörst, das jeder andere als Schnarchen einstufen würde, musst du dir keine Sorgen machen."

Ich kicherte und schaute nach Peter, dann krabbelte ich vollständig bekleidet ins Bett. Er öffnete den Mund, als ob er etwas sagen wollte, dann schüttelte er den Kopf und legte sich hin.

Es war angenehm, entschied ich eine halbe Stunde später. Peter fabrizierte ab und an ein kleines Schnaufen im Schlaf und die Decke raschelte, als er sich bewegte. Theo war still in seinem Bett und einmal, als ich hinübersah, konnte ich ihn auf dem Rücken liegen sehen, seine Hände hinter seinem Kopf verschränkt, als er an die Decke starrte. Ich fragte mich, was er dachte und entschied, dass das kein geeigneter Gegenstand zum Nachdenken war und drehte mich um.

Eine Stunde später war ich immer noch wach und mein Körper summte, als ob Elektrizität durch ihn hindurchfließen würde, er fühlte sich unruhig an und zuckte und war unglücklich. Theo musste eingeschlafen sein, denn er war komplett ruhig. Es sah aus, als schliefe er auf dem Bauch. Ich drehte mich wieder um und schlug auf mein Kissen ein, bevor ich es auf die kühle Seite drehte.

Nein, sagte ich meiner inneren Stimme. *Nein, das werden wir nicht tun. Es war schon schlimm genug, dass wir gefragt haben, dass wir hier sein können.*

Meine innere Stimme bemerkte wieder einmal, dass Swami Betelbaum darauf hinwies, dass es wichtig war, mit sich selbst ehrlich zu sein. *In Ordnung*, knurrte ich und stand aus dem Bett auf und flüsterte: „Theo? Bist du wach?"

„Ja."

„Ich bin ... Ich fühle mich ... Oh, zur Hölle. Kann ich bei dir schlafen?“

Ich konnte die Überraschung in der Stille, die folgte, fühlen. „Es wäre mir eine Freude“, sagte er endlich und seine Stimme klang erstickt. Er rollte sich so auf die Seite, dass er mich ansah.

„Danke“, sagte ich, schnappte mir mein Kissen und die Bettdecke von meinem Bett und ließ mich auf seinen Decken nieder, wickelte mich in meiner Bettdecke ein und schubste vorsichtig eines seiner Kissen zur Seite, damit meines Platz hatte. Ich drehte ihm den Rücken zu und krabbelte rückwärts, bis ich den Druck seines Körpers spüren konnte. Dann seufzte ich erleichtert, zog die Bettdecke bis an mein Kinn, sodass ich mehr oder minder vergraben war und schlief sofort ein.

Kapitel 6

Theo war in der Hölle. Nicht nur hatte Kiera seine Hoffnungen zerstört, als er feststellen musste, dass ihr Gedanke, bei ihm zu schlafen, genau das bedeutete, sondern irgendwann in der Nacht musste sie sich aus ihrem Kokon aus Decken, den sie benutzt hatte, um ihren wundervollen Körper von dem ihr angemessenen Platz neben ihm fernzuhalten, hervorgeholt haben und lag nun quer über seine Brust, eines ihrer Beine zwischen seinen. Ihr Mund war etwas geöffnet, ihr Atem warm auf seinem Schlüsselbein.

Er wollte ihr unbedingt die Leggins und das T-Shirt ausziehen, das sie trug, sodass er all die wunderbare Haut streicheln konnte, von der er wusste, dass sie darunter verborgen war, aber er hatte ein feierliches Gelübde mit sich selbst geschlossen, dass er nichts tun würde, was sie verängstigen würde. Es hatte ihn fast umgebracht, als sie darauf bestanden hatte, ihn mit kleinen schüchternen Küssen zu foltern, aber es war hundertmal schlimmer gewesen, als sie ihm erlaubt hatte, die Führung zu übernehmen.

Das Feuer, das sie in ihm entfacht hatte, war fast stark genug, um die Laken zu verbrennen. Er ließ eine Hand über ihren Rücken wandern und unter ihr T-Shirt, in Gedanken stöhnte er bei dem Gefühl ihrer warmen seidig weichen Haut.

„Grmpf?", murmelte sie in sein Schlüsselbein, dann versteifte sie sich. Seine Hand hielt inne, aber er ließ sie auf ihrem nackten Rücken liegen und wartete ab, wie sie auf ihre intime Stellung reagieren würde. Sie hob den Kopf und schaute ihn mit verschlafenen Augen durch den Vorhang dunkler Haare an. „Theo?"

„Ich bin hier."

Sie schaute auf seine Brust und fühlte, wie ihr der Atem stockte. Sie ging etwas auf Abstand, aber sie wollte sich nicht von ihm lösen, wie er gedacht hatte. Stattdessen breitete sie ihre Finger über einem Brustmuskel aus. „So schön warm. Ich will ... Ich glaube, ich will ..."

Sie biss sich auf die Lippe, offensichtlich zu schüchtern, um das, was sie wollte, in Worte zu fassen.

„Du darfst, was auch immer du möchtest, anfassen", erklärte er ihr und wagte fast nicht zu atmen, für den Fall, dass er seine kleine Gazelle verschrecken würde. „Mit deinen Händen, dem Mund oder irgendeinem anderen Körperteil."

Sie blinzelte ihn an und ihre blaugrünen Augen waren so ernst. Er mochte sie viel mehr, wenn sie lachte oder kicherte, während er sie aufzog. „Oh. Also. Drücke ich dich platt?"

„Keineswegs. Hast du etwas dagegen, wenn ich dich auch berühre?"

Sie dachte darüber für eine Weile nach. „Ich glaube, das wäre schön."

„Gut." Er wollte sie nackt ausziehen, sodass er Zugang zu jedem Bereich von ihr hätte, aber gab sich damit zufrieden, das wertzuschätzen, das sie bereit war zu geben. Sie ließ den Kopf sinken und küsste die Mitte seiner Brust, ihre Hände vollführten lange Streicheleinheiten, die von seinem Schlüsselbein dorthin hinabreichten, wo die Decke seinen Bauch verdeckte.

„Ich habe noch niemanden getroffen, der so eine schöne Brust hatte", sagte sie und küsste eine seiner Brustwarzen. „Du hast ein echtes Sixpack, Theo. Ich habe niemals einen Mann getroffen, der ein wirklich echtes Sixpack hatte."

„Und ich habe schrecklich dafür gelitten", sagte er lachend und versuchte, den Verschluss ihres BHs mit einer Hand zu öffnen, brachte aber nicht mehr als ein klägliches Zupfen zustande. „Als Jake an die Spitze dieser Bachelorliste kletterte, hatte ich mir vorgenommen, dass ich ihn herausfordern würde. Wir haben uns einen Personal Trainer geteilt, aber sie war verliebt in ihn und brachte mich dazu, wie ein Hund für vier Stunden pro Tag zu schuften, während sie ihm zugestand, für eine halbe Stunde Bahnen zu schwimmen."

„Du stellst mich hier vor ein wirkliches Problem", sagte sie und ließ ihre Finger über seinen Bauch wandern, wobei sie die Decke ein wenig nach unten zog, bis sie auf seinem Hüftknochen lag. „Ich nehme an, dass du ohnehin schon viel zu viel Selbstbewusstsein hast, und trotzdem will ich dir sagen, wie schön deine Brust und dein Bauch sind."

„Wenn ich es dir durchgehen lasse, mir kein Kompliment zu machen dafür, lässt du mich dir dann den BH ausziehen?"

„Nein", sagte sie und innerlich seufzte er und zog seine Hand von dort zurück, wo sie immer noch versuchte, die verdammten Haken auseinanderzukriegen. Sie lächelte und zu seiner kompletten Überraschung –

und seiner absoluten Freude – zog sie ihr T-Shirt über den Kopf und mit einer geschickten Bewegung zog sie auch den BH aus. „Aber weil du so lieb warst und mich deine Brust hast berühren lassen, denke ich, dass es nur fair ist, wenn du das Gleiche tun darfst.“

„Oh, danke“, sagte er und nahm sofort ihre Brüste in Besitz. Sie waren nicht besonders groß, keine Überraschung, wenn man bedachte, dass der Rest von ihr ebenfalls eher schlank war, aber biegsam. „Das hat mir gerade das Highlight des Tages beschert. Wahrscheinlich das der Woche.“

Sie lachte und es klang tief und kehlig, ein Lachen, das direkt in seine Lenden ging. Er zog sie hinab über sich, sodass er Zugang zu diesen verführerischen satinweichen Brüsten hatte und genoss ihr Japsen, als er eine köstliche Brustwarze in den Mund nahm, seine Zunge über die harte Spitze wandern ließ. Der Geschmack und die Hitze und das Gefühl von ihr erfüllten ihn und brachten ihn dazu, mehr zu wollen. Sie stöhnte und drückte den Rücken durch, ihre Hände in der Decke vergraben. „Du lieber Himmel! Mach das mit der anderen!“ Er gehorchte und sein Körper spannte sich an mit dem Gefühl von ihr.

Er wollte unbedingt mit ihr schlafen, aber er würde sie das Tempo bestimmen lassen. Wenn sie dafür nicht bereit war, dann würde er warten. Selbst wenn es ihn umbrachte.

Ein Teil des Gehirns fragte sich müßig, wohin der Plan verschwunden war, sie vor die Tür zu setzen. Er erklärte diesem Teil, die Klappe zu halten und dann konnte er sich nicht davon abhalten, sie zu berühren, er ließ seine Hände hinunterwandern zu dem Bund ihrer Leggins.

„Darf ich?", fragte er und hoffte, dass sie das tiefe Sehnen in seiner Stimme nicht gehört hatte. Er wollte nicht, dass sie dachte, er sei ein Tier, unfähig, seine niederen Instinkte zu kontrollieren und doch, nur der Geschmack ihrer Brüste brachte ihn dazu, dass er sich tief in ihr versenken und sie zu der Seinen machen wollte.

Sie keuchte ein bisschen, als sie hinabsah, dann stellte sie ihre Füße direkt auf das Bett, zog erst ein Bein, dann das andere an, als sie sich von dem engen schwarzen Stoff befreite.

Er konnte gar nicht anders – er starrte einfach nur ihre Beine an, von der Spitze ihrer schlanken langen Füße über die robusten Knöchel, die Unterschenkel, die sich so wölbten, dass sie ihn an ihre Hüften erinnerten, hinauf zu ihren Oberschenkeln, ihren sehr satinweichen, verlockenden Oberschenkeln, in denen er sein Gesicht vergraben wollte. Er verfolgte eine Linie über beide Beine hinauf, von den Knöcheln bis zur Kniekehle.

Sie zögerte, stand noch immer über ihm; dann plötzlich, mit einem verärgerten Laut, der an sie selbst adressiert war, zog sie ihre Unterwäsche aus. Seine Augen wurden weit bei dieser Geste. Signalisierte sie, was er dachte, was sie signalisierte? Jede andere Frau, die sich splitterfasernackt ausgezogen hätte, würde ihm genau sagen, was sie im Kopf hatte, aber bei Kiera konnte das auch einfach nur bedeuten, dass sie ihn auf die Probe stellte, um sicher zu sein, dass sie ihm vertrauen konnte. Er hatte die abschätzenden Blicke nicht übersehen, die sie ihm früher zugeworfen hatte und wusste, dass ihr Problem mit Vertrauen sich auch auf Sex erstreckte.

„Warum starrst du mich so an?", fragte sie, die Hände auf den Hüften. Das brachte ihn dazu, ihre Hüften anzusehen und ihre Wölbung zu bewundern, die süßen Linien, die ihn hart genug machten, um Marmor in Stücke zu hauen. „Liegt es an meinem Schambereich? Ich wachse dort nicht, denn es tut, zur Hölle noch mal, einfach verdammt weh, aber ich stutze die Haare, wenn es unordentlich wird." Sie beugte sich vornüber, um ihren Venushügel zu betrachten. „Ich hätte nicht gedacht, dass es wieder Zeit wäre, zu schneiden, aber wenn es dir nicht gefällt –"

„Bei allen Göttern im Pantheon, die der jüdisch-christlichen und der islamischen Welt, nein!", sagte er, sein Körper angespannter und härter, als er sich jemals erinnern konnte, als sie sich auf die Knie fallen ließ und seine Hüften zwischen ihre Beine nahm. Sie lehnte sich nach hinten und zog die Decke von der unteren Hälfte seines Körpers, ihre Augen auf seinen, als er sich nach vorne beugte und zuerst eine, dann die andere Brustwarze küsste, bevor sie sich einen Weg hinauf zu seinem Mund knabberte.

„Lieb mich, Theo", flüsterte sie.

Worte blieben in seiner Kehle stecken. Er wollte sich bei ihr bedanken, auf die Knie fallen und ihr alles versprechen, aber stattdessen unternahm er eine schnelle gedankliche Kalkulation.

„Sollen wir es auf diese Art machen?", fragte er und zog ein wenig seine Knie an, seine Hände voll von ihren Brüsten.

Sie schürzte die Lippen: „Überlässt du mir die Kontrolle, weil du weißt, dass ich ein bisschen nervös bin, wenn es um Männer geht oder ist es deine Lieblingsposition?"

„Beides. Nichts davon. Was war die Frage?" Sein Penis schmerzte regelrecht mit dem Bedürfnis, von ihrer Hitze umarmt zu werden, aber er würde ihr die Führung überlassen.

„Was ist mit dem Vorspiel?"

„Was ist damit?", fragte er, mehr als nur ein bisschen verzweifelt.

Er fragte sich, ob es unangemessen wäre, sie um Mitleid anzubetteln und sich endlich auf seinem Schwanz niederzulassen.

„Brauchen wir das?" Sie schaute auf seinen Penis. „Haben wir schon hinter uns? Ich bin bereit, wenn du es bist."

„Ich kann ehrlich sagen, dass ich schon gestern bereit war", antwortete er und hoffte inständig, dass er die Erfahrung, wie Kiera ihn liebte, lange genug überleben würde, um ihr Vergnügen zu bereiten.

Sie kicherte, brachte sich in Position und begann, sich auf ihm niederzulassen.

Er stöhnte, als seine Spitze in sie eindrang, aber sie hielt inne und fragte: „Hast du irgendwelche ... äh ... Krankheiten? Ich habe ein Hormonimplantat, aber ich nehme an, wir sollten uns wie Erwachsene benehmen und darüber reden."

„Keine Krankheiten, weder im Intimbereich noch sonst irgendwie. Ich bin allerdings allergisch gegen Penicillin."

Sie lächelte und wackelte ein bisschen mit den Hüften, als sie sich wieder in Bewegung setzte. „Ich werde das behalten, solltest du dir jemals eine Lungenentzündung einfangen. Theo, das ist sehr … Bist du langsam am Ende? Du scheinst weiter und weiter zu gehen und trotzdem hast du mir versprochen, dass du nicht pornomäßig bist.“

„Fast da“, keuchte er und seine Hände wanderten von ihren Hüften zu ihren Oberschenkeln. „Lieber Himmel, Frau, hör auf, dich so zu bewegen oder es ist alles vorbei! Nein, nicht das da – das da – argh –, das ist eine andere Bewegung, gegen die ich Einwände habe. Ja, diese. Hör sofort damit auf. Mach es noch einmal und dann hör auf.“

Sie kicherte wieder und bewegte sich so nach links oder nach rechts, als sie sich auf ihm auf und ab bewegte.

Theo begann zu schielen und seine Hände verkrampften sich um die Decke unter ihnen, aber er benutzte das letzte bisschen Energie, das er hatte, um sich davon abzuhalten, seine Hüften zu bewegen.

Er wusste, er würde die Gefühle niemals ertragen, wenn er in sie stoßen würde, sie ausfüllen würde, ihr Keuchen in seinen Mund nehmen würde. Er musste einfach nur schlummernd daliegen und schlimme Dinge denken, um sich selbst von dem festen, samtigen Griff abzulenken, der sich auf ihm auf und ab bewegte und ihn am Rande des Orgasmus zurückließ.

„Das ist so schön“, murmelte sie, lehnte sich nach vorne, um ihn zu küssen. „Ich wusste nicht, dass du dich so in mir anfühlen würdest. Du bist so sehr da.“ Sie bewegte sich in einem etwas schnelleren Rhythmus.

Theo war sich ziemlich sicher, dass er vor Vergnügen sterben würde und dann lehnte sie sich nach vorne und biss sanft in seine Brustwarze. Der Strahl von purem sexuellen Vergnügen, der seine Brust in Flammen setzte, war zu viel für ihn.

„Gibt es einen Grund, warum du mich nicht unterstützt?"

Theo öffnete seine Augen und Verzweiflung sickerte in seine Stimme. „Macht es dir nichts aus, wenn ich mich bewege?"

„Natürlich nicht. Es ist so viel besser, wenn du dich – Theo!"

Ohne sich selbst aus ihr zurückzuziehen, drehte er sich um, ihre Beine über seinen Armen, als er in ihren Mund knurrte: „Du hast nicht gesagt, dass ich mich bewegen könnte! Ich habe versucht, ein einfühlsamer Liebhaber zu sein! Es war deine Aufgabe, mir zu sagen, dass ich mich bewegen könnte – oh, Gott, zieh dich nicht so zusammen."

„Kegelübungen", sagte sie, ihr Atem genauso gequält wie seiner. Sie ließ ihre Fingernägel über seinen Rücken wandern und biss ihm im Rhythmus seiner Stöße in die Sehne in seinem Nacken. „Jetzt, Theo, jetzt!"

„Gott sei Dank, ich glaube nicht, dass ich viel länger durchgehalten hätte", sagte er und keuchte bei jedem Wort. Er versuchte selbst, sich ein bisschen von links nach rechts zu bewegen, aber es war eine Mühe, von der er wusste, dass er sie nicht vollständig anwenden würde. Sie erzitterte unter ihm, ihr Körper spannte sich in Wellen an, die ihn dazu brachten, Sterne zu sehen, als er sich seinem eigenen Höhepunkt ergab.

Das schien immer so weiterzugehen, bevor er wieder zu Atem kommen konnte, sein Gehirn im postorgastischen Dämmerzustand, der nur aus Kiera bestand und seinem erschöpften Wrack von einem Körper.

„Das war verdammt fantastisch“, sagte Kiera, als er genug Kraft angesammelt hatte, um sich von ihr herunterzurollen. Er hatte zuerst nicht gedacht, dass er dazu in der Lage sein würde, denn all seine Muskeln schienen sich in nasse Nudeln verwandelt zu haben, aber er war ein Gentleman und Gentlemen erdrückten ihre Liebhaberinnen nicht im Bett, nur weil besagte Liebhaberinnen sie wie ein nasses Handtuch ausgewrungen hatten.

„Du kannst reden?“, fragte er und starrte sie böse an. „Warum kannst du reden und ich bin fast tot? Ich habe keinen einzigen Muskeln mehr in mir und mein Gehirn hat sich ausgeschaltet, als du nah dran warst, meinen Schwanz abzudrücken – mach weiterhin diese Kegelübungen übrigens – und du kannst reden? Frauen!“

Sie kicherte und hob eine Hand, als ob sie ihn streicheln wollte, aber sie fiel erschöpft wieder zurück aufs Bett. „Ich bin selbst ziemlich knochenlos.“

Mit großer Mühe brachte er es fertig, sich auf seine Seite zu rollen und sie anzusehen. Ihre Augen waren geschlossen, aber da war dieses kleine Lächeln, das in ihren Mundwinkeln lauerte. Er wusste, dass er nicht fragen sollte, aber seine Neugier gewann die Oberhand. Trotzdem wählte er seine Worte vorsichtig. „Würde es dich beleidigen, wenn ich dich fragen würde, was dich dazu gebracht hat, es dir anders zu überlegen?“

Sie öffnete die Augen, schaute ihn an, für einen Moment verwirrt, bevor sie erkannte, was er fragte. Kurz errötete sie unter ihren Sommersprossen und begeisterte ihn damit. „Oh. Also, Swami Betelbaum spricht sehr viel davon, sich nicht selbst zu belügen. Nachdem du so … Verständnisvoll … früher am Abend warst und aufgehört hast, als ich wollte, dass du aufhörst, da habe ich erkannt, dass ich mich selbst belog, wenn ich nicht zugab, dass ich wirklich weitermachen wollte. Also habe ich beschlossen, das wenn du immer noch Interesse haben würdest, dann würde ich weitermachen und dich der geballten Ladung meiner Libido aussetzen."

„Ich mag deine Libido", sagte er und bewegte seine Hand zu ihrem Arm, dann hinauf zu ihrem Gesicht, um eine lose Haarsträhne zur Seite zu streichen. „Die darf jederzeit geballt auftreten, wann immer sie möchte."

Sie schaute ihn für einen Moment stumm an, das Lachen in ihren Augen erstarb. „Theo, ich muss etwas sagen. Es ist schwierig, aber … Also, das hier hat uns nah zusammengebracht und ich habe sonst niemandem, dem ich das sagen kann. Ich habe es so satt, das in meinem Hirn hin und her zu wälzen. Vielleicht erkennst du etwas, was ich nicht sehe."

Er hob die Augenbrauen und fragte sich, ob sie ihm von dem Haftbefehl erzählen würde.

„Du hast es wahrscheinlich schon geahnt, aber meine Beziehung zu meinem Ex war nicht gut." Ihre Augen waren überschattet von Schmerz.

„Aus der Art, wie du letzte Nacht reagiert hast, habe ich abgeleitet, dass er dich misshandelt hat."

Ihr Blick huschte davon und sie rückte zur Seite, zog die Decke, die sie von dem anderen Bett herübergebracht hatte, mit sich und wickelte sich darin ein. „Ja.

Eines Tages hat er mich fast umgebracht, als er mich dabei erwischt hat, wie ich seinen Computer benutzt habe. Ich habe ein paar Tage gebraucht, um mich davon zu erholen, und als ich so weit war, wusste ich, dass ich verschwinden müsste, ansonsten würde er mich beim nächsten Mal als Gefangene halten.“

„Aha?“ In Theo machte sich Wut breit, die ihn zum Kämpfen anstachelte. Er wusste aus den Jahren der Therapie, dass er seinen Bedürfnissen nicht nachgeben musste und stattdessen erkannte er die Gefühle an und betrachtete sie lange und gründlich und gab dann vor sich selbst zu, dass er unbedingt diesen Mann finden und schlagen wollte, der seine zerbrechliche Gazelle misshandelt hatte.

„Ich habe nichts von ihm mitgenommen, nur meine Sachen, einige Bücher, meine Klamotten und ein bisschen Kleinkram, der nur mir etwas bedeutet. Aber er ist zur Polizei gegangen und hat ihnen gesagt, dass ich seinen Computer gestohlen hätte. Sie haben einen Brief an das Frauenhaus geschickt, wo ich hingegangen bin, der sagte, dass ich mich auf der Polizeistation melden und mich stellen sollte. Das habe ich nicht gemacht.“

„Warum nicht?“

„Misha hat dort Freunde“, sagte sie hoffnungslos.

„Misha ...?“

„Mikhail, mein Ex-Freund. Misha ist die Verniedlichungsform des Namens. Ich bin ziemlich sicher, dass es seine Freunde bei der Polizei waren, die ihm geholfen haben, mich in den letzten zwei Wohnungen, die ich gemietet hatte, ausfindig zu machen.“

„Bestechliche Cops?“, fragte Theo und das Gefühl der Wut wurde sogar noch größer, was ein Wunder war, wenn man bedachte, dass er schon so zornig war, dass er diesen Mikhail zu Brei schlagen wollte.

„Ja.“

„Dann gebe ich dir keine Schuld dafür, dass du dich nicht gestellt hast“, sagte er und streichelte den nackten Arm, der ihm am nächsten war und entwarf in Gedanken die Unterhaltung, die er mit seinem Anwalt führen würde.

„Das war in Wellington. Ich hab es geschafft, von dort zu verschwinden, ohne dass er mich fand, aber ich musste meine Girocard hier in Auckland benutzen und ich glaube, dass er mir gefolgt ist. Er ist … Es gibt kein anderes Wort dafür – er jagt mich. Ich weiß nicht, warum, außer dass er mich dafür bestrafen will, dass ich ihn verlassen habe, aber er hat mich fast erwischt, bevor ich Wellington verlassen habe und er hat mir geschworen, dass er mich umbringen wird, wenn ich ihm nicht das zurückgebe, was ich ihm gestohlen habe.“

„Du hast gesagt, dass du seinen Computer nicht mitgenommen hast.“

„Das habe ich nicht.“ Sie kniete sich neben ihn, ihre Hand auf seinem Arm. „Ich habe nur meine Sachen genommen. Nur das, was in meinen Seesack passte. Ich habe nachgeschaut, um sicherzugehen, dass ich nichts von ihm aus Versehen mitgenommen habe, aber das sind nur meine Klamotten, ein paar Taschenbücher, eine Haarbürste, die meiner Großmutter gehört hat, und ein Zengarten für den Schreibtisch, den Swami Betelbaum empfohlen hat. Ich habe noch nicht einmal mein Telefon mitgenommen, da Misha auch dafür bezahlt.“

„Hast du mit einem Anwalt gesprochen?", fragte er und überlegte, ob er nicht einen zweiten Anwalt engagieren sollte, der sich mit ihrer Situation befassen könnte. Wenn sein persönlicher Anwalt sich mit den Sorgerechtspapieren für Peter beschäftigen könnte, würde er den zweiten auf Kieras Fall ansetzen.

„Ja. Im Frauenhaus haben sie mir eine Pflichtverteidigerin gegeben. Sie sagte, dass ich mich stellen muss und wir würden uns danach unterhalten, aber Misha hat einen Haufen Freunde und kein Problem damit, sie zu benutzen." In ihren Augen stand eine stumme Bitte. „Einige davon arbeiten bei der Polizei, wenn ich mich stellen würde ..." Sie erbebte.

„Dann werden wir das nicht tun", sagte er.

„Wir?", fragte sie und war plötzlich wieder wachsam.

Theo nahm ihre Hand und küsste sie. „Ich bin dir etwas schuldig dafür, dass du mir mit Peter geholfen hast."

„Theo, was wir gerade gemacht haben ... Das war schön. Wirklich schön. Das Schönste, was ich jemals erlebt habe, aber das bedeutet nicht, dass wir irgendeine Art von Zukunft zusammen haben, wenn es das ist, was du denkst. Es tut mir leid, wenn ich vorgegeben habe, dass das, was wahrscheinlich ziemlich alltäglicher Sex für dich war, für mich mehr war. Denn das ist es nicht."

„Das ist ein ziemlich hartes Urteil", sagte er langsam. „Aber ich glaube, irgendwo war da eine Beleidigung, die auf mich zielte."

„Nein", sagte sie und zog ihre Hand zurück. „Keine Beleidigung, nur das Anerkennen der Tatsache, dass du ohne Zweifel einen Haufen von Sexualpartnerinnen hast und das One-Night-Stands wie der, den wir gerade hatten, genau das sind, One-Night-Stands.“

„Weißt du“, sagte er und runzelte die Stirn, „das wird immer beleidigender. Ich habe das Gefühl, dass ich meine Erfahrungen mit Frauen verteidigen sollte, zur gleichen Zeit sollte ich dir rückversichern, dass unsere Aktivitäten gerade eben etwas Besonderes waren.“

„Natürlich musst du mir nichts rückversichern“, sagte sie schnell und verletzte seinen Stolz dabei etwas. „Ich würde das auch nicht erwarten.“

„Aber du glaubst, dass ich dazu absolut in der Lage wäre? One-Night-Stands am laufenden Meter?“

Sie musste in seinen Augen etwas gesehen haben, plötzlich umarmte sie ihn. „Nein. Es ist nur so: Männer, die aussehen wie du – also, du musst doch zugeben, dass die Frauen bei dir wahrscheinlich Schlange stehen.“

„Du machst es nicht besser“, erklärte er ihr und verdrängte den Schmerz, der daher resultierte, dass sie nicht glaubte, dass sie mehr sein könnten. Er war nicht der Illusion erlegen, dass sie wie verrückt in ihn verliebt wäre, genauso wenig wie er das war, trotzdem, aber es war eine Anziehung zwischen ihnen, eine Richtigkeit, die er mit ihr erlebte, die er unbedingt behalten wollte. Aber sie kam nicht aus der gleichen emotionalen Ecke wie er und er musste sich daran erinnern, dass ihre Reaktionen stark von ihrer Vergangenheit beeinflusst waren.

„Ich weiß“, murmelte sie in seine Schulter. Er war etwas darüber amüsiert festzustellen, dass sie seinen Rücken in der gleichen Art rieb, wie sie das am Tag zuvor bei Peter getan hatte. „Es tut mir leid. Ich kann anscheinend nicht meinen Mund aufmachen, ohne das Falsche zu sagen.“

„Das weiß ich nicht.“ Er ließ seine Hände zu ihrem Hintern hinunterwandern und zwickte ihn leicht. „Ich würde sagen, dass du sehr talentiert mit deinem Mund bist. Meiner hatte definitiv Vergnügen mit deinem.“

Kiera ging etwas auf Abstand, errötete ein weiteres Mal zauberhaft. „Ich meinte, bevor ich dich mehr oder weniger eine männliche Nymphomane genannt habe, wofür ich mich entschuldige, dass ich nicht bei dir bleiben kann. Mal angenommen, das ist, was du willst.“

„Ich glaube, das ist es, ja“, sagte er und überraschte sich selbst damit, dass er es zugab. Aber andererseits, warum sollte er so überrascht sein? Sowohl sein Vater als auch sein Bruder hatten sich fast sofort in die Frau ihrer Wahl verliebt und obwohl er das niemals verstanden hatte, konnte er langsam nachvollziehen, wie das hatte passieren können.

„Wenn meine Situation anders wäre –“ Sie ließ den Satz unbeendet. „Aber das ist es nicht und ich kann nicht riskieren, dass Misha dich und Peter ausfindig macht. So einfach ist es.“

Er erkannte, dass sie wirklich glaubte, dass es unvermeidbar wäre, dass dieser Ex-Freund, dieser brutale Mikhail, sie finden würde. Und er wusste ohne Zweifel, dass sie sich einfach weigern würde, bei ihm zu bleiben, schlicht weil sie sie beschützen wollte.

Keine seiner Partnerinnen hatte jemals versucht, ihn zu beschützen. Ein merkwürdiges Gefühl, sowohl herzerwärmend als auch ärgerlich.

„Ich glaube, das ist ein gedanklicher Kurzschluss“, sagte er, ohne auch nur verlauten zu lassen, welche

Pläne er schmiedete und wieder verwarf. „Ich habe eine Idee, wie wir einander helfen können, aber zuerst muss ich ein paar Anrufe tätigen.“

„Wie genau einander helfen können?“, fragte sie misstrauisch.

„Auf einige Arten und keine davon beinhaltet die dreckigen Dinge, die du denkst“, zog er sie auf und war begeistert, als sie erstaunt aussah über die Tatsache, dass er ihre Gedanken gelesen hatte. „Das Drängendste davon wird heute stattfinden.“

„Ich muss los“, sagte sie und schüttelte noch einmal den Kopf. „Das war unsere Vereinbarung.“

„Ja, aber ich habe mir das Recht vorbehalten, die Vereinbarung auszudehnen. Hast du nicht das Kleingedruckte gelesen?“

„Theo“, sagte sie mit einem kleinen Stirnrunzeln und ohne Zweifel einer Erwiderung auf den Lippen.

„Vier Kindermädchen werden heute hier auflaufen in den nächsten –“ Er nahm seine Armbanduhr vom Nachttisch. „In den nächsten sechs Stunden und ich wäre dir sehr dankbar, wenn du mir helfen würdest, sie zu interviewen.“

„Ich habe keine Ahnung von Kindermädchen“, protestierte sie.

„Dann hast du nicht mehr als ich, aber zwei Köpfe sind besser als einer, oder? Im Austausch für diese Hilfe werde ich meinen Anwalt auf diese Sache mit dem Haftbefehl ansetzen.“

„Ich habe dir meine Leidensgeschichte nicht erzählt, um dich dazu zu bringen, mir zu helfen“, sagte sie. „Ratschläge, ja, ich bin froh für deine Ratschläge, aber ich kann mir keinen teuren Anwalt leisten.“

„Und das ist, wo es um die gegenseitige Hilfeleistung geht", sagte er und stand auf, als er Peter quengeln hörte. „Du hilfst mir, kompetente Kindermädchen zu finden und ich zahle die Gebühren deines Anwalts."

„Das ist wohl kaum fair – Himmel."

Theo hielt seinen Sohn auf Armeslänge von sich, ein ekliger Gestank wehte auf den Flügeln der Klimaanlage herüber. „Dieser Junge wird sich in einen Delfin verwandeln, wenn wir ihn noch ein paarmal mehr baden. Würdest du –"

„Nein", sagte sie, sammelte ihre Klamotten ein und mit einer Decke um sich gewickelt, rannte sie in ihr eigenes Zimmer.

„Feigling!", brüllte er ihr hinterher und sein Herz tanzte trotz des Ekels, den Peter fabrizierte. „Du, mein Herr, bist widerwärtig, aber da wir Kiera dazu bringen müssen, dass wir uns um sie kümmern können, nehme ich an, dass wir beide ein Bad nehmen."

Theo wunderte sich nicht darüber, wann genau er beschlossen hatte, sich um Kiera zu kümmern. Er wusste einfach, dass sie ihn brauchte und er wäre verdammt, wenn er sie enttäuschen würde. Sie musste einfach nur akzeptieren, dass er es in diesem Fall wirklich besser wusste.

Kapitel 7

„Du bist der größte Narr von allen, die jemals Blödsinn gemacht haben", erklärte ich meinem Spiegelbild und wischte einen Kreis in den Dampf, der den Spiegel beschlagen hatte, während ich meine nassen Haare kämmte. „Du kannst nicht bei ihm bleiben. Selbst wenn er wollen würde, dass du bleibst. Du weißt das. Du weißt, was passieren wird, wenn du bleibst. Und trotzdem bist du hier, in Versuchung geführt von diesem leckeren Mann und dem anbetungswürdigen, wenn auch stinkenden Baby. Das ist so was von falsch, warum also denkst du überhaupt darüber nach, einen weiteren Tag zu bleiben?"

Mein Spiegelbild zog eine Grimasse, was mir nicht half, mich mit den Geschehnissen dieses Morgens zu versöhnen. Abgesehen von dem Thema von dampfend heißem Sex mit Theo – ich wusste sehr wohl, dass eine Beziehung mit ihm nichts war, was ich in Erwägung ziehen sollte –, das wirkliche Problem war das Wissen, dass ich eine Gefahr für Theo und Peter darstellte.

„Ich kenne Misha gut genug", sagte ich zu mir selbst, während ich mich anzog. „Er würde keine Sekunde zögern, jemanden für seine eigenen Zwecke zu missbrauchen, würde sogar eine außerordentliche Freude dabei empfinden, jemanden zu verletzen, der mir etwas bedeutet."

Über die Jahre hatte ich dafür genug Beweise gesammelt, mit der Klugheit, die Abstand von einer Beziehung mit sich brachte, die geprägt war von Misshandlungen, konnte ich erkennen, wie er mich so sehr beeinflusst hatte, dass ich alle meine Freunde verließ und mich von meiner Familie entfremdet hatte, bis ich ganz alleine war mit niemandem außer ihm.

„Bowlingkugeln, Goudaleiber, Eulen-Augen", murmelte ich, nahm meine wenigen Toilettenartikel aus dem Badezimmer und trug sie zu meinem Seesack. Ich beäugte ihn und fragte mich, ob ich darauf vertrauen würde, dass Misha mich für ein oder zwei Tage nicht finden würde, nur ein paar Tage, die ich damit verbringen konnte, Theo zu helfen. Und ihn zu genießen. Und ihn kennenzulernen, zum Beispiel, warum er mit seiner Familie auf Kriegsfuß stand und was er mit Peter tun würde und eine Million anderer Dinge, die ich von ihm wissen wollte.

„Wenn ich vielleicht im Hotelzimmer bleibe, wird Misha keine Ahnung davon haben, wo ich bin oder ob ich noch in Auckland bin." Ich nagte an meiner Unterlippe, während ich darüber nachdachte. Das Bedürfnis, unter der erdrückenden Last, die Misha darstellte, hervorzukrabbeln, war stark, aber ich wusste, was passieren würde, wenn ich unvorsichtig wurde. „Rotelle Nudeln. Räder eines Rollstuhls. Rettungsringe."

Theo klopfte an meine Tür und öffnete sie ein paar Zentimeter, Peter in seinen Armen. „Kann ich ihn für ein paar Minuten bei dir lassen? Ich muss mich unbedingt rasieren, wenn du nicht schlimme Kratzspuren von meinen Stoppeln haben willst und ich will das nicht tun, während der kleine Teufel herumkrabbelt."

„Sicher", sagte ich und stopfte meine Habseligkeiten in den Seesack. Allein der Anblick von Peter fällte für mich die Entscheidung. Ich hatte keine Wahl. Ich konnte ihrer beider Leben nicht einfach deshalb riskieren, weil ich mit ihnen Zeit verbringen wollte.

„Danke. Frühstück hier oder im Restaurant unten?"

„Oh, hier, meinst du nicht auch?", sagte ich schnell und fühlte mich wie ein riesiger Feigling. Ich versuchte, das zu rechtfertigen, als ich Peter übernahm, der glücklich zu sich selbst brabbelte. Sofort nahm er eine Strähne meines immer noch nassen Haares in Beschlag und steckte sie sich in den Mund. „Peter richtet ein ziemliches Chaos an."

„Auf mehr als nur eine Art", sagte er mit einem Grinsen und ließ dann seinen Blick über meinen Körper wandern auf eine besitzergreifende Art, die kleine elektrische Schläge über meine Haut sandten, die tief zu meinen Innersten vordrangen. „Ich bestelle das Frühstück."

Ich folgte ihm ins Wohnzimmer, nahm eine kleine Packung von Crackern zur Hand, die ich von der Auswahl des Essens, das für Babys geeignet war, aufgehoben hatte, die letzte Nacht heraufgebracht worden war. „Magst du Cracker, Peter? Ich weiß, die sind nicht gerade das Frühstück, das du erwartest, aber du kannst sie als eine Art Vorspeise betrachten und es ist gut für dich, wenn du deine Erwartungen erweiterst. Swami Betelbaum sagt, je weiter du deine Augen öffnest, desto eher werden sie dir herausfallen und ganz selbstständig auf Entdeckungstour gehen. Auf metaphysische Weise, natürlich."

Ich hatte schwören können, dass Theo schnaubte, während er in seinem Zimmer verschwand.

Bis zu dem Zeitpunkt, wo Theo wieder auftauchte, hatte Peter eine halbe Flasche der Babynahrung getrunken, genau drei Cracker gegessen, zwei kleine Tassen voll Wasser nacheinander auf dem Boden verteilt, die ich ihm angeboten hatte für den Fall, dass er nach den Crackern durstig war, die meisten meiner Klamotten wieder aus dem Seesack gezogen und sie über dem Fußboden verteilt, während ich ein Handtuch organisiert hatte, um das Wasser wegzuwischen, die Bibel vom Nachttisch geholt und war schließlich in das Kabäuschen unten im Nachttisch geklettert und hatte von dort einen Stapel Briefpapier und Touristinformationen hervorgezogen.

„Was zur Hölle ist hier passiert?", fragte Theo erstaunt und betrachtete die Ruinen von dem, was ehedem ein ordentliches Zimmer gewesen war. Er schaute auf die Uhr. „Das waren gerade mal zwölf Minuten."

Ich lag auf dem Fußboden und versuchte, meine kleine Kosmetiktasche wieder mit all den Dingen vollzupacken, die Peter auf dem Boden verteilt hatte, während ich ins Badezimmer gehechtet war, um die Toilette zu benutzen und warf Theo einen bösen Blick zu. „Dein Kind ist offensichtlich ein Oktopus."

Theo lächelte und in dem Lächeln lag etwas, von dem ich fürchtete, dass es Stolz war und das Lächeln wurde ein bisschen breiter, als Peter sich zu ihm umdrehte, auf ihn deutete und mit no no no anfing. „Ähm. Gibt es einen Grund, warum du ihn mit Lippenstift verziert hast?"

„Ich habe einfach gedacht, das es sicherlich gut aussieht, wenn er auf seiner Stirn verteilt ist", fauchte ich und lag platt auf dem Bauch, um unter die Kommode zu angeln, um dort eine kleine Puderdose aufzusammeln, die darunter gerollt war. Die Puderdose war leer. „Super. Nun muss ich dem Housekeeping erklären, dass hier drunter ein Häufchen Puder ist."

Er beäugte mich, als ich aufstand, und nahm ohne Zweifel wahr, dass der gleiche Lippenstift, den Peter auf sich selbst geschmiert hatte, in kinderfingergroßen Kleksen auf meinen beiden Armen verteilt war, auf einer meiner Brüste und meinem linken Ohrläppchen. Seine Lippen zuckten. Ich deutete mit einem Tampon auf ihn, den ich Peters Griff entwunden hatte. „Wag es nicht!"

Das Zucken wurde deutlicher.

„Ich schwöre dir, Theo, ich werde nicht für meine Handlungen verantwortlich sein, wenn du auch nur darüber nachdenkst, zu lachen. Peter ist ein Oktopus. Ein seltsamer Hybrid zwischen Kind und Oktopus!"

„Es tut mir leid", sagte er mit erstickter Stimme, „ich muss es riskieren. Ansonsten würde ich einen Milzriss bekommen, wenn ich es zurückhalten würde."

„Bah!", fauchte ich, warf die Dinge auf mein Bett, marschierte dann ins Badezimmer, um mich zum zweiten Mal an diesem Morgen sauber zu machen, während schallendes Gelächter von Theo folgte.

„Ich habe heute Nachmittag Termine, die ich nicht verschieben kann", erklärte mir Theo eine Stunde später, nachdem wir gefrühstückt hatten, und Peter das dritte Mal für diesen Morgen sauber gemacht hatten. Ich saß auf dem Fußboden und spielte ein furioses

Spiel von Stapel Dinge auf Kiera. „Ich habe alle meine Verabredungen für heute Morgen umgeplant, damit Zeit ist für die Interviews der Kindermädchen, aber ich kann die am Nachmittag nicht verpassen, dazu gehört auch ein Termin, bei dem ich bei meinem Anwalt die Sorgerechtspapiere für Peter unterschreiben werde, sodass er auch rechtlich zu mir gehört. Würde es dir etwas ausmachen, für mich auf ihn aufzupassen?"

Ich war sofort hin- und hergerissen zwischen dem Aufwallen des Vergnügens, dass ich eine Entschuldigung hatte, um nicht zu gehen und dem schrecklichen Gefühl, dass ich nicht nur bescheuert war, länger als nur für einen Tag an einer Stelle zu bleiben, sondern sie auch in Gefahr brachte.

„Bitte", sagte er und ging neben uns in die Hocke, Peter nagte an einem seiner Finger. Ich betrachtete Theo, bemerkte den dunkelblauen Anzug, den er trug und der fast genau zu seiner Augenfarben passte, dass seine Schuhe auf Hochglanz poliert waren und sein Hemd so stark gebügelt war, dass es aussah, als könnte man damit Brot schneiden. Seine Haare waren nach hinten zurückgekämmt auf eine Art, von der ich begann, als seinem aalglatten professionellen Look zu denken. Ich bevorzugte wesentlich mehr den verwuschelten, informellen Theo. „Ich weiß, dass wir uns über einige Dinge unterhalten müssen und ich würde das gerne tun, sobald ich diese Termine hinter mich gebracht habe, aber es würde mir besser gehen, wenn ich wüsste, dass du bei Peter bist, während ich weg bin."

„Du vertraust Peter jemandem an, den du gerade erst getroffen hast?", fragte ich in einem Tonfall, von dem ich hoffte, dass er spielerisch herüberkam.

Er betrachtete mich für zehn Sekunden. „Ich vertraue mein Kind dir an, ja.“

Ein warmer Kern blühte in meinem Bauch auf und breitete sich aus. „Ich bleibe bei ihm“, sagte ich, obwohl ich vorgehabt hatte, Theo zu sagen, dass ich mich nach den Interviews mit den Kindermädchen auf den Weg machen würde.

„Danke dir.“ Er beugte sich nach vorne über Peters Kopf hinweg und gab mir einen schnellen Kuss, dann lächelte er und sein Atem war heiß auf meinen Lippen, und er küsste mich wieder, sein Mund bewegte sich auf meinem auf eine Art, sodass alle meine intimen Bereiche aufmerkten. Meine Brüste fühlten sich sofort schwer und ungemütlich an, wo sie im BH zusammengedrückt waren. „Du, meine hübsche kleine Gazelle, bist viel zu verlockend für meinen Seelenfrieden.“

„Gazelle?“, fragte ich und wollte mir selbst Luft zufächeln, aber weigerte mich, seinem Ego noch mehr Futter zu liefern, als ich das schon getan hatte.

Er schenkte mir eines dieser Grinsen, das mein Herz zum Stolpern brachte, als er Peter hochnahm und ein Pupsgeräusch auf seinem Babybauch machte. „Du erinnerst mich an eine Gazelle an einem Wasserloch, ganz lange Beine und grazile Silhouette, aber immer auf der Hut vor all dem, was um dich herum passiert.“

„Gazelle“, sagte ich wieder und dachte darüber nach. Ich entschied, dass ich keine Einwände hatte. „Wenn ich auf der Hut bin, dann weil hier ein blauäugiger Löwe in den Schatten herumstromert.“

Ein Klopfen ertönte genau in dem Moment an der Tür, als er etwas sagen wollte, von dem ich wusste, dass es zum aus der Haut fahren gewesen wäre und voll mit sexuellen Untertönen. Ich kam hastig auf die Füße und strich mein T-Shirt glatt.

Die Frau in der Tür murmelte etwas und überreichte Theo ein Blatt Papier. Er las es, dann öffnete er die Tür für sie.

Mich ergriff eine spontane Abneigung gegenüber der Frau, die aussah, als wäre sie in ihren Mittdreißigern, mit lockigem, blondem Haar und einer kühlen, selbstbewussten Art, die mich sofort dazu brachte, mich zu fühlen, als sei ich in Lumpen gekleidet, mein Haar ein Rattennest und ungekämmt und als wäre ich eine linkische Bohnenstange ohne jegliche Anmut.

„Maureen Renshaw", sagte Theo und reichte mir Peter, bevor er für das Kindermädchen zu der Couch gegenüber gestikulierte. Zu meinem heimlichen Vergnügen setzte sich Theo neben mich und legte lässig einen Arm um meine Schultern. „Das sind Kiera und Peter. Letzterer ist zehn Monate alt und das charmanteste Baby auf der ganzen Welt."

Peter hüpfte auf meinen Beinen und griff sich Fäustchen voll meines Haares, um die Enden davon in seinen Mund zu stecken, während er seinen Vater beobachtete. Sein Kichern wurde begleitet von kleinen Sabberbläschen.

„Alle frischgebackenen Eltern fühlen sich sicherlich auf diese Art", sagt Kindermädchen Maureen und schenkte uns etwas, von dem ich dachte, dass es ein unehrliches Lächeln wäre.

„Ich versichere Ihnen, in diesem Fall ist es die Wahrheit. Peter ist ein sehr fröhliches Kind", sagte Theo und nahm ein paar Taschentücher, zog mein Haar aus Peters Griff und wischte den Sabber davon ab. Ich schnappte mir eines von den Babyspielzeugen und ließ zu, dass er es aus meiner Hand nahm und anfing, es auf Theo zu hauen, während er ihm no no no vorsang. „Er hat nicht einmal geweint, seit wir ihn haben, oder nicht, Kiera?"

„Seit Sie ihn haben?", fragte Nanny Maureen und ihre Augen verengten sich.

„Nein. Er war ein richtiger Schatz, wenn man nicht mitzählt, dass er sich in einen Wutanfall mit viel Rotz am Bahnsteig hineingesteigert hat, aber ich glaube, das können wir entschuldigen. Das waren schwierige Umstände und er konnte seinen inneren Frieden nicht finden."

„Äh ..."

„Das Sorgerecht für meinen Sohn ist gerade erst von der Mutter auf mich übertragen worden", sagte Theo in einer Stimme, die ich niemals zuvor gehört hatte. Sie war abgehackt und sein britischer Akzent war sehr deutlich, als ob er ein Lord und dazu gezwungen wäre, einen Untergebenen zu maßregeln.

„Oh, dann ist das hier nicht die Mutter des Babys?" Maureen ließ ein kleines Schnauben hören, nachdem sie mir einen Blick voll Verachtung zugesandt hatte. Sie wandte sich an Theo und lächelte ein kristallines, hartes Lächeln. „Ich bin sicher, dass ich Ihnen helfen kann, für das Baby Ordnung und Struktur in seinen Tag zu bringen, die offensichtlich in seinem Leben fehlen."

„Wow, langsam." Ich hatte die Worte ausgesprochen, bevor ich überhaupt darüber nachdachte, ob es klug war, mich von dieser Frau provozieren zu lassen. „Offensichtlich fehlt ihm gar nichts. Er ist sehr glücklich, wie Theo gerade gesagt hat. Er ist klug und neugierig auf die Dinge um ihn herum und mag es zu baden. Das hier ist kein Baby, dem es an Lebensqualität fehlt."

„Ich bin sicher, Ihre ... Begleitung ... meint es gut", sagte Maureen, ignorierte mich und wandte sich stattdessen an Theo. „Aber nach dem schlechten Benehmen zu urteilen, das sie in dem Baby ermuntert, kann ich erkennen, dass ich daran arbeiten muss, in dem Baby gute Gewohnheiten hervorzurufen, die alle verantwortungsbewussten Eltern wollen. Sie wünschen, dass das Kindermädchen bei Ihnen lebt, ja? Glücklicherweise habe ich gerade einen Auftrag eines charmanten asiatischen Ehepaars hinter mich gebracht, die entschieden haben, nach Indien zurückzukehren und ich habe die drei Monate Zeit, die Sie angegeben haben. Offensichtlich können wir natürlich einen längeren Zeitraum verhandeln, sollte das nötig sein."

Ich wollte ihr ganz genau erklären, was ich von ihr hielt, aber bevor ich das tun konnte, kam Theo auf die Füße, offerierte seine Hand, dankte ihr dafür, dass sie gekommen war und sagte ihr, dass er sich mit der Agentur bald in Verbindung setzen würde. Er hatte sie zur Tür hinausbefördert, bevor ich explodieren konnte.

„Was für ein selbstgerechter, aufgeblasener Fatzke", sagte ich und zog mein Haar zum wiederholten Male aus Peters Mund. „Ich bringe ihm kein schlechtes Benehmen bei, oder?"

„Keineswegs", sagte Theo und lächelte auf uns herab, bevor er einen Blick auf sein Telefon warf. „Du gehst so gut mit ihm um, als wärst du seine Mutter. Besser, denn ich glaube nicht, dass du jemals dein Kind einfach beim Vater abladen würdest, ohne ihm eine Träne nachzuweinen."

„Oh, zur Hölle, nein." Ich kuschelte Peter an mich und küsste ihn auf den Scheitel und fragte mich, wie Nastya einfach ihr eigenes Kind hatte verlassen können. Ich entschied, das es nicht wert war, sich darüber aufzuregen, weil sie ganz offensichtlich die richtige Entscheidung getroffen hatte. Peter würde eine wundervolle Zukunft zusammen mit Theo haben, eine viel bessere als die, die er mit einer Mutter gehabt hätte, die zu sehr mit ihrer Karriere beschäftigt war.

Es gab mir einen kleinen Stich ins Herz bei dem Gedanken, dass ich nicht sehen würde, wie Peter als glückliches Kind aufwuchs, aber ich vergrub das tief, ganz tief in mir. Es machte keinen Sinn, über etwas Unmögliches zu weinen.

Das zweite Kindermädchen, das zum Interview erschien, hieß Susan und ich wusste innerhalb von dreißig Sekunden, dass sie nichts taugte. Sie schnurrte Theo quasi an und zog ihn mit ihren Augen aus und nahm so wenig Notiz von Peter und mir, dass sie bei einer Gelegenheit auf meinen Fuß trat, als sie versuchte, sich neben Theo zu setzen. Sie erhielt ein höfliches Händeschütteln und wurde zur Tür gebracht, wo sie verweilte und Theo allerhand Nachrichten mit ihren Augen schickte.

„Das war ekelerregend", sagte ich, als sich die Tür schloss, dann warf ich Theo einen mitleidigen Blick zu. „Das tut mir leid."

„Weswegen? Du hast sie nicht von der Agentur ausgesucht."

„Weil es wohl Tatsache ist, dass du solch ein Benehmen ertragen musst. Ich kann mir nur vorstellen, wie entnervend das ist."

Er lächelte und beugte sich vornüber, um mich zu küssen, bevor er auf das nächste Klopfen an der Tür reagierte. „Deshalb zähle ich auf dich, um mich zu retten."

Nummer drei schaffte es noch nicht einmal durch die Tür. Sie stand einfach da und starrte Theo an, schluckte einige Male, dann drehte sie sich herum und ging ohne ein weiteres Wort davon.

Theo drehte sich zu mir um, schaute mich an und hatte eine Augenbraue gehoben.

Ich lachte laut los.

Er rollte mit den Augen.

Die vierte Kandidatin war eine Lorraine Moscat und sie war ziemlich genau perfekt. Sie war Ende dreißig, informierte Theo, dass sie in einer Beziehung war und hatte einen Abschluss in Kindererziehung. Sie sprach nicht mit mir, als sei ich geistig minderbemittelt und schien sogar begeistert davon zu sein, als Peter seine Windeln gewechselt haben musste.

„Oh, lassen Sie mich. Ich hab jede Menge Erfahrung mit dreckigen Hintern", sagte sie und nahm Peter mit ins Badezimmer, auf das Theo hingewiesen hatte.

Ich tauschte mit ihm einen Blick. Wir beide folgten ihr, standen im Türrahmen und beobachteten, wie Peter expertenmäßig sauber gemacht, gepudert, geölt und gewickelt wurde, ohne dass ein kleines bisschen Kot irgendwohin geschmiert worden wäre. Sie schaffte es sogar, gekonnt eine Windel über seinen Penis zu legen, als er direkt in die Luft pinkelte.

„Was meinst du?", fragte Theo flüsternd und zog mich zurück ins Wohnzimmer.

„Sie weiß ganz offensichtlich, wie man ihn wickelt, ohne eine ganze Box von Wischtüchern zu benutzen, wo sie uns schon mal um Längen schlägt. Und Peter mag sie", antwortete ich und Widerwillen verlieh meinen Worten ein bleiernes Gefühl. Ich wollte nicht zugeben, dass ich am Boden zerstört war bei dem Gedanken, Peter niemals wieder zu sehen, aber die Ehrlichkeit brachte mich dazu, die Tatsache für mich selbst anzuerkennen und ich fügte hinzu: „Ich glaube, sie ist wahrscheinlich ein sehr gutes Kindermädchen und sie scheint sich keinen Deut darum zu scheren, wie du aussiehst."

„Wofür ich dankbar bin." Er warf einen Blick zurück ins Badezimmer, wo Lauren mit Peter in ihren Armen auftauchte, das Baby kicherte und wischte seine sabbrigen Finger an ihrem Haar ab.

Es war, als hätte mir jemand einen Schlag versetzt.

Ich saß stumm da, während Theo sich mit dem Kindermädchen für weitere zehn Minuten unterhielt und versuchte, ein echtes Lächeln auf die Lippen zu bringen, als er ihr den Job anbot. Lauren nahm mit Begeisterung an.

„Also", sagte Theo und schaute auf seine Uhr, bevor er sich zu mir umdrehte. „Ich habe noch Zeit für ein Mittagessen, wenn wir uns beeilen. Was sagst du dazu?"

„Ich werde gerne auf Peter aufpassen, wenn Sie beide ein bisschen Ruhe und Frieden haben möchten", sagte Lauren und machte kleine alberne Geräusche für Peter, die ihn begeisterten. „Ich gehe zur Agentur und nehme danach den Vertrag offiziell an."

„Das klingt perfekt", sagte Theo und nahm meine Hand, bevor ich protestieren konnte. „Wenn Sie uns brauchen, wir sind unten im Restaurant."

„Aber –" Ich fühlte die übliche Panik bei dem Gedanken, mich in einen öffentlichen Raum zu begeben, aber es war mehr das Bedauern, Peter bei Lauren zu lassen, das kam zuerst.

„Liebling, du verdienst eine Pause", sagte er und wand seine Finger durch meine. Wir gingen stumm den Flur entlang bis zum Aufzug. Jeder Schritt schien länger als der letzte, bis wir endlich ein paar Meter vor den geschlossenen Aufzugtüren zum Stehen kamen. Ich schaute Theo an und fragte mich, wie ich ihm sagen konnte, was ich sagen wollte. Es ging mich nichts an. Ich hatte schon entschieden, dass ich gehen musste. Und trotzdem ...

„Warum fühlt es sich an, als würde ich etwas falsch machen?", fragte Theo und blickte nachdenklich in meine Augen.

„Weil es falsch ist", sagte ich und Erleichterung vertrieb die Anspannung aus meinen Schultern.

„Sie ist absolut kompetent. Ihm wird es gut gehen bei ihr", bemerkte er. „Ihre Referenzen – die meine Assistentin verifiziert hat – sind exzellent."

Ich schaute ihn einfach nur an.

Er schaute mich ebenfalls an. Ohne ein weiteres Wort drehten wir beide uns um und gingen zurück zur Suite. Ich fühlte die Welle von Richtigkeit, als ich Peter einer überraschten Lauren abnahm. Theo erklärte ihr, dass wir es uns anders überlegt hatten und dass er natürlich den kompletten Betrag für die drei Monate des Vertrags als Kompensation für die plötzliche Planänderung zahlen würde.

Ich liebkoste Peter und hielt ihn, während er sich selbst in eine stehende Position zog, seine kleinen

dicken Beinchen wackelten, während er sich ein Lied
vorsang und mit einer Haarbürste auf die Couch ein-
schlug, die er aus meiner Handtasche gezogen hatte.

„Mittagessen hier?“, fragte Theo und war endlich Lauren losgeworden.

„Ja, bitte“, sagte ich und ließ mich mit einem glückli-
chen Seufzen auf die Couch fallen. Ich wusste sehr
wohl, dass es ein Glück war, das nicht anhalten würde,
aber ich entschloss mich, Swami Betelbaums Ratschlag
zu folgen und einfach den Moment zu genießen, aus-
nahmsweise ließ ich Sorgen um die Zukunft einfach
mal sein.

Kapitel 8

Die Päckchen begannen einzutrudeln, als Peter und ich zusammen auf der Couch kuschelten und eine Dokumentation über das Korallenriff ansahen, von der ich das Gefühl hatte, dass sie geeigneter für seine Entwicklung wäre als die geistlosen, langweiligen Kindersendungen.

„Also, siehst du, das ist das Ergebnis davon, dass wir unseren Planeten ausbeuten", beendete ich meine Zusammenfassung der Dokumentation, als schreckliche Streifen von an Korallenbleiche gestorbenen Korallen über den Bildschirm flackerten. „Und das ist der Grund, warum wir auf Wissenschaftler hören müssen und nicht auf Politiker. Ich weiß, dass du den Unterschied jetzt nicht verstehst, aber eines Tages wirst du das und dann hoffe ich, dass du Nutzen aus dieser Erfahrung ziehen kannst – wer ist da?"

Ich umklammerte Peter bei dem Geräusch eines Klopfens an der Tür, Angst schickte eine Adrenalinspritze durch mich und Schweiß brach mir in den Handflächen aus. Hatte Mikhail mich gefunden? Ich war hier alleine mit Peter – ich konnte ihm auf keine Weise das Baby erklären. Er würde gewalttätig werden und wahrscheinlich etwas Undenkbares tun.

Übelkeit überkam mich und brachte mich auf die Füße, damit ich mich nicht auf das Baby übergab.

Hektisch schaute ich mich in der Suite um. Wo konnte ich ihn verstecken? Wo konnte ich ihn hinbringen, damit er in Sicherheit wäre? Sein Kinderbettchen? Er könnte herausfallen. Und wenn Mikhail mich verschleppen würde, würde das bedeuten, dass Peter ganz alleine wäre, bis Theo nach Hause käme.

Ein Schluchzen stieg in meiner Kehle auf bei der schrecklichen Entscheidung, die ich treffen musste. Beim Geräusch eines zweiten Klopfens hechtete ich mit Peter in Theos Zimmer und legte das Baby in sein Kinderbettchen, zusammen mit dem Spielzeug, das er umklammert hielt.

„Bleib hier. Bleib ruhig. Ich werde nicht zulassen, dass dir jemand wehtut", flüsterte ich und küsste ihn auf seinen lieben kleinen Kopf, bevor ich die Schlafzimmertür schloss und versuchte, mich zu beherrschen. Meine Hand lag auf dem Türgriff, als ich das kleine Paneele rechts neben der Tür entdeckte. Eine Videokamera! Ich berührte einen Knopf und sofort erwachte der flackernde Bildschirm zum Leben und zeigte einen Hotelangestellten, der auf der anderen Seite der Tür wartete und leicht gelangweilt aussah. Hinter ihm war ein Trolley, der mit verschiedenen Dingen beladen war.

Ich war so erleichtert, dass ich am liebsten geweint hätte, und öffnete die Tür.

„Mrs. Papaioannou?", sagte der Hotelangestellte und wartete erst gar nicht auf meine Antwort, bevor er den Gepäcktrolley ins Zimmer schob. „Ihr Mann lässt Ihnen einige Dinge zustellen. Ich würde sie hier abstellen, ist das in Ordnung?"

„Oh, ja, vielen Dank." Im Hinblick auf meine Identität wollte ich ihn berichtigen, entschied aber, dass ich damit leben könnte, als Theos Ehefrau durchzugehen, wenn das bedeutete, dass einige Leute weniger wussten, dass ich hier war. Ich eilte hinüber zu meiner Tasche und zog ein paar Geldscheine hervor, dann nahm ich noch ein paar mehr, als mir einfiel, auf welchem Standard sich das Hotel befand. Meine Ersparnisse gingen schnell zur Neige, was bedeutete, dass ich meine Girocard bald benutzen musste, aber ich unterdrückte den Gedanken.

Der Hotelangestellte lud mehrere große Kartons ab, drei Plastiktragetaschen und wie es schien eine gigantische Giraffe, deren Oberteil hin und her schaukeln konnte.

„Vielen Dank", sagte ich und gab dem Hotelangestellten Trinkgeld, bevor ich dankbar die Tür schloss. Ich holte Peter und zeigte ihm die Kartons. „Es sieht so aus, als hätte dein Papi ein bisschen Zeit gefunden, um zwischen dem ein oder anderen Termin Einkäufe zu erledigen. Sollen wir warten, bis er kommt, um das alles aufzumachen?"

Peter krabbelte zur Giraffe hinüber und begann, ihr no no no vorzusingen, streichelte sie und kaute an ihr herum.

„In Ordnung. Das bedeutet Nein. Lass uns sehen, was ich machen muss, um sie in Bewegung zu setzen."

Es folgte eine spannende halbe Stunde, aber endlich stand die Giraffe auf vier Beinen und die Plastiktüten voll von Babyklamotten waren ausgepackt und feinsäuberlich auf eine der Couchen aufgestapelt, während die Vorräte an Windeln in Theos Badezimmer gebunkert waren.

Peter kreischte vor Freude, während die Giraffe ihren Job vollführte und ihn hin und her schaukelte, untermalt von einem sanften elektrischen Summen.

„Sattelt die Hühner, Kameraden!" Angst schickte meinen Adrenalinspiegel noch einmal durch die Decke, als es wieder klopfte, aber diesmal hatte ich meine sieben Sinne beisammen und überprüfte die Sicherheitskamera, bevor ich eine ausgewachsene Panikattacke bekam, und sah, dass es der gleiche Hotelangestellte mit einem weiteren Trolley voller Dinge war.

„Jemand ist darauf aus, dich zu verwöhnen", erklärte ich Peter, bevor ich die Tür öffnete.

„Ihr Ehemann hat noch einiges mehr für Sie", verkündete der Hotelangestellte und betrat das Zimmer, ohne darauf zu warten, dass ich ihn aufforderte.

„Es scheint so." Ich holte mein letztes Geld hervor und stand stumm neben der Tür, als er das ablud, was nach einer kleinen Piraten-Schatzkiste, einem halben Dutzend Plastiktüten und einer riesigen Box aussah, die offensichtlich einen Kinderwagen beinhaltete, den man in einen Autositz verwandeln konnte. Ich gab dem Hotelangestellten das Trinkgeld, als er das Zimmer verließ und sagte dann, während ich die große Box beäugte: „Du hast einen Kinderwagen, der vollkommen in Ordnung ist, und auch einen Autositz, aber ich nehme an, dein Papa denkt, dass du gesteigerte Bedürfnisse hast. In Ordnung. Also, lass uns sehen, was diesmal für dich dabei war."

Die Piratenschatztruhe war eine Spielzeugkiste, die, anhand der Anzahl von Spielzeugen, die ich in zwei Plastiktüten fand, absolut Sinn ergab. Eine weitere Tüte enthielt noch mehr Klamotten für Peter. Ich faltete sie alle auseinander und lächelte über Theos Auswahl. „Dein Papa hat ein ziemlich gutes Augenmaß, obwohl ich glaube, dass eine Jeans für unter Einjährige die Sache ein bisschen auf die Spitze treibt. Schau, Schuhe! Lass uns sehen, was in dieser Tüte ist ...“

Ich hielt inne und bekam große Augen, als ich aus der Tüte einen feinen Spitzen-BH in blassem Pink hervorzog. „Ich habe keine Ahnung, wie er glaubt, dass er dich da reinbekommt, aber ich will auf jeden Fall dabei sein, wenn er das versucht.“

Einige Teile seidiger Unterwäsche folgten, dann zwei weitere BHs, einige Bodys in champagnerfarbener Spitze und schwarzer Seide und ein sehr hübsches marineblaues Trägertop aus Satin mit Polkatupfen und Schlafshorts. „Hm-hmm“, sagte ich und arbeitete mich zur nächsten Tasche vor. Diese enthielt einige Paare von Leggins in verschiedenen Farben, eine Handvoll Blusen, die alle mehr oder minder durchsichtig waren und einen weichen Kaschmirpulli in Aprikose.

„Dein Vater“, sagte ich zu Peter, der sich aus der Giraffe befreit hatte und sich nun glücklich in dem wahren Spielzeugladen aus Babysachen wälzte, „wird sich von mir etwas anhören können. Schau mich nicht so an; ich weiß, dass er gute Absichten hat – obwohl, wirklich, einiges dieser Unterwäsche sprüht förmlich vor sündigen Gedanken – aber trotzdem, so läuft das nicht.“

Die anderen Tüten enthielten einfache schwarze Schuhe mit Absatz in drei verschiedenen Schuhgrößen und ein paar Tennisschuhe in den gleichen Größen. „Das macht mich wirklich sprachlos –“

Ich hielt inne, als es an der Tür klopfte und sagte dann mit einem Kopfschütteln: „Das kann er nicht machen. Es gibt in der Stadt nichts mehr."

Ein Blick in die Kamera zeigte mir wieder den gleichen Hotelangestellten, aber dieses Mal hatte er einen riesigen Berg von Gepäck auf seinem Wagen.

„Äh", sagte ich, als ich die Tür öffnete. „Wollen Sie noch jemanden einquartieren? Denn ich habe keine Ahnung, ob hier noch genug Platz ist, der nicht von Spielsachen, Babysachen, Möbeln, einem Kinderwagen, einer Spielzeugkiste und der Giraffe belegt ist."

„Das ist leer", sagte er und ruckte mit dem Kopf in Richtung Gepäck, das er ohne großes Getue vor Theos Schlafzimmer aufstapelte.

„Also, natürlich ist es das. Es tut mir leid, mir ist das Bargeld ausgegangen. Ich werde Theo sagen, dass er Sie ansprechen soll, wenn er Sie das nächste Mal sieht", sagte ich, nachdem er alles abgeladen hatte.

Der Hotelangestellte zuckte mit den Schultern und verschwand mit seinem nun leeren Wagen.

Es brauchte fast eine Stunde, um das ganze Gepäck auszubreiten, das Theo gekauft hatte, und Peter die Klamotten vorzuhalten, um sicherzugehen, dass sie ihm passten, bevor ich die Preisschildchen abschnitt, es zusammenfaltete und alles weglegte. Die Kleider, die für mich vorgesehen waren, waren eine andere Angelegenheit.

Ich versuchte immer noch, mich zu entscheiden, was ich mit ihnen tun sollte, als es an der Tür klickte, als die Schlüsselkarte eingeführt wurde und Theo eintrat.

„Aha, gut, die Sachen sind angekommen", sagte er und lächelte bei dem Anblick von Peter, der von

Spielsachen umgeben war. Er stapelte ein Set von Plastikschüsseln ineinander und redete leise mit ihnen, während er ab und zu auf einem Rand herumkaute. „Was hältst du von den Sachen, alter Junge? Hat Papa dir schöne Spielsachen besorgt?“

„Peter“, sagte ich gelassen und lächelte, als Theo sich trotz seines schicken Anzugs auf dem Fußboden niederließ und dem Baby zeigte, wie man mit einem Auto über die Decke hin und her fahren konnte. „Behalte im Kopf, dass du nicht dafür verantwortlich bist, die Erwartungen deines Vaters zu erfüllen, wenn es um Vergnügen an Materiellem geht, das er für dich ausgesucht hat. Du kannst es mögen oder nicht mögen, egal, ob er denkt, dass die Dinge schön sind. Es ist deine Entscheidung.“

„Eifersüchtig, weil ich dir nichts gekauft habe?“, fragte Theo und neigte den Kopf zur Seite auf die Art, die mich dazu brachte, seinen Kopf umfassen zu wollen und ihn zu küssen, bis er atemlos war.

Bis seine Worte wirklich bei mir angekommen waren. Ich schaute auf die zwei Plastiktüten voll von Unterwäsche und Klamotten, die auf der Couch lagen. „Du hast nicht ... Äh ...“

„Ich habe was nicht?“, fragte er und hob die Augenbrauen.

Kalter Schweiß brach mir aus und sorgte dafür, dass mir so übel war, dass ich sicher war, dass ich mich übergeben müsste. Misha hatte mich gefunden und das war seine Art, mit mir zu spielen. Ich stolperte auf die Füße und rannte in mein Zimmer.

„Kiera?“

Ich schaffte es ins Badezimmer, keuchend und umklammerte die Toilettenschüssel, Tränen brannten in meinen Augen, die Angst brachte mich dazu, unkontrolliert zu zittern. Was hatte ich getan? Wie hatte ich nur Theo und Peter so in Gefahr bringen können?

„Kiera? Gott, Liebling, es tut mir leid. Es tut mir so leid. Ich habe nicht nachgedacht. Komm her. Lass mich dich umarmen. Ich bin ein Unmensch. Ich bin ein schrecklicher, gedankenloser Unmensch." Theo zog mich in seine Arme, sein Körper war warm und fest und unendlich tröstlich. „Ich kann mich gar nicht genug entschuldigen. Ich habe nur versucht, dich aufzuziehen. Ich habe nicht darüber nachgedacht, was ich dir antun würde. Ich habe alles ruiniert, oder nicht? Du hasst mich jetzt und du wirst nicht zulassen, dass ich all das mit dir anstelle, was mir an Fantasien durch den Kopf gegangen ist während der schrecklich langen Termine und ich werde alleine sterben mit niemandem an meiner Seite, der mir sagen wird, wie widerlich attraktiv ich bin und warum mein Bauch verboten gehört. Kiera? Bitte, Schatz, sag mir, dass du mir meine Dummheit vergeben wirst."

Die Wärme seiner Brust gegen meine brachte mich dazu, mich zu entspannen, obwohl zuerst Wut in mir hochgekocht war, als ich erkannt hatte, dass er mich aufgezogen hatte. Ich sackte gegen ihn und musste zugeben, dass meine Reaktion extrem gewesen war, und dass er nicht dafür verantwortlich war. Ich langte mit einer immer noch zittrigen Haut nach oben und zog seinen Krawattenknoten auf, knöpfte sein Hemd auf, sodass ich an seinen Nacken herankam. „Alleine sterben, Theo? Wirklich? Glaubst du wirklich, dass die

Heerscharen von Frauen, die dein widerlich attraktives Gesicht und deinen perfekten Körper haben wollen, das zulassen würden?" Ich biss sanft in die Sehne in seinem Nacken und brachte ihn zum Stöhnen und dazu, meine Hüften enger an seine zu ziehen.

„Ich zähle darauf, dass du mich vor ihnen beschützen wirst", murmelte er in meinen Nacken und küsste sich einen heißen Pfad zu meinem Kiefer.

Ich schlüpfte aus seinen Armen und war mir sehr wohl darüber bewusst, dass ich viel zu empfänglich für seinen Charme war. „Ich glaube nicht, dass das klug ist, während der Herr der Spielzeuge immer noch wach ist", stellte ich fest.

„Aha. Du hast recht." Er verzog das Gesicht, als wir ins Wohnzimmer zurückkehrten. „Jetzt, wo ich mich zum Deppen gemacht habe, musst du mir sagen, was du von dem hältst, was ich geschickt habe? Ich musste deine Größe erraten – du bist ungefähr so groß wie meine Schwester, aber nicht so füllig wie sie – aber ich habe keine Ahnung, was deine Schuhgröße ist. Und ... äh ... Deine BH-Größe."

Er setzte sich wieder auf den Fußboden und schaute mich merkwürdig an, als ich meine Hand nach ihm ausstreckte.

„Hoch mit dir", sagte ich zu ihm und fand ein kleines Quäntchen eines Kommandotons in mir, von dem ich nicht wusste, dass es ihn gab.

Er erhob sich und eine Augenbraue war in einem Fragezeichen angehoben.

„Auf dem Teppich liegen alle möglichen Reste von Verpackungsmaterial von den Spielzeugen und der Giraffe. Dein Anzug ist viel zu schön, um schmutzig zu werden, während du in all dem zusammen mit Peter herumkrabbelst. Wenn ihr Jungs spielen wollt, dann musst du dich in Räuberzivil werfen."

„Ich habe keine Räuberzivil", sagte er mit Würde, bückte sich, um Peter auf den Kopf zu küssen und in einem gespielten Flüstern zu sagen: „Ich habe eine Ahnung, was sie meint, alter Junge. Wir machen lieber das, was sie sagt, was?"

„Ja, und dieser hier muss gewickelt werden", sagte ich und hob ihn wieder hoch.

„Entschuldige", sagte Theo und hob seine Hände, während er rückwärts zu seinem Zimmer ging. „Es gibt nichts, was ich lieber täte, als bis zu beiden Ellbogen in Babyscheiße zu versinken, aber leider kann ich das gerade nicht machen. Nicht mit meinem schönen Anzug."

„Oh, das ist Beschiss", brüllte ich ihm hinterher, dann nahm ich Peter, um ihn sauber zu machen und neu zu wickeln und ihn in eines der neuen Outfits zu stopfen, kichernd, während ich das tat.

Der Streit startete später, nachdem wir gegessen hatten (wieder in der Suite, obwohl Theo angeboten hatte, uns in ein Restaurant auszuführen, von dem er gehört hatte, dass dort Familien willkommen waren), und Peter ein Bad genommen hatte und glücklich ins Bett gekuschelt war mit einem Kuscheltier in Form eines Kiwis, das fast so groß war wie er.

„Würdest du gerne etwas davon anprobieren?", sagte Theo und zog einen der BHs hervor, den er sich über die Brust drapierte.

„Nein."

„Nicht deine Farbe? Wie wär's damit?" Theo zog das Trägertop aus Satin hervor. „Ich dachte, das würde gut zu deinen Haaren passen."

„Ich bin sicher, dass es das tut, aber ich werde auch das nicht anprobieren. Ich will das nicht, Theo."

„Nein?" Er runzelte die Stirn und seufzte. „Also, ich muss zugeben, dass ich es ausgesucht habe, weil ich dich darin sehen will, aber es ist deine Entscheidung. Du kannst stattdessen etwas aussuchen, was dir gefällt."

„Das werde ich nicht tun, weil ich nichts brauche. Ich habe Klamotten. Danke, dass du an mich gedacht hast, aber ich brauche nichts davon."

Sein Stirnrunzeln vertiefte sich. „Warum willst du es nicht? Mir ist schon klar, dass sie vielleicht nicht genau dein Geschmack sind, aber du hast nicht viel bei dir und ich dachte, du hättest Gefallen an ein paar neuen Dingen."

„Falsch gedacht", sagte ich, stand auf und beobachtete ihn genau.

Sein Stirnrunzeln wurde noch tiefer. „Du hast nur ein Paar Schuhe."

„Na und?"

„Sie sind schön, aber sie sind nicht gerade schick. Ich dachte, du hättest gerne etwas Schickeres, wenn wir ausgehen."

Ich holte tief Luft und fühlte mich, als würde ich auf einer Rasierklinge stehen. „Ich mag keine Absätze."

„Warum nicht?"

„Weil es unmöglich ist, damit zu rennen."

Für einen Moment saß er ganz still und Sorge schien in seinen Augen auf. „Glaubst du, dass du jemals von mir davonlaufen musst?"

„Nein", sagte ich, ohne nachzudenken. Ich wusste nicht, wie Theo das in der kurzen Zeit geschafft hatte, aber ich vertraute ihm, wo ich doch sonst niemandem vertraute. „Aber ich muss vielleicht davonlaufen, wenn du nicht da bist."

„Ah. Haben wir also wieder dieses Thema." Er klopfte auf die Couch. „Ich hatte gehofft, wir könnten das aufschieben, bis ich dir von meiner Idee erzählt habe, die ich mitten in einem langweiligen Meeting hatte, bei dem es darum ging, ein kleines Stückchen Land im Norden zu erschließen, aber ich sehe jetzt, dass das nicht sehr wahrscheinlich ist."

„Theo, ich werde keine Klamotten annehmen, die du für mich gekauft hast. Danke, dass du an mich gedacht hast, aber ich habe Geld. Nicht bei mir, aber ich habe etwas Geld geerbt, als meine Eltern starben, und mein Bruder ihr Haus verkauft hat. Ich bin nicht bankrott, selbst wenn ich aussehe wie eine Bettlerin."

Zu meiner Überraschung machte sich ein Lächeln auf seinem Gesicht breit. „Das ist genau wie bei Harry."

„Wie bitte?"

Einen Moment schwieg er, dann angelte er unter ein Couchkissen und zog eine lange Samtbox hervor. „Ich nehme nicht an, dass ich dich damit in Versuchung führen könnte?"

Ich schaute hin, als er den Karton öffnete. Ein wunderschönes Tennisarmband lag darin, glitzernd mit grünblauen Steinen besetzt. Es sah so aus, als hätte es so viel gekostet wie mein neues Auto, dass Mikhail mich gezwungen hatte zu verkaufen. „Das ist hübsch. Welche Art von Steine sind das?“

„Blaugrüner Saphir.“

„Sie sind sehr schön, aber, nein danke.“

Er schwieg für einen Moment. „Würde es einen Unterschied machen zu wissen, dass ich das hier für dich gekauft habe bei dem Juwelier auf der anderen Straßenseite und dass es kein Überbleibsel von einer anderen Frau ist?“

Ich schüttelte den Kopf.

„Das dachte ich mir. Also, wenigstens habe ich eine Gemeinsamkeit mit Iakovos.“

Ich ließ zu, dass er meine Verwirrung sehen konnte.

„Er muss seine Ehefrau jedes Mal beknien und sie anbetteln, Schmuck von ihm anzunehmen.“ Er dachte für einen Moment nach. „Genau genommen, lässt sie nicht zu, dass er ihr irgendetwas schenkt. Sie erklärt ihm ständig, dass sie nicht wegen seines Geldes hinter ihm her ist. Du würdest es nicht glauben, welchen Ehevertrag sie haben.“

„Sie klingt nach einer vernünftigen Frau“, sagte ich und erwärmte mich leicht für diese unbekannte Schwägerin.

Er grinste. „Sie wird dich lieben, allein aus dem Grund, dass du mir ständig das Leben zur Hölle machst.“

„Ich will dir nicht das Leben zur Hölle machen, Theo“, sagte ich und fühlte mich ein bisschen schuldig. „Ich will einfach nur nicht Dinge von dir annehmen. Keine materiellen Dinge.“

„Aha. Also, das bringt uns genau zu dem Thema, das ich mit dir diskutieren will. Wenn ich dir verspreche, dass ich dir nicht dieses Armband anlegen werde, obwohl es fast genau zu deinen stürmischen Augen passt, darf ich mich dann neben dich setzen und zulassen, dass ich meine Hand auf deinen Oberschenkel lege?"

„Warum auf den Oberschenkel?", fragte ich, setzte mich aber trotzdem neben ihn, mein Körper summte wegen seiner Nähe. Ich erklärte meiner Libido, die Kontrolle zu bewahren, aber sie ignorierte mich und schmiedete einige Pläne, was sie alles mit Theo anstellen wollte.

„Weil, wenn ich dich irgendwo anders berühre, dann werden wir nicht diese sehr wichtige Unterhaltung führen."

„Sehr wichtig?" Ich war kurzzeitig durch die Wärme seiner Hand abgelenkt, die ich durch meine Leggins spüren konnte. „Hast du mit deinem Anwalt wegen des Haftbefehls gesprochen?"

„Ja, aber das hebe ich mir für später auf. Während ich die Sorgerechtspapiere unterschrieben habe, die auch einen Namenswechsel für Peter beinhalten, weil Nastya es nicht als angemessen empfunden hat, ihm meinen Nachnamen zu geben, ist mir aufgegangen, dass die Antwort von unserer beider Probleme mir direkt ins Gesicht lachte."

„Du willst mich adoptieren?", fragte ich entsetzt.

Er lachte. „Auf eine Art, ja. Ich will, dass du mich heiratest."

Ich starrte ihn voller Unglauben an. „Du willst was?"

„Schau mich nicht so entsetzt an, meine kleine erschreckte Gazelle, und hör mir zu."

„Das werde ich nicht tun. Du bist absolut verrückt!“, sagte ich und versuchte, meinen Oberschenkel von dort zurückzugewinnen, wo er ihn gerade liebkoste.

„Auf viele Arten, ja, aber in dem Fall nicht. Nein, Kiera, hör mir zu.“ Das Lachen verschwand aus seinen Augen, als er einen Arm um mich legte und mich eng an ihn zog. „Du hast gesagt, dass du glaubst, dass dein Ex einen Freund bei der Polizei hat, ja?“

„Ja, aber –“

„Was Sinn ergibt, wenn er in der Lage war, dich ausfindig zu machen. Alles, was er tun musste, war, seinem Freund zu sagen, die Einträge für Kiera Taylor zu finden. Gleiches gilt für deine Girokarten, angenommen, er kann an diese Info herankommen.“

„Kann er“, sagte ich und rieb mir über die Arme, als Kälte mir eine Gänsehaut verursachte. „Das hat er in der Vergangenheit auch getan.“

„Heirate mich. Ändere deinen Namen in Papaioannou. Du kannst meine Girokarten benutzen, bis wir deine eigenen haben. Dein Ex wird nicht in der Lage sein, dich zu finden, denn Kiera Taylor wird verschwinden.“

Ich schüttelte den Kopf, bevor er ausgeredet hatte. „Ein Namenswechsel wird gar nichts lösen. Das wird er sicherlich auf dem Schirm haben.“

„Wird er auf dem Schirm haben, dass du heiraten könntest?“

„Nein“, gab ich langsam zu. „Er glaubt nicht, dass ich wertvoll genug bin, dass mich jemand anderes anziehend finden könnte.“

Theo lächelte. „Das ist die perfekte Lösung für das Problem.“

„Keineswegs. Heirat ist … Heirat. Wenn ich noch nicht einmal ein paar Tüten voller Klamotten von dir annehme, was glaubst du dann, was mich dazu bringen könnte, Zugang zu deinen Bankkonten anzunehmen? Ich bin vieles, Theo, aber auf Profit aus gehört nicht dazu.“

„Ich weiß, dass du nicht auf Profit aus bist. Wenn du möchtest, dann können wir …“ Er hielt inne, versuchte offensichtlich, eine Lösung zu finden. „Du kannst mir einen Scheck schreiben über das Guthaben auf den Konten. Ich werde dann den gleichen Betrag in ein spezielles Konto für dich einzahlen, eines mit deinem neuen Namen. Es wird dein Geld sein, einfach nur transferiert auf ein Konto, wo dein Ex nicht danach suchen wird.“

„Das erscheint vernünftig“, gab ich zu und war erleichtert, dass ich meine Girokarten doch nicht benutzen musste. „Oder das wäre es, wenn der Gedanke daran, dass du mich heiraten würdest, nicht so hirnverbrannt wäre. Theo, hast du nicht zugehört, als ich dir gesagt habe, dass es einfach zu gefährlich ist für mich, bei dir und Peter zu sein?“

„Ich habe zugehört. Und ich habe zugestimmt, dass wenn du eine wirkliche Gefahr darstellen würdest, dann würde ich sichergehen, dass Peter außerhalb deiner Reichweite wäre. Aber ich glaube nicht, dass das ein Problem ist.“

„Misha könnte hier in Auckland sein –“, begann ich zu protestieren.

„Das ist der Punkt, wo mein Plan wirklich brillant wird“, sagte er lächelnd. „Wenn wir auf dem

Standesamt geheiratet haben, werden wir auf meine Schaffarm ziehen."

„Du hast eine Schaffarm?", fragte ich und wunderte mich, warum mich etwas an ihm überhaupt noch überraschte. „Hier? In Neuseeland?"

„Habe ich. Sie ist sehr abgelegen. Man muss entweder ein Boot oder einen Helikopter nehmen, um sie zu erreichen und deshalb ist sie der perfekte Platz für die neue Mrs. Papaioannou, um dort ohne Sorge davor leben zu können, dass ein bestialisches Tier sie stalken wird. Du wirst sie mögen. Sie ist klein, aber sehr pittoresk. Der Mann, dem ich sie abgekauft habe, lebt immer noch mit seiner Ehefrau und seiner Tochter dort und kümmert sich um die Schafe und das Haus für mich."

Der Gedanke tanzte mit verlockender Klarheit in meinem Kopf herum. „Spinnräder", sagte ich und machte mir klar, dass ich eine Närrin war, überhaupt darüber nachzudenken, dass ich eine Chance auf Sicherheit hatte. Aber, wenn Theo eine entlegene Farm besaß ... „Die Hufe von Schafen. Aufgewickelte Wollbündel."

„Volle kleine Brüste", sagte er und beugte sich vornüber, um meinen Brustansatz dort zu küssen, wo er sichtbar aus meinem T-Shirt hervorlugte. „Die runden perfekten Globen eines Hinterns."

„Oh, das ist lächerlich", sagte ich und verscheuchte das Bild von uns dreien auf einer wilden, idyllisch zerzausten Schaffarm. „Ich kann nicht glauben, dass du mir das anbietest, eine Frau zu heiraten, die du am Tag zuvor getroffen hast."

„Das ist das, was wir Papaioannou-Männer tun", sagte er mit einem halben Grinsen.

Ich dachte darüber nach. Ich dachte wirklich darüber nach, aber schließlich schüttelte ich den Kopf. „Danke für das Angebot, aber gibt es einfach zu viele Probleme. Zum Beispiel, was passiert, wenn du die Frau triffst, die du wirklich heiraten willst? Was wird passieren, wenn ich dich verlassen muss? Was wird deine Familie denken?“

„All das ist nicht wichtig“, sagte er und seine Augen waren ernst.

„Alles, was zählt, ist deine Sicherheit und dass Peter glücklich ist.“

„Wenn du darüber nachdenkst, dass ich sein Kindermädchen sein könnte –“

„Ich denke darüber nach, dass du seine Mutter sein könntest. Also, Stiefmutter. Aber Mutter in all den wichtigen Bedeutungen des Wortes.“

Ich starrte ihn an, ich starrte ihn mit offenem Mund an.

„Ich? Die du gestern getroffen hast?“

Sein Grinsen flackerte auf und brachte mein Inneres zum Schmelzen. „Ich habe doch gesagt, wir Papaioannous sind schnell.“

„Das ist nicht schnell – das ist verrückt. Nein, Theo.“ Ich hielt ihn davon ab, weiterzureden. „Danke dir, aber nein. Ich werde hier bei dir bleiben, bis du das richtige Kindermädchen gefunden hast, eine, die du nicht in den ersten fünf Minuten feuern wirst, nachdem du sie angeheuert hast, aber das war's dann. Ich werde nicht die Schuhe oder die Klamotten oder das kleinste bisschen Spitze von dir annehmen, das wahrscheinlich zwischen meinen Pobacken stecken bleiben würde. In Ordnung?“

Es gefiel ihm nicht, aber er stritt nicht weiter. „Ich bin bereit, einen Waffenstillstand auszurufen, wenn du bereit bist."

Ich beobachtete ihn für einige Sekunden. „Weil du Sex willst?"

„Weil ich nicht weiter streiten will, wenn es offensichtlich ist, dass du dich entschieden hast." Er beugte sich nach vorne und knabberte an meiner Unterlippe. „Obwohl, wenn du natürlich leidenschaftlichen, heißen Sex haben willst, dann bin ich mehr als bereit, dem nachzukommen."

Ich fragte mich noch nicht einmal, was die richtige Entscheidung wäre. Ich öffnete einfach meine Arme und sagte: „Ja, bitte."

Theos Körper, der sich um mich gewickelt hatte, hielt meine Träume in dieser Nacht in Schach, obwohl ich mitten in der Nacht wach wurde, um festzustellen, dass er über das Kinderbettchen gebeugt stand und Peter einfach nur beobachtete.

„Alles Ordnung mit ihm?", fragte ich und setzte mich auf.

„Ja. Ich habe einfach nur zugesehen, wie er schläft." Er stand noch einen Moment länger da, dann krabbelte er zurück zu mir ins Bett, langte nach mir, und zog mich an seine schöne Brust. „Ich bin wechselweise wütend auf Nastya, dass sie seine Existenz vor mir verheimlicht hat, mir die ersten zehn Monate gestohlen hat, und will ihr doch auf Knien danken, dass sie ihn mir überlassen hat."

„Sie hat dir das volle Sorgerecht übertragen?"

„Sie sagte, dass sie das tun würde. Offensichtlich hat sich bis dato ihre Mutter um ihn gekümmert. Nastya sagte, dass sie ihn nur ein halbes Dutzend Mal gesehen hat und nun ist ihre Mutter krank und im Krankenhaus und es sieht nicht danach aus, als würde sie viel länger leben."

„Die Ärmste", sagte ich und fühlte einen Stich für die Frau, die so offensichtlich versucht hatte, das Beste für ihr Enkelkind zu tun. „Kannst du ihren Namen und ihre Adresse herausfinden?"

„Ich nehme es an. Brauche ich die? Sie hat keinen rechtlichen Anspruch auf Peter."

„Nein, aber sie muss ihn geliebt haben, und wenn sie im Krankenhaus ist und ihr Leben fast zu Ende, dann würde sie ihn wahrscheinlich gerne sehen. Oder zumindest ein Video von ihm. Vielleicht kannst du mit ihr skypen."

Er schwieg einen Moment, dann seufzte er tief. „Und das ist noch ein Grund, warum ich dich in meinem Leben brauche. Ich habe noch nicht einmal darüber nachgedacht, was sie durchmacht, aber du hast absolut recht. Ich werde meine Assistentin darauf ansetzen, sie ausfindig zu machen, und wenigstens können wir mit ihr skypen."

Ich lächelte in seine Brust und entspannte mich, als seine Hitze in mich sank. Ich mochte nicht in der Lage sein, bei Theo zu bleiben, aber ich war entschlossen, die Zeit mit ihm zu genießen, die ich hatte.

Kapitel 9

Theo war nicht begeistert von der Art, wie sein Tag anfing. Zuerst hatte er länger geschlafen, als er wollte, hauptsächlich deshalb, weil Kiera, die sich in der Nacht an ihn geschmiegt hatte, wie eine Art Schlafmittel wirkte. Er war niemals derjenige gewesen, der die ganze Nacht durchgeschlafen hatte, aber er hatte feststellen müssen, dass ihre Anwesenheit seltsam beruhigend war, und obwohl er einmal aufgewacht war, um das Badezimmer zu benutzen und danach nach Peter gesehen hatte, war er fast sofort wieder eingeschlafen – mit Kiera in seinen Armen.

Er dachte, dass der Morgen hätte gerettet werden können, als er sie ermuntert hatte, ihn wie einen gemieteten Esel zu reiten, aber gerade, als ihr Rhythmus ein bisschen wilder geworden war und seine Stöße nach oben definitiv auf die Zielgerade eingebogen waren, war Peter wach geworden und hatte angefangen zu weinen.

„Arme kleine Kröte", sagte Kiera ein paar Minuten später, als sie die Windel zurückgezogen hatten, um festzustellen, dass sein Hintern in einem wütenden Rot leuchtete. „Ich würde auch weinen, wenn ich das über meine Rückseite verteilt hätte. In Ordnung, wo ist die Tube mit dem Öl?"

Theo schwebte über ihr, als sie die Anleitung las, den Hintern des Babys sauber machte, bevor sie die roten Wangen einölte. Inzwischen hatte Peter aufgehört zu weinen, aber sein Gesicht war rot und er sah so aus, als würde er auf dem gleichen Maß mit dem Leben auf Kriegsfuß stehen wie Theo.

Das Frühstück war eine Herausforderung, Peter wollte nichts von all dem essen, was sie ihm anboten. Kiera schaffte es, ihm ein wenig Brei und Joghurt einzutrichtern, aber nach einer Stunde gaben sie sich geschlagen.

„Ich glaube, besser wird es nicht mehr", erklärte ihm Kiera und wischte Peters Gesicht und seine klebrigen Hände mit einem feuchten Tuch ab. „Sein Hintern muss wirklich wehtun, wenn er deshalb so unleidlich ist."

Theo warf einen flüchtigen Blick auf die Uhr. Sie hätten schon fast zwei Stunden vorher unterwegs sein sollen. „Aber ein paar Minuten mehr oder weniger machen auch nichts mehr. Hast du gepackt?", fragte er Kiera.

„Ja. Ich mache Peters Habseligkeiten fertig, wenn du aufpassen kannst."

Theo nickte, wählte eine Nummer und hielt sich das Telefon mit einer Hand ans Ohr, während er mit der anderen Peter das Kauspielzeug anbot. Das Baby saß auf seinem Schoß und sah verärgert aus, als er lustlos auf dem Spielzeug herumkaute.

„Hallo? Pappamaumaus Wohnung", sagte eine bekannte Stimme in sein Ohr.

„Hi, Harry", sagte er und musste trotz des schiefgelaufenen Morgens lächeln.

„Theo!", quietschte sie und brachte fast sein Trommelfell zum Platzen. „Iakovos, das ist Theo! Nein, du kannst dieses Telefon nicht haben – besorg dir dein eigenes. Theo, wo bist du? Warum hat mich diese seltsame Frau gefragt, ob ich dir vertraue? Warum hast du uns seit Ewigkeiten nicht angerufen?"

„Theo", sagte eine tiefe männliche Stimme, eine, die so viele Erinnerungen zurückbrachte. „Warum machst du Harry auf diese Art Sorgen? Wer war diese Frau? Und wo zum Teufel bist du?"

„Das war keine Absicht, jemanden, den ich versuche, davon zu überzeugen, mich zu heiraten, und in Neuseeland."

„Dich heiraten?", sagte Harry mit einem Keuchen. „Oh, Theo, ich freue mich so für dich! Ich will alles wissen! Wie hast du sie kennengelernt? Wer ist sie? Warum ist sie nicht überzeugt von der Sache? Warte, weiß sie von der Liste? Ist sie deshalb verärgert? Sag ihr einfach, dass, sobald sie dich heiratet, würden sie dich streichen."

„Ich wusste gar nicht, dass ich drauf bin", sagte er, ein bisschen überwältigt von Harrys Redefluss. Iakovos verglich sie immer mit einem Sturm und er konnte verstehen, warum. Sobald sie in Gang gekommen war, war sie eine Kraft, die nicht mehr zum Stehen kam.

„Nummer zehn mit Sternchen", sagte Harry mit einem angewiderten Tonfall.

„Zehn ist ein guter Start", sagte Iakovos. „Es ist nicht drei, aber man muss ja irgendwo anfangen."

„Drei", fauchte Harry und Verärgerung tropfte aus dem Wort.

Theo musste lachen. „Ich würde mich ja gerne mit euch beiden über Jakes Vergangenheit auf der Liste unterhalten, aber ich habe leider keine Zeit und eine sehr wichtige Frage für euch.“

„Stimmt etwas nicht?“, fragte Iakovos.

„Kann man so sagen. Ist Windelausschlag schlimm? Ich weiß nicht, ob wir einen Arzt konsultieren sollten oder ob Peter einfach nur wütend mit uns ist, weil sein Hintern wehtut.“

Mindestens zwanzig Sekunden traf auf seine Frage Stille, dann sagte Harry: „Windelausschlag?“ Im gleichen Moment, als Iakovos fragte: „Peter?“

„Du hast ein Kind?“, fragte Harry und ihre Stimme transportierte Ungläubigkeit. „Mit dieser mysteriösen Frau, die angerufen hat?“

„Ich habe ein Kind. Nicht mit Kiera, obwohl ich annehme, dass Peter auch zu ihr gehören wird, wenn sie mich heiratet und seine Stiefmutter wird.“ Er holte tief Luft und bevor Harry vor Fragen explodieren konnte, erklärte er schnell die Geschichte mit Nastya, glättete, wie lange er Kiera kannte und präsentierte sie stattdessen als seine Langzeitfreundin. „Was wir wissen wollen, ist, ob Windelausschlag schlimm ist.“

Kiera zog einen Koffer aus dem Wohnzimmer und schaute sich um, um festzustellen, ob sie etwas hatte liegen lassen, bevor sie hinüberkam, um Peter zu übernehmen.

„Es kommt darauf an. Wie schlimm ist es?“, fragte Harry langsam.

„Sie wollen wissen, wie schlimm sein Hintern ist“, sagte Theo zu Kiera. „Was würdest du schätzen, auf einer Skala von eins bis zehn?“

„Sechs?", fragte sie.

Er nickte. „Er hat eine Stufe sechs Hintern."

Harry machte ein seltsames Geräusch, als hätte sie sich an etwas verschluckt.

„Wie alt ist er?", fragte Iakovos.

„Zehn Monate."

„Aha. Wahrscheinlich zahnt er. Wenn ihr etwas Eis habt, dann könnt ihr das auf den Gaumen reiben, dort, wo der Zahn durchbricht."

„Es gibt auch Zahngel, das ihr euch besorgen könnt, obwohl wir damit niemals viel Erfolg hatten", fügte Harry hinzu und verbrachte die nächsten fünf Minuten damit, Ratschläge für Peters Hintern und seinen Gaumen bereitzustellen. Es war viel schwerer, sie am Telefon abzuwimmeln und er schaffte es nur, indem er beim Grab seiner Mutter schwor, dass er sie die nächste Woche anrufen würde.

Zwanzig Minuten später tauchten sie in der Lobby des Hotels auf, Kiera schob den neuen Kinderwagen mit Peter, Theo trug seine Aktentasche und das Laptopcase und zwei Hotelpagen schoben einen Gepäckwagen, auf dem sich turmhoch das Gepäck stapelte und Peters Spielsachen und seine Schaukel.

„Ich weiß ja nicht, wie du glaubst, dass das alles in ein Auto passt", sagte Kiera und schaute sich schnell in der Lobby um.

„Das glaube ich nicht. Ich habe zwei Autos bestellt. Warte hier. Ich schaue nach, ob sie draußen sind."

Sie warf ihm einen dankbaren Blick zu und ging hinüber zu einer Ecke, platzierte den Kinderwagen strategisch hinter den Gepäckwagen. Seine Assistentin rief an, während er überprüfte, dass zwei Autos auf ihn warteten.

„Es tut mir leid, dass ich dich stören muss, Theo, aber es geht um das Büro, das du in Auckland gemietet hast. Es gibt eine Verwechslung und das, das du ausgewählt hast, ist nicht verfügbar, aber das Unternehmen hat eines in einem Schwestergebäude zwei Blöcke weiter weg. Soll ich ihnen sagen, dass du es nimmst? Die Miete ist vergleichbar und man hat mir gesagt, das Gebäude ist schöner, weil es neuer ist."

„Das geht in Ordnung", sagte er, trat in die Lobby und gestikulierte zu Kiera hinüber.

„Lass mich dir kurz die Änderungen des Mietvertrags vorlesen", sagte Annemarie glatt.

„Das ist nicht nötig. Ich bin sicher, dass das in Ordnung geht."

„Ich weiß, dass dich die Details nicht interessieren", sagte sie fest, „aber es ist wichtig, dass du weißt, worauf du dich einlässt. Ich fange an mit dem Sicherheitssystem, das im Gebäude installiert ist. Es ist sehr viel Hightech, mit rund um die Uhr Wachleuten, die überprüfen, wer ein- und ausgeht –"

„Erstes Auto", erklärte er Kiera und nickte hinüber zu einer schwarzen Limousine, die wartete. Er winkte zu den Hotelpagen hinüber, die das Gepäck in das zweite Auto luden, ein Auge auf Kiera, während sie den Babysitz für das Auto vom Kinderwagen losschnallte und sich in den Rücksitz der Limousine lehnte, um Peter und seinen Sitz anzuschnallen.

Mittags war eine geschäftige Zeit am Hotel und er hatte Probleme, Annemarie über den Lärm der Autos, die kamen und wieder wegfuhren, die Stimmen, die einander zuriefen, und das Rauschen des Verkehrs auf der Straße dahinter zu verstehen. Annemaries Stimme dröhnte weiter detaillierte Informationen in sein Ohr, an denen er nicht das geringste Interesse hatte, aber lange Erfahrungen mit ihr hatten ihm beigebracht, dass er sie einfach ausreden lassen musste, bevor er auflegen konnte. Er schaute zum Auto mit Kiera, als die Männer damit fertig waren, das letzte des Gepäcks einzuladen und überreichte ihnen ein saftiges Trinkgeld, seine Augen verengt. Er konnte Kiera nirgendwo auf dem Rücksitz erkennen und trotzdem stand der Kinderwagen vor dem wartenden Auto.

Er ging hinüber, Annemaries Stimme machte weiter in seinem Ohr. Als er näher kam, konnte er Peters runden Kopf sehen, wo er auf dem Rücksitz auf und ab hüpfte, aber kein Anzeichen von Kiera. Er öffnete die Tür und war geschockt, sie im Fußraum zusammengekauert zu sehen, ihre Augen mit Schrecken erfüllt.

„Was ist los?", fragte er und legte am Telefon auf, ohne darauf zu achten, was Annemarie sagte.

„Steig ins Auto", zischte sie und gestikulierte ihn hinein.

„Was? Warum bist du da unten? Hat dir etwas Angst gemacht?" Er schaute sich um, konnte aber nichts Unnormales entdecken. Vor ihm standen zwei Männer, einer beaufsichtigte das Abladen von Gepäck, während der andere mit seinem Telefon beschäftigt war. Hinter ihnen posierte eine japanische Familie für ein Selfie mit dem Portier. Menschen gingen in die Lobby hinein oder kamen heraus, aber nirgendwo sah er etwas, das solch eine Reaktion von Kiera provoziert haben könnte.

„Komm einfach ins Auto", flüsterte sie und ihre Stimme transportierte ihre ganzen Gefühle.

„In Ordnung", sagte er, wandte sich ab, um den Kinderwagen klein zu falten, sodass er ihn auf den Beifahrersitz packen konnte.

„Nein, lass ihn hier! Steig einfach ein!"

„Ich habe ihn gerade gekauft. Es ist ein sehr schönes Modell", sagte er und untersuchte die verschiedenen Hebel und Knöpfe darauf, versuchte herauszufinden, wie man ihn zusammenfalten konnte.

Kiera machte ein schluchzendes Geräusch, das ihn direkt ins Herz traf. „Wenn du jetzt ins Auto einsteigst und den verdammten Kinderwagen dalässt, dann heirate ich dich."

Damit hatte sie seine Aufmerksamkeit.

Er schaute sie an, warf zum letzten Mal einen flüchtigen Blick in die Umgebung, fällte dann seine Entscheidung. Er stieg ins Auto ein und sagte dem Fahrer, loszufahren.

Kiera schloss ihre Augen und ihre Hände zitterten, als sie ihm gestattete, ihr von dort aufzuhelfen, wo sie sich eingekeilt hatte. Peter fing an zu weinen und fühlte sich offensichtlich genauso schrecklich wie sie beide.

„Was ist passiert?", fragte Theo, als sie sich auf die andere Seite von Peter auf den Sitz gesetzt hatte. Er grub Peters Kauspielzeug von dort aus, wo er es in die Tasche gesteckt hatte, und reichte es ihm, bevor er über seinen Kopf hinweg Kiera ansah. „Hat jemand etwas zu dir gesagt?"

„Nein", sagte sie und verrenkte den Kopf, um hinter sich zu sehen, dann ließ sie sich in den Sitz zurückfallen, ihre Augen geschlossen. „Er war da."

Wut erfüllte Theo, genug Wut, dass er dem Fahrer fast gesagt hätte, wieder umzudrehen. Für ein paar Minuten musste er mit dieser Wut kämpfen, benutzte all die Kontrollmechanismen, die man ihm in der Klinik beigebracht hatte, hatte sich schließlich genug beruhigt, um fragen zu können: „Wo?"

„Ein paar Autos vor uns." Ihre Augen wandten sich ihm zu, in denen so viel Angst war, dass er sie auf seinen Schoß ziehen und sie küssen wollte, bis sie sie vergessen hätte. Er wollte den Bastard umbringen, der das seiner schönen, tapferen Gazelle angetan hatte. Er wollte, dass Kiera verstand, dass sie sich niemals mehr Sorgen machen müsste, wo er doch in ihrem Leben war.

„Bist du sicher?", fragte er.

„Ja." Sie erbebte. „Theo, er war so kurz davor, mich zu sehen. Armen war auch dort, sein Mann fürs Grobe. Sie waren zusammen, direkt da, direkt vor mir. Einer von beiden hätte mich sehen können!"

„Das haben sie nicht. Es ist alles in Ordnung, Kiera. Sie haben dich nicht gesehen."

Sie schien ihn nicht zu hören. „Ich hatte gerade Peter ins Auto gepackt, als ich Misha sah, der aus dem Auto stieg. Er hatte sein Telefon in der Hand – ansonsten hätte er hochgesehen und mich erkannt. Armen hat das Gepäck ausgeladen ... Oh mein Gott, er ist hier. Er hat mich gefunden. Melonenbälle. Mozzarellakugeln. Diese Käsebällchen mit den Nüssen drauf."

„Er hat dich nicht gefunden. Du bist bei mir in Sicherheit. Kiera, schau mich an."

„Löcher in Donuts." Widerstrebend schaute sie ihm in die Augen.

„Bist du in Sicherheit? Gerade jetzt, bist du in Sicherheit?“

Sie rieb sich wieder über die Arme, aber nickte. „Ja, ich bin in Sicherheit.“

„Ich werde nicht zulassen, dass sich das jemals ändert.“ Er hob die Stimme. „Fahrer, wir fahren zum Standesamt, bevor wir zum Flughafen fahren.“ Theo sprach entspannt trotz der Wut, die ihn erfüllte. Er schrieb eine schnelle Entschuldigung an Annemarie und sagte ihr, dass sie all seine Termine am Nachmittag auf den nächsten Tag verschieben sollte.

Kiera kümmerte sich um Peter, der aussah, als wollte er weinen und hielt ihm das Kauspielzeug hin, damit er daran nagen konnte, aber Theo konnte die schnellen verängstigten Blicke spüren, die sie ihm zuwarf. Er langte über Peter hinweg, nahm ihre Hand und drückte sie.

„Du kannst aufhören, so auszusehen, als hätte ein Warzenschwein gerade ins Wasserloch gemacht, kleine Gazelle“, sagte er leise. „Ich werde nicht zulassen, dass dir etwas zustößt.“

„Du kennst ihn nicht“, sagte sie fast unhörbar.

„Nein, aber ich habe die Möglichkeiten und den Willen, dich und Peter in Sicherheit zu bringen und das ist genau das, was ich tun werde. Es gibt keine Möglichkeit, dass er auf die Schaffarm kommen kann, und wir werden uns auf den Weg machen, sobald wir eine Heiratsgenehmigung haben.“

„Über den Flughafen?“, fragte sie und runzelte die Stirn.

„Ja. Wir nehmen den Helikopter.“ Er lächelte und versuchte, ihr etwas Trost zu vermitteln. „Vertrau mir,

Kiera. Ich weiß, dass es schwer ist, aber versuch es. Ich schwöre dir, dass ich ihn nicht in deine Nähe lassen werde."

Sie nickte, senkte aber den Blick. Sie glaubte ihm offensichtlich nicht, aber er nahm an, dass Vertrauen in ihn etwas war, das sie mit der Zeit einfach lernen musste.

Es war erstaunlich leicht, eine Heiratsgenehmigung zu beantragen. Theo hatte die Vorstellung, dass Kiera Probleme machen würde, wenn es sich um die Formalitäten handelte, aber sie füllte das Formular ohne ein weiteres Wort aus, sie wies nur darauf hin, dass sie drei Tage warten müssten, bevor sie heiraten würden.

„Auf der Farm sind wir in Sicherheit", versicherte er ihr. „Und es wird meiner Bank genug Zeit geben, für dich neue Karten auszustellen. Wir können nichts dagegen unternehmen, dass die Genehmigung registriert wird, aber ich zweifle, ob die Freunde deines Ex daran denken werden, die Aufzeichnungen über Ehen nach dir zu durchsuchen."

„Ich bin sicher, dass er das nicht tun wird", sagte sie und verzog die Lippen. „Er hat immer gesagt, dass ich niemals jemand anderen finden werde."

Theo sagte dazu nichts, weil er wusste, dass ihr Nervenkostüm ohnehin dünn war. Stattdessen begleitete er sie aus dem Standesamt. „Bevorzugst du irgendeinen speziellen Ort für die Hochzeit? Ich werde meine Assistentin sofort darauf ansetzen."

„Da war ein Schild ..." Sie räusperte sich und warf ihm einen schnellen Blick aus den Augenwinkeln zu. „Das Standesamt nimmt auch Hochzeiten vor. Würde es dir etwas ausmachen –"

„Keineswegs. Solange du dir sicher bist, dass du keine richtige Hochzeit willst.“

Sie erbebte und er wusste nicht, ob es bei dem Gedanken daran war, ihn zu heiraten oder an eine öffentliche Zeremonie. Er hoffte, dass es Letzteres war.

„Du hast keine Flugangst, oder?“, fragte er, mehr um das Thema zu wechseln als etwas anderes.

„Ich? Nein.“ Sie sah für einen Moment überrascht aus, bevor sie ihre Augenbrauen senkte und sie über Peter hinüberlangte, um ihn in den Oberschenkel zu kneifen. „Nur weil ich ein paar Probleme habe, bedeutet es nicht, dass ich generell ein Angsthase bin, Theo.“

Er grinste und wünschte sich, dass er dort weitermachen könnte, wo sie heute Morgen angefangen hatten. „Heute Abend“, sagte er leise, „werden wir für die Hochzeitsnacht üben.“

„Brauchen wir Übung?“, fragte sie, aber er sah, wie sich ihre Pupillen bei dem Gedanken weiteten.

„Nein, aber es ist immer besser, wenn man vorbereitet ist.“ Sein Blick wanderte dorthin, wo Peter, der immer noch verärgert war, sein Kauspielzeug auf den Autositz hämmerte, zwei Finger in seinem Mund. „Wenn uns ein bestimmter junger Mann die benötigte Zeit zugesteht.“

„Armer kleiner Kerl“, sagte sie und beschäftigte sich mit den Gurten, die Peter sicherten. „Ich weiß, wie schlimm Zahnweh sein kann. Ich werde ihm mehr von diesem Gel geben, sobald wir angekommen sind.“

Theo wuschelte mit einer Hand durch Peters Haar, sagte aber nichts, während Kiera mit dem Baby sprach und ihm sagte, dass er sich einfach dazu entscheiden musste, den Schmerz nicht seinen Tag ruinieren zu lassen. Es gab viele Dinge, die er planen musste, eines davon war, die Detektive zu engagieren, die Annemarie empfohlen hatte, um sich mit Mikhails Vergangenheit zu beschäftigen.

„Deine Farm muss wirklich abgelegen sein, wenn wir einen Helikopter brauchen", sagte Kiera kurze Zeit später, als sie Peters Kindersitz vom Rücksitz losschnallte. „Ich muss sagen, dass ich mich freue, sie zu sehen. Ich liebe Schafe. Schert ihr sie auch? Bevor ich ... Früher, da habe ich Garn gesponnen, ich mag also alles, was flauschig ist."

„Ja, sie werden auch geschoren, obwohl ich niemals zu der Jahreszeit da war, wenn man das macht. Sie sind eine alte Rasse, so selten, dass sie nur bei Liebhabern gezüchtet werden. Ich habe die Farm vor ein paar Jahren gekauft, aber der ehemalige Besitzer ist super darin, sie für mich zu verwalten. Schnall dich an."

Er unterzeichnete den Flugplan, beriet sich kurz mit dem Piloten des Helikopters und stieg ein, der Pilot neben ihm.

Kiera schaute vom Rücksitz auf, ihre Augenbrauen angehoben, als sie beobachtete, wie er sich das Headset aufsetzte. „Du bist nicht ... Hast du einen Flugschein?"

„Habe ich, seit ich einundzwanzig bin", sagte er, drehte sich um, um ihr zuzuzwinkern. „Schau nicht so entsetzt drein. Diesen speziellen Helikopter habe ich schon zuvor geflogen, ich bin also mehr als nur ein bisschen vertraut mit ihm."

„Aber ..." Sie warf einen schnellen Blick auf Peter und er konnte hören, wie sie leise sagte: „Rotoren von Hubschraubern. Wählscheiben."

Er warf den Motor an, überprüfte den Öldruck, bevor er den Generator anschaltete und löste die Kupplung. Die ganze Kabine vibrierte, als sich die Sicherheitsgurte anspannten und die Rotoren sich zu drehen begannen, aber Peter schien sich weder an dem Lärm noch an der Bewegung zu stören. Theo war deswegen vergnügt und nahm sich vor, Jake auf die Nase zu binden, dass sein Sohn sich zum Fliegen verhielt wie ein Vogel.

„Die Form der Rotor-Dinger, die sie machen, wenn sie sich bewegen", sagte Kiera laut. „Fallschirme, wenn sie ausgelöst werden."

Theo hob die Stimme, damit er über den Lärm des Motors zu hören war und sagte: „Die Fallschirme hier an Bord sind tatsächlich rechteckig. Alle bereit? Dann geht's los!"

Es war kein langer Flug, aber ein schöner, und obwohl Theo bis jetzt die Farm nur ein paarmal besucht hatte, genoss er es sehr, von Auckland aus der Küstenlinie zu folgen und dann in nordöstliche Richtung zu einem kleinen Archipel von Inseln zu fliegen.

Kiera beschäftigte sich zuerst mit Peter, und behielt Theo auch wachsam im Auge, eine Tatsache, die ihn zum Lächeln brachte, aber nach einer Weile entspannte sie sich und deutete sogar aus dem Fenster auf Dinge für Peter, damit er sie zur Kenntnis nahm.

Er erkannte den Moment, als sie realisierte, wo die Schaffarm genau war, denn plötzlich klebte sie an der Scheibe und starrte auf die längliche Insel hinunter, die Teil eines Archipels von über einhundert Inseln war. Theo bewunderte die Insel, und fühlte Stolz. Er hatte immer gedacht, dass Matuarikawaiti Island wie ein

Stachelrochen geformt sei, mit der großen Bucht am südlichen Ende – wo die Gebäude am Strand standen –, das Land hob sich und verengte sich zu einem steinigen Rücken, der nach Westen deutete.

„Die Schaffarm ist auf einer Insel?", brüllte Kiera über den Lärm hinweg.

„Die Schaffarm ist die Insel", antwortete er und deutete darauf. Über den ganzen Rücken verteilt und das leicht abfallende Südende der Insel waren kleine, weiße Punkte zu sehen, die sich von dem Grün der Insel abhoben.

Kiera sagte nichts mehr, bis sie gelandet waren und Theo und der Pilot das wichtigste Gepäck ausgeladen hatten, das sie mitgenommen hatten. Der Pilot hatte versprochen, den Rest nachzubringen und Theo brachte Peter und Kiera vom Helipad und führte sie den Pfad hinunter zum Strand und zum Haus, das auf sie wartete.

„Okay, das ist überwältigend", sagte Kiera und schaute sich mit Erstaunen um. „Peter, schau! Kleine Lämmer!"

Peter, auf Theos Arm, sah weniger beeindruckt aus und rieb sich eine angesabberte Faust an seinem Gesicht.

„Ich glaube, er braucht ein Nickerchen", erklärte Theo ihr.

„Wahrscheinlich. Er ist wahrscheinlich komplett entnervt mit dem ganzen Zahnweh." Kiera warf ihre Tasche und einen kleinen Koffer in den Ersatzkinderwagen, den sie gekauft hatten, bevor sie zum Flughafen gefahren waren und schob ihn hinter Theo her. „Ich kann nicht glauben, dass deine Schaffarm eine Insel ist.

Warte, du hast gesagt, dass du die Farm von jemandem gekauft hast? Gehört dir auch die Insel?“

„Ja.“ Er wartete, bis sie aufhörte, die Landschaft anzustarren, bevor er sagte: „Meinem Bruder gehört eine Insel in Griechenland.“

„Und?“

Er grinste. „Ich hatte das Gefühl, dass ich auch eine haben musste.“

Sie starrte ihn an, als würden Lämmer über seinem Kopf tanzen. „Du bist verrückt. Das weißt du aber, oder?“

„Ja, aber das ist, was du an mir liebst“, erklärte er ihr und gestikulierte hinüber zu dem nächstgelegenen Gebäude. „Das ist unser Haus. Es war eine Art von Cottage, aber Richard – er ist der Manager und der ehemalige Besitzer – hat es als Ferienhaus renoviert. Ich glaube, es wird dir gefallen. Es ist nicht riesig, aber es hat drei große Schlafzimmer, eine Loggia, von der man die spektakulärsten Sonnenuntergänge sehen kann, eine Küche in ordentlicher Größe und es gibt sogar einen Pool. Peter wird der Pool gefallen.“

Sie beäugte erst ihn, dann das Baby. „Hmm.“

„Was?“

„Er kann nicht ganz alleine baden gehen, Theo. Wie, glaubst du, wird er in einem Swimmingpool zurechtkommen?“

„Wir werden ihm eines dieser Schwimmdinger besorgen. Und einer von uns beiden wird natürlich jederzeit bei ihm sein.“ Er schenkte ihr sein schönstes Lächeln, das, von dem Harry behauptete, dass es sogar eine Nonne zum Strippen bewegen würde. „Du wirst schon sehen. Es wird alles super klappen.“

Gerade als sie das Haus erreicht hatten, kamen drei Leute hervor.

„Richard", sagte Theo, machte eine Hand frei, um die zu schütteln, die der ältere Mann darbot. „Das sieht alles fantastisch aus. Das sind Kiera und Peter. Kiera und ich werden in drei Tagen heiraten. Liebling, das ist Richard Dart, seine Frau Anne und ihre Tochter Melanie."

„Ein Baby!" Anne strahlte, als sie in Peters Zehen zwickte. „Er ist so süß. Und ihr seid verlobt! Das sind großartige Neuigkeiten. Peter sieht euch beiden so ähnlich."

„Genau genommen, ist er nicht mein Kind", sagte Kiera und schüttelte die Hände von Richard und Anne. „Aber ich stimme zu, dass er süß ist. Er ist gerade jetzt ein bisschen unleidlich. Wir glauben, dass er zahnt."

„Darf ich?", sagte Anne und streckte die Arme aus. Theo deponierte pflichtschuldig Peter bei ihr und wandte sich dann mit einem Nicken dem Haus zu, das etwas weiter unten am Strand lag. „Das ist das Haus von Richard und Anne. Dahinter ist ein Hang mit Solarpaneelen und Generatoren, die wir für Elektrizität nutzen. Du wirst feststellen, dass das alles Flachdächer sind – wir sammeln Wasser hier. Die Insel ist, wenn es um die Grundversorgung geht, komplett auf Selbstversorgung eingestellt."

„Das ist erstaunlich", sagte Kiera mit großen Augen. „Alles hier ist einfach so ... So wundervoll. Ich kann nicht verstehen, dass du die ganze Insel besitzen wolltest. Es ist ein Paradies."

Theo zog Stolz aus ihrer Reaktion. Obwohl er die Insel natürlich gerne mochte, hatte er niemals darüber nachgedacht, hier zu leben. Nun, da er sie durch Kieras Augen sah, begann er, darüber nachzudenken, dass das genau der sichere Hafen war, nach dem er gesucht hatte.

„Das Bootshaus braucht ein bisschen Aufmerksamkeit“, sagte Richard und nickte zu einem langen hölzernen Dock, das sich Richtung Festland erstreckte. „Die Pontons am Ende sind porös. Ich hatte das auf meinem Zettel, um es dir beim nächsten Anruf zu sagen, aber da du hergekommen bist, werde ich dir den Schaden einfach zeigen.“

„Kann ich Peter halten?“, fragte Melanie ihre Mutter. „Er ist so süß und mein Gott, er kann Worte sagen! Babys sind einfach das Beste!“

Peter sang ihr ein paarmal no no no vor und brachte sie zum Kichern, während ihre Mutter ihn überreichte.

„Unsere Melanie studiert frühkindliche Erziehung an der Uni“, erklärte Anne Kiera. „Sie liebt Babys. Ich bin sicher, dass sie gerne auf Peter aufpassen wird, wenn ihr zwei eine Nacht auf dem Festland verbringen wollt.“

Bei dem Gedanken daran sah Kiera leicht verängstigt aus, aber Theo bedankte sich bei Melanie und stellte sicher, dass das Mädchen mit dem Baby in seinem momentan unglücklichen Zustand umgehen konnte.

Zu Theos Überraschung hatte sie Peter bald ein nasses, kleines Kichern entlockt und sie ließ es sogar zu, dass er seine angesabberten Finger auf ihrer Wange platzierte.

Theo zeigte Kiera den Strand, die Gärten und den Pool, bevor sie zur Loggia hinaufstiegen. Er stellte fest, dass, obwohl Kiera sich zu entspannen schien und sich vergnügt unterhielt, immer nahe bei Melanie blieb. Es wärmte ihm das Herz, dass die Frau, für die er sich entschieden hatte, sich seines Sohnes so schnell annahm.

Kiera mochte vielleicht nicht glauben, dass sie eine Zukunft zusammen hatten, aber er hoffte sehr, dass Peter und er selbst sie an sich binden würden, sodass sie niemals wieder gehen wollen würde.

Kapitel 10

Die nächsten paar Tage vergingen mit einer Geschwindigkeit, die mich besorgt stimmte. Als eine Frau, die viele Nächte in einem Feldbett in dem einen oder anderen Frauenhaus verbracht hatte, wo Angst mir das Gefühl gegeben hatte, dass ich jede Sekunde der langen schlaflosen Nächte spüren konnte, war die Tatsache, dass Zeit mühelos vergehen konnte, etwas, was mich dazu brachte, darüber nachzudenken, ob ich den Frieden von Theos Inselparadies mich nicht blenden ließ gegenüber den sehr realen Bedrohungen, die Misha darstellte.

Er war irgendwo da draußen und machte Jagd auf mich. Ich konnte es spüren. Es war kein Zufall, dass er in Auckland war. Ich konnte die schwarze Präsenz, die über der gesamten Stadt wie eine Sturmwolke hing, fühlen.

Dankenswerterweise hatte Theo mich nie unter Druck gesetzt, mit ihm aufs Festland überzusetzen. Gesegnet sei er, er wusste, wie knapp es gewesen war, dass Misha Peter gesehen hatte und jeden Morgen, wenn er einen seiner großartigen Anzüge trug, die ihn auf das Cover von GQ befördern würden, küsste er das Baby auf seinen Kopf, bevor er mich auf eine Art küsste, die mein Blut zum Kochen brachte und mir weiche Knie bescherte, dann nahm er entweder eines der Boote oder den Helikopter hinüber nach Auckland.

„Was wirst du zur Hochzeit tragen?“, hatte Anne gefragt, nachdem wir drei Tage dort waren. „Theo sagte, dass ihr auf dem Standesamt heiratet, aber du musst doch wahrscheinlich trotzdem etwas Schönes zum Anziehen haben wollen. Vielleicht möchtest du, dass Meli und ich dir helfen, ein bisschen was einzukaufen ...“ Sie beäugte meine Leggins und das ausgeblichene, formlose T-Shirt. „Vielleicht etwas, das ein bisschen schicker ist?“

„Oh. Äh ...“ Ich dachte über das Problem mit meinen Klamotten nach. Alles, was ich in der Kommode im Elternschlafzimmer hatte, waren vier Leggins, eine Jeans, eine Handvoll T-Shirts und ein sehr begrenztes Arsenal von Unterwäsche. Ich hatte Theo gesagt, dass er die Dinge, die er für mich gekauft hatte, zurücksenden sollte, aber da er mir gerade am Abend zuvor feierlich meine neue Girocard mit dem Namen, der noch nicht meiner war, präsentiert hatte – und die er per Kurier hatte zustellen lassen, für, wie ich vermutete, eine horrende Summe –, hatte ich wenigstens Geld, das ich ausgeben konnte, ohne dass Misha mir folgen konnte.

„Ich glaube, ich sollte etwas haben, was etwas formeller ist“, sagte ich langsam, meine Augen ruhten auf Melanie, die auf dem Rasen war und mit Peter spielte. Es hatte sich herausgestellt, dass das Mädchen sehr gut mit ihm umgehen konnte und ich kam langsam an den Punkt, wo ich nicht mehr das Gefühl hatte, dass ich ständig über ihr schweben musste.

„Es gibt einige nette Geschäfte in Auckland“, fuhr Anne fort. „Wir können einen Ausflug zum

Mittagessen machen, du besorgst dir ein Kleid, und wir sind zurück, bevor Theo nach Hause kommt. Was hältst du davon?"

Ich dachte, dass es sich wie der schierer Wahnsinn anhörte, aber Theo war insgesamt so lieb, dass ich ihn nicht vor seinen Freunden blamieren wollte, indem ich ihn in Leggins heiratete. Wenn wir vielleicht direkt vom Dock fahren und ohne Umweg in ein Geschäft gehen würden und dann direkt wieder zurück, dann würde das das Risiko minimieren, dass Misha mich sehen würde. „Kennst du ein bestimmtes Geschäft?"

„Ich kenne ein hervorragendes. In der Nähe gibt es ein Restaurant –"

„Wenn es dir nichts ausmacht, dann glaube ich, dass wir einfach nur das Kleid kaufen und uns das Mittagessen für einen anderen Tag aufheben sollten", unterbrach ich sie und ging an ihr vorbei, durch eine der französischen Türen zum Rasen, wo Peter und Melanie spielten. Ich hatte das plötzliche Bedürfnis, ihn im Arm zu halten, ihn an meinem Haar saugen zu lassen und zu hören, wie er mir glücklich no no no vorsang.

„Wie du möchtest", sagte Anne und warf mir einen merkwürdigen Blick zu, aber nach einem Moment zuckte sie mit den Schultern und rief nach ihrer Tochter.

Zwei Stunden später kamen wir im Hafen von Auckland an.

„Ist der Wagen da?", fragte Theo und seine Stimme war warm in meinem Ohr. Er hatte mir am Tag zuvor ein Handy besorgt und mir versichert, dass es auf seinen Namen angemeldet war. „Die Scheiben getönt? Ich habe ihm gesagt, dass ich keinen Wagen ohne getönte Scheiben haben will.“

„Es ist da“, sagte ich und schob Peters Kinderwagen über das Dock dorthin, wo eine der allgegenwärtigen schwarzen Limousinen wartete, die reiche Menschen durch die Gegend fuhren. Ich ignorierte die Tatsache, dass ich, indem ich mit Theo am nächsten Tag die Ehe schloss, theoretisch zu ihnen gehören würde. „Ich kann nicht durch die Scheiben sehen, die getönten waren ein guter Gedanke. Danke dir, Theo.“

„Meine süße kleine Gazelle, ich würde Himmel und Erde in Bewegung setzen, damit du mich morgen heiratest und ein Auto zu bestellen, das ist nur ein kleiner Tropfen in dem riesigen Ozean meiner Hingabe.“

Ich kicherte über seinen dramatischen Tonfall.

„Wirst du mich mit deiner Anwesenheit zum Mittagessen beehren?“, fragte er. „Ich habe einen Termin, aber ich kann ihn verschieben.“

„Nein.“

Ich hasste es, mich als solch ein Feigling zu fühlen, aber meine Haut juckte nur deshalb, weil ich wusste, dass Misha in der Gegend war. „Ich denke, dass der Einkaufsbummel für Peter und mich Ausflug genug sein wird.“

„Wie du möchtest, aber ich hätte es gerne, dass du mein Büro siehst. Es hat einen großartigen Ausblick und eine Couch, die groß genug ist, dass du mich darauf ausziehen und all die Dinge mit mir anstellen kannst, von denen ich weiß, dass du sie tun willst.“

„Oh“, sagte ich und konnte gar nicht anders, als ein bisschen zu erbeben bei dem Versprechen in seiner Stimme. „Ich liebe es, wenn du mich dich verführen lässt. Vielleicht kann ich mir das morgen ansehen, nach der Hochzeit."

„Eine großartige Idee. Viel Spaß beim Einkaufen."

„Viel Spaß beim nächsten Termin."

Er legte auf und nachdem ich sichergestellt hatte, dass niemand neben dem Auto herumlungerte, schob ich Peter hinüber und ließ zu, dass Melanie mir dabei half, den Kinderwagen zu verstauen.

Peter hatte ein bisschen schlechte Laune, was bedeutete, dass seine Zähne wieder wehtaten. Ich rieb ein wenig von dem Gel auf seinen Gaumen und bot ihm sein Kauspielzeug an, das ich in meine Handtasche gesteckt hatte.

„Was … Was gibst du ihm da?", fragte Anne und schaute über ihre Schulter, um den ein oder anderen Kommentar zu machen.

„Es ist ein Kauspielzeug. Manchmal nagt er ganz gerne daran. Ich glaube, dass es die Schmerzen in seinem Gaumen lindert", sagte ich und steckte es in die Windeltasche, als Peter es zur Seite schob und lieber nach ein paar miteinander verbundenen Plastikringen langte.

„Ein Kauspielzeug? Aber das ist …" Für einen Moment sah sie erschrocken aus, dann schüttelte sie kurz den Kopf und begann, aufzuzählen, welche Geschäfte in der Stadt sich lohnten, aufgesucht zu werden.

Ich war erleichtert, als ich sehen konnte, dass das Geschäft, das sie ausgesucht hatte, auf der anderen Seite der Stadt war von dort, wo ich Misha gesehen hatte. Der Fahrer fand einen Parkplatz einen halben Block weit weg und ich brachte alle dazu, für eine Minute im

Auto zu warten, während ich die Straße unter die Lupe nahm.

„Entschuldigung", sagte ich, sobald ich sichergestellt hatte, dass kein Mann in Form von Misha auf dem Bürgersteig herumlungerte. Weil die Straße hauptsächlich kleine Boutiquen, Cafés und Bäckereien und eine Kunstgalerie beherbergte, war ich ziemlich sicher, dass es in dieser Gegend keine Geschäfte gab, die ihn anziehen würden.

Ich holte Peter aus dem Auto und setzte ihn in den Kinderwagen, steckte mein Telefon in meine Handtasche und schlang sie um meinen Körper.

„Also, du schaust dich in Ruhe um", erklärte Anne mir, als Melanie den Kinderwagen in Beschlag nahm und ihn über den Bürgersteig zum Geschäft schob. „Mach dir um uns keine Gedanken. Wir werden Meister Peter beschäftigen, während du anprobierst, was immer dir gefällt."

„Danke", sagte ich und fürchtete, dass ich undankbar rüberkam. Ich behielt die Straße im Blick, während ich auf das Geschäft zuging, Melanie und Anne dicht hinter mir.

„Oh, schau dir dieses allerliebste Marienkäferkostüm an", sagte Anne und blieb neben dem Geschäft stehen, zu dem wir eigentlich wollten. „Peter würde so süß darin aussehen. Es hat sogar diese kleinen Fühler auf einem Stirnband!"

Ich lächelte bei mir und öffnete die Tür zu der schicken Boutique und versuchte, innerlich eine Erklärung für Theo vorzubringen, warum sein Sohn plötzlich als Marienkäfer durch die Gegend lief. Kleine Glöckchen klingelten, als ich eintrat und ich legte einen Stopp ein, um meine Sonnenbrille in der relativen Dunkelheit des Geschäfts abzusetzen.

An der Theke direkt vor mir, an der rechten Seite im Geschäft, stand ein Mann und hielt ein Stück Papier in die Höhe, auf dem das Gesicht einer Frau war. Der Verkäufer begutachtete es.

Mein Gesicht.

„Nein, ich habe sie noch niemals gesehen", sagte der Verkäufer.

Mein Blick traf den von Armen und für einen Moment hielt die Welt an. Der Ausdruck von Überraschung auf seinem Gesicht musste sein Äquivalent in meinem eigenen gefunden haben, aber ich war schneller. Ich wirbelte herum und war durch die Tür, bevor er sich überhaupt bewegte.

Ich tauchte in blendend hellem Mittagssonnenlicht auf. Zu meiner Rechten standen Anne und Melanie mit Peter, der immer noch in seinem Kinderwagen war, die zwei waren immer noch dabei, die Auslage im Kindergeschäft zu betrachten.

Meine Füße bewegten sich wie von selbst, drehten sich nach links und rannten den Bürgersteig entlang, als die Glöckchen klingelten und ich Armen rufen hörte. Ich legte einen Slalom um die Leute ein, die den Bürgersteig hinabgingen und einen kleinen Einkaufsbummel in ihrer Mittagspause erledigten, setzte um die erste Ecke, dann eine weitere, mein Herz klopfte in meiner Kehle. Ich betete, dass Armen mich nicht zusammen mit Peter ein paar Sekunden zuvor gesehen hatte und setzte all mein Vertrauen in Anne und Melanie, um ihn in Sicherheit zu bringen.

Ich riskierte einen Blick über die Schulter, als ich um eine weitere Ecke hetzte. Armen hatte sein Handy am Ohr, während er rannte, sein Gesicht war rot angelaufen. Ich hechtete über eine Fußgängerampel, die rot war, und prallte vom Heck eines Autos ab, das mich zur Seite stolpern ließ, aber ich war wieder auf den Füßen und rannte weiter, bevor Armen auch nur einen Meter des Vorsprungs auf mich reduziert hatte.

Nicht in Panik verfallen, sang mir mein Gehirn vor. *Konzentriere dich auf deine Atmung. Erinnere dich, wie du früher gerannt bist. Verschwende deine Energie nicht auf irgendetwas, das dich nicht leicht vorwärtsbringt.* Das Muskelgedächtnis von Jahren in der Highschool und auf dem College, wo ich gerannt war, wurde langsam wach und ich brachte es fertig, meine Atmung unter Kontrolle zu bringen, die Schrittlänge zu vergrößern trotz der Menschen auf dem Bürgersteig. Ich wollte unbedingt zurücklaufen, um sicherzustellen, dass mit Peter alles in Ordnung war, aber instinktiv wusste ich, dass ich meinen Jäger von ihm weglocken musste. Ich rannte nach Süden, die Anzahl der Fußgänger, die auf dem Bürgersteig unterwegs waren, wurde weniger und kam langsam in meinen Rhythmus, meine Arme bewegten sich mit meinen Schritten, als ich mich nur noch auf das Rennen konzentrierte und darauf, so viel Entfernung wie möglich zwischen mich und Armen zu bringen. Er mochte ein großer hässlicher Schlägertyp sein, aber er hatte nicht mein Durchhaltevermögen, das man mir antrainiert hatte.

Ich hatte gerade darüber nachgedacht, wie weit nach Süden ich ihn locken könnte, bevor er die Verfolgung abbrach, als ein Auto neben mir mit quietschenden

Reifen zum Stehen kam, direkt in der Mitte der Kreuzung. Wir waren vor einer Bank und ich war gerade dabei, nach rechts und Westen abzubiegen, als Misha aus dem Auto sprang und nach mir langte, eine Hand auf meinem T-Shirt, obwohl ich zurückschreckte.

„Du gottverdammte Schlampe", fluchte er und seine Augen waren verengt vor Wut, kleine Speicheltropfen auf seinen Lippen, als er mich gegen die Wand der Bank drückte und mein Hinterkopf mit genug Wucht gegen den Zement prallte, um mich für einen Moment lahmzulegen.

Panik durchflutete mich und brachte mich dazu, dass ich mich in einen kleinen Ball zusammenrollen wollte, von dem ich immer gehofft hatte, dass er mich vor den schlimmsten Schlägen bewahren würde, aber ich wusste, dass das nicht wahr war. Stattdessen versuchte ich, durch die Tür der Bank zu kommen, aber Misha hielt mich in seinem Griff, zog das T-Shirt unter meinem Kinn zusammen und strangulierte mich fast. „Wo ist er? Wo ist Stick?"

Mein Gehirn versuchte, Sinn aus dem zu machen, was er von sich gab. Vage war mir bewusst, dass ein paar Leute an uns vorbeigingen, einige machten Kommentare, aber nur ein Mann hielt inne, Besorgnis und Zögern waren klar, als er fragte, ob es ein Problem gab. „Verschwinden Sie", fauchte Misha und offensichtlich war der Blick in das wütende Gesicht genug für meinen Möchtegern-Samariter. „Wo ist er?"

„Dein Stick?" Ich versuchte, seine Hände von meinem zusammengezogenen T-Shirt zu bekommen, das langsam um meine Kehle enger wurde. „Welcher Stick?"

„USB Stick. Den du von mir gestohlen hast. Du hast gestohlen."

„Das habe ich nicht. Ich weiß nicht, wovon du redest. Ich habe keinen Stick, irgendeinen Stick", protestierte ich und hoffte, dass uns jemand in der Bank sehen und die Polizei rufen würde. Wenigstens könnte Misha mich nicht hier in der Öffentlichkeit umbringen.

Als hätte er meine Gedanken gelesen, zog er mich über die Straße zum Auto, und hielt mich immer noch bei der Kehle fest. Ich quiekte und versuchte, gegen ihn anzukämpfen, aber er zog mich einfach mit sich und ignorierte die Kommentare der Umstehenden. Ich wusste, wenn er mich ins Auto bekommen würde, wäre ich tot. Ich würde Peter nie wieder sehen. Ich würde nie nackt in Theos Pool auf seiner Privatinsel schwimmen, die er nur deshalb gekauft hatte, damit er seinen Bruder beeindrucken konnte.

Ich würde niemals Theo heiraten.

Und plötzlich wusste ich, dass ich all das wollte. Ich wollte ein Leben mit Theo. Ich wollte wach werden, um festzustellen, dass er in mein Haar schnarchte, ein Bein über mir. Ich wollte beobachten, wie Peter erwachsen wurde. Ich wollte Theo jedes Mal mitleidslos aufziehen, wenn eine Frau bei seinem Anblick Stielaugen bekam. Ich wollte ein Leben, von dem ich niemals geglaubt hätte, dass ich es haben könnte.

Mit einem erstickten Fauchen hörte ich damit auf, meine Füße nachzuziehen und warf mich stattdessen auf Misha, überraschte ihn genug, dass er die Balance für ein paar Sekunden verlor. Meine Handtasche verwickelte sich um sein Handgelenk und ich konnte daraus hervorschlüpfen. Es war gerade genug Zeit für mich, um über die Straße zu hetzen und direkt in die Bank hinein. Ein paar Angestellte standen an die Tür gepresst und beobachteten uns ganz offensichtlich.

Misha warf meine Handtasche ins Auto, bevor er nach vorne spazierte, aber gerade dann kam Armen angerannt und die zwei Männer hielten Kriegsrat. Misha warf der Bank einen langen bösen Blick zu, von dem ich wusste, dass er für mich gemeint war; dann stieg er ins Auto und fuhr mit quietschenden Reifen davon.

Armen positionierte sich gegenüber der Bank und lehnte sich an die Mauer eines anderen Gebäudes, offensichtlich wartete er darauf, dass ich hervorkommen würde.

„Verzeihen Sie." Die höfliche Stimme einer Frau verschaffte sich über meine keuchende Atmung Gehör. „Stecken Sie in Schwierigkeiten? Möchten Sie, dass wir für Sie die Polizei rufen?"

Ich hätte Ja gesagt, aber dann erinnerte ich mich rechtzeitig daran, dass ein Haftbefehl über meinem Kopf hing. Selbst ohne Mishas schmutzige Kumpels war die Polizei nicht mein Freund.

„Nein, vielen Dank. Mein Verlobter wird mir helfen. Ich nehme nicht an, dass es einen anderen Ausgang gibt?"

Sie schaute kurz aus der Tür, wo Armen wartete.

„Es gibt einen, aber wir sollen ihn nicht Kunden benutzen lassen. Er führt hinaus auf einen Müllplatz in der Hintergasse."

„Bitte", sagte ich und ließ sie das Leid in meinen Augen sehen.

Sie machte eine knappe Geste, drehte sich um und scheuchte ein paar andere Angestellte wieder hinter ihre Schalter. „Na gut, aber sagen Sie niemandem, dass ich das getan habe. Es ist absolut gegen die Regeln. Hier entlang.“

Meine Kehle brannte und meine Beine fühlten sich an, als sei ich hundert Meilen gerannt, aber ich verdrängte die Angst und den Terror und die gedanklichen Bilder von dem, was Misha anstellen würde, wenn er mich wieder in die Finger bekäme.

Die Frau führte mich durch ein Labyrinth von Büros, bevor sie eine kleine Tür öffnete, auf der einige Warnschilder angebracht waren, die verkündeten, dass man sie nicht unverschlossen lassen sollte. „Die Gasse“, sagte sie und war kurz davor, die Tür zu öffnen.

„Einen Moment bitte“, sagte ich und öffnete die Tür einen Spalt weit. Ich konnte nicht nach rechts sehen, aber ich hatte einen guten Ausblick auf die Gasse, die sich links erstreckte. Am anderen Ende, den Blick auf den vorbeifließenden Verkehr blockierend, war ein Auto.

Misha wartete auf mich. Ich wollte die Tür wieder zufallen lassen, mein Herz hatte sich in Blei verwandelt und fiel in meinen Magen wegen des Wissens, dass ich in der Falle saß, als eine Parkkontrolle der Polizei hinter Misha auftauchte. Als eine Streifenpolizistin ausstieg, ganz offensichtlich, um ihm eine Gardinenpredigt zu halten, hämmerte er den Fuß aufs Gaspedal und das Auto rauschte davon.

„Vielen Dank“, sagte ich eilig zu der Frau und nach einem Moment der Überlegungen rannte ich die Gasse hinunter in die Richtung, wo Misha gewesen war. Er mochte eine Runde um den Block drehen und zum anderen Ende der Gasse fahren, aber mit etwas Glück würde ich es bis dorthin schaffen und wäre verschwunden, bis er dort angekommen wäre.

Ohne Probleme schaffte ich es ans Ende der Gasse und ignorierte die Blicke der Leute, als ich mich in Trab setzte, Richtung Westen, Richtung Vorstädte, denn ich hatte das Gefühl, es wäre einfacher, ihn dort wieder abzuschütteln. Sobald ich auf die erste Reihe von Häusern traf, rannte ich in einen Garten, versteckte mich zwischen einem Zaun und einer Hütte, brach auf dem Boden zusammen, gekrümmt durch das Bedürfnis, Sauerstoff in meine Lunge zu bekommen und dem Verlangen, mich zu übergeben.

Für den Moment war ich in Sicherheit, wenn nicht der Hausbesitzer gesehen hatte, wie ich eingedrungen war, aber selbst wenn ich von dieser Seite aus in Sicherheit war, musste ich irgendwann wieder hervorkamen, sodass ich Theo sagen konnte, wo ich war.

Ich langte in meine Jeans, um mein Telefon zu greifen, aber die Taschen waren alle leer bis auf einige neuseeländische Dollar. Mit Entsetzen musste ich erkennen, dass ich mein Telefon in meiner Handtasche deponiert hatte, bevor ich in das Geschäft gegangen war … Und Misha hatte nun meine Handtasche.

„Aspirin", flüsterte ich zu mir selbst und zog meine Knie an meine Brust, während ich versuchte, meine rasenden Gedanken zu beruhigen. „Valium. Codein."

Schließlich entschied ich, dass ich Misha eine Stunde geben würde, um herumzufahren und mich zu suchen, bevor ich aus der Deckung kommen und versuchen würde, jemanden ausfindig zu machen, der mich sein Handy benutzen lassen würde. Dann würde ich Theo anrufen, ihm die schreckliche Geschichte erzählen und zulassen, dass er den Rest der Nacht damit verbrachte, mir klarzumachen, dass er mich vor allem Bösen beschützen würde, das Misha darstellte.

Die Frage war, ob ich das Recht hatte, das von ihm zu verlangen, wenn es bedeutete, dass er sich selbst in Gefahr brachte? Ab dem Moment, in dem Misha erkennen würde, dass Theo mich beschützte, würde er es zu seiner Aufgabe machen, alles über ihn herauszufinden. Ich hatte gesehen, wie er Familien von Rivalen auf dem Kieker hatte und ich wusste, dass er ohne Mitleid wäre, wenn es darum ging, das zu bekommen, was er wollte.

Einen USB-Stick? Ich schüttelte meinen Kopf und fragte mich, warum er glaubte, dass ich so etwas gestohlen hätte. Ich nahm eine innerliche Inventur von all meinen Besitztümern vor und konnte nichts erkennen, das auch nur ansatzweise einem USB-Stick ähnelte.

Nach dem, was ich als eine Stunde geschätzt hatte, schlich ich aus meinem Versteck hervor und beobachtete das Haus und die Straße, aber niemand brüllte mich an oder konfrontierte mich. Ich begann, die Straße hinabzujoggen und hoffte, dass ich so aussah wie jemand, der ein bisschen Sport machte und nicht wie eine verzweifelte Frau. Ich hielt mich in dem Wohngebiet nach Norden, bis es zu einem Geschäftsviertel wurde, hielt an, als ich unerwarteterweise eine Bibliothek fand.

„Hi", sagte ich zu der Rezeptionistin. „Ich weiß, dass das wahrscheinlich wirklich gegen die Regeln ist, aber könnte ich Ihr Telefon benutzen?"

„In der Lobby ist ein Münztelefon", sagte sie, ohne aufzusehen und nickte nach links.

„Oh. Ich wusste nicht, dass es solche noch gibt. Äh ...“ ich befühlte meine Tasche. „Ich nehme nicht an, dass Sie mir einen Dollar wechseln können? Es ist ein Notfall.“

Sie seufzte und war ganz offensichtlich genervt davon, unterbrochen zu werden, aber streckte ihre Hand aus. „Wir haben noch ein Münztelefon für Leute, die kein Handy haben.“

„Vielen Dank“, sagte ich kleinlaut und nach einem schnellen Blick nach draußen, um sicherzustellen, dass Misha dort nicht lauerte, ging ich zu dem Münztelefon und hielt die Münzen umklammert.

Genau dann erkannte ich, dass ich Theos Handynummer nicht auswendig kannte.

Für einen Moment schlug ich mit dem Kopf an die Trennscheibe des Münztelefons, bevor ich mich an sein Büro erinnerte. Er war in seinem neuen Büro und ich war sicher, dass es einen Telefonanschluss haben würde. Ich brauchte zehn Minuten, um die Telefonnummer herauszufinden, aber endlich wählte ich sie und legte einen kleinen ungeduldigen Tanz ein. „Papaioannou International“, begrüßte mich eine kühle weibliche Stimme.

„Hi, mein Name ist Kiera Taylor –“

„Momentan ist das Büro nicht besetzt. Wenn Sie die Durchwahl kennen, die Sie anrufen möchten, dann können Sie diese jetzt wählen. Ansonsten hinterlassen Sie bitte eine Nachricht und wir werden Sie schnellstmöglich zurückrufen.“

Ich wollte weinen. Ich wollte mich einfach hinsetzen und weinen. Theo war nicht da? Ich schaute auf die Uhr an der Wand über der Theke der Bibliothekarin. Es war gerade erst kurz nach eins. Vielleicht war er bei seinem Mittagstermin? Er musste irgendwann zurück in sein Büro kommen. Besonders wenn Anne ihn angerufen hatte, um zu sagen, dass ich verrückt geworden und einfach ohne ein Wort davongerannt war.

„Ich muss los", erklärte ich dem Telefon und legte auf.

Die nächste Stunde war die Hölle, das Geräusch jedes Autos, das schnell anhielt, versetzte mir einen Adrenalinstoß. Ich fühlte mich überall ganz kribbelig, als ob mir tausend Augen folgen würden. Ich versuchte, auf Straßen zu bleiben, wo viele Fußgänger unterwegs waren, da ich annahm, dass es besser wäre, je mehr Menschen um mich herum wären. Misha würde sicherlich glauben, dass ich die weniger bevölkerten Straßen ausgewählt hatte, sodass es Sinn machte, dorthin zu gehen, wo viele Menschen waren. Glücklicherweise war die Adresse, die ich aus dem Telefonbuch auswendig gelernt hatte, mitten in einem Businesspark in der Stadt.

„Gott sei Dank", seufzte ich, als ich sah, wie das Gebäude vor mir aufragte. Ich zögerte, aber von Misha war nichts zu sehen. Ich schloss mich ein paar anderen Leuten in Geschäftsanzügen an, die das Gebäude betraten, und versuchte, die Falten aus meinem T-Shirt zu bekommen, dort wo Misha mich gewürgt hatte, dann pflasterte ich ein Lächeln auf mein Gesicht, als ich zum Empfangstresen im Gebäude ging.

„Hallo. Können Sie mir sagen, auf welchem Stockwerk Papaioannou international ist?", fragte ich die Rezeptionistin.

Die Frau hackte mit eleganten, lackierten Fingernägeln auf die Tastatur ein. „Das wäre das siebte Stockwerk. Darf ich um Ihren Namen bitten?"

„Oh, müssen Sie anrufen?"

Sie nickte und ihre Hand schwebte über dem Telefon.

„Aber sicher. Mein Name ist Kiera Taylor. Theodor Papaioannou ist mein Verlobter."

„Wie schön für Sie." Ihr Blick wanderte über meine verschwitzte, dreckige und zerknitterte Erscheinung. „Sie nehmen nicht ab. Aha, ich sehe, dass es hier eine Notiz gibt, dass das Telefonsystem zwar installiert ist, aber die tatsächlichen Telefone sind noch nicht angeschlossen. Eine Miss Annemarie Chanter hat eine Nachricht hinterlassen, dass sie hoffen, dass die Telefone morgen installiert werden. Ich werde stattdessen eine Nachricht schicken."

„Danke Ihnen." Ich stand vor dem Tresen und fühlte mich vollkommen fehl am Platz. Um mich herum waren Männer und Frauen in gut geschnittenen Anzügen und Business-Mode, die durch die Sicherheitskontrolle gingen, ihre ID-Karten vorzeigten und durch einen Metalldetektor schritten. Ein oder zwei von ihnen schauten in meine Richtung, aber ich wusste, dass ich für die meisten von ihnen unsichtbar war.

„Ich habe eine Nachricht geschickt", verkündete die Rezeptionistin. Sie sah nicht gerade begeistert aus, mich am Bein zu haben, aber gestikulierte zu einer Gruppe von weißen Lederbänken. „Sie können dort drüben warten, wenn Sie möchten."

„Vielen Dank." Ich mochte es nicht, so sichtbar zu sein und zögerte, bevor ich fragte: „Ich nehme nicht an, dass Sie mich einfach ... Sie wissen ... einfach so hinaufgehen lassen können in das Büro meines Verlobten?"

Sie schürzte wieder ihre Lippen und hackte auf die Tastatur ein und meine Hoffnung wuchs. „Wie war der Name noch mal?“

„Kiera Taylor.“

„Ich fürchte, Sie sind nicht auf der Liste mit Angestellten von Papaioannou International“, sagte sie und nickte zu der Couch hinüber.

„Vielen Dank“, sagte ich müde.

Ich wartete geschlagene fünf Stunden, meine Nervosität brachte mich dazu, die Toilette häufig genug aufzusuchen, dass die Dame am Empfang denken musste, dass ich eine Blasenentzündung hatte. Ich nutzte die Zeit, um mir das Gesicht und die Hände zu waschen und versuchte, das Schlimmste von Schmutz und Falten aus meinem T-Shirt zu bekommen. Mein Haar war ein verknotetes Chaos in einem Pferdeschwanz, und tat nichts dazu, das Bild zu vervollständigen, dass ich in solch einem schicken Bürogebäude sein dürfte, mal abgesehen davon, dass ich mit so einem umwerfenden Mann wie Theo verlobt sein könnte.

Nach der fünften Stunde gab ich auf. Entweder hatte Theo seine Pläne geändert oder Anne hatte ihn erwischt und er war irgendwo da draußen und versuchte, mich zu finden.

„Was mache ich jetzt?“, fragte ich mich selbst. „Hafen, um ein Boot zu mieten, für das du kein Geld hast, um es zu bezahlen – und wahrscheinlich direkt Misha oder Armen in die Hände zu fallen, weil sie schlau genug sind, jede Möglichkeit, Auckland zu verlassen, zu überwachen – oder das morgen in Angriff nehmen?“

Mir brach das Herz, als mir klar wurde, dass ich morgen heiraten sollte. Ohne weitere Optionen zu haben,

eilte ich durch die einbrechende Nacht in ein Wohngebiet, das ich bemerkt hatte, als ich hierherkam. Ich
musste einfach einen Platz finden, wo ich draußen
schlafen konnte, vielleicht versteckt in einer weiteren
Hütte. Wenigstens war es keine sehr kalte Nacht, aber
ich wusste, dass es frisch werden würde.

Es kostete mich eine weitere Stunde, ein Haus ausfindig zu machen, in dem kein Licht brannte und das ein
Gartenhäuschen besaß. Ich musste mich am Zaun ent-
langdrücken, und nahm an, dass ich darüberklettern
musste, aber das Tor war offen. Ich schlüpfte hindurch
und war so leise wie möglich, um niemanden im Haus
oder Nachbarn von meiner Anwesenheit in Kenntnis
zu setzen, und ging, um die Hütte unter die Lupe zu
nehmen. Sie beherbergte Gartenequipment, ein paar
rostige Fahrräder, einige Plastikeimer mit Beschriftun-
gen, die darauf hinwiesen, dass es dies und das aus dem
Haushalt war, und Gott sei Dank einen abgewetzten
Pulli, der über einer Gartenschürze hing.

Ich rollte mich neben den Fahrrädern zusammen, zog
den Pulli über und benutzte die Schürze als eine ver-
kürzte Decke.

„Du könntest gerade jetzt in Theos Armen liegen“,
sagte ich zu mir selbst. Ich war wütend, sowohl auf
mich selbst als auch auf Misha. Er hatte jeden Moment
meines Lebens ruiniert, von dem er Teil gewesen war
und nun tat er dasselbe, obwohl er nicht mehr länger
Teil meines Lebens war. Ich verbrachte ein bisschen
Zeit damit, mir Sorgen um Theo zu machen, wohl wissend, dass er besorgt um mich wäre und dann tauchte
der wirklich schreckliche Gedanke auf, dass er

versuchen könnte, Misha zu finden, um ihn zu konfrontieren.

Ich schätzte, dass es Mitternacht war, als ich einschlief und das Geraschel um mich und hinter mir ignorierte. Nagetiere waren die kleinste meiner Sorgen und in Neuseeland, im Gegensatz zu Australien, gab es keine giftigen Schlangen oder Insekten außer ein paar sehr seltene Spinnen, sodass ich mir in dieser Hinsicht keine Sorgen um meine Sicherheit machen musste.

Ich schätze, dass es zwei Uhr nachts war, als ich es nicht mehr aushielt. Ich musste mich bewegen, musste irgendetwas unternehmen, um mit Theo in Kontakt zu treten. Vielleicht könnte ich ein Boot stehlen und es zur Insel hinübersegeln? Ich schüttelte den Kopf, als ich die verlassenen Straßen entlanglief und mich auf den Weg zum Hafen machte. „Selbst wenn ich wollte: Ich weiß nicht, wo die Insel ist. Ich muss einfach jemanden hier finden und ihn davon überzeugen, mich überzusetzen."

Die einzigen Gegenden der Stadt, wo es nachts auf den Straßen Verkehr gab, waren dort, wo es Nachtclubs gab. Ich hielt mich so viel wie möglich im Schatten, hielt an jeder Kreuzung inne, um nach Misha oder Armen Ausschau zu halten. Ich war mir schmerzlich bewusst, dass ich dehydriert war und dass mein Magen trotz der häufigen Wellen der Übelkeit rumorte, wann auch immer ich daran dachte, dass Theo Misha konfrontieren würde, aber ich hielt weiter auf den Hafen zu. Als ich noch einige Blocks entfernt war, wurde ich langsamer und benutzte Autos, Gebäude und andere Strukturen, um innezuhalten und den Eingang zum Hafen zu betrachten und nach Anzeichen Ausschau zu halten, dass Misha auf mich wartete.

Und so fand mich die Polizei – ich lungerte hinter einem Auto herum, äugte drum herum auf den erleuchteten Eingang zur Marina.

„Kiera Taylor", sagte die Stimme eines Mannes hinter mir und erschreckte mich, sodass ich panisch aufquiekte. „Stehen Sie auf. Legen Sie bitte Ihre Hände auf den Zaun hinter Ihnen."

Ich wirbelte herum, um zwei Polizisten vor mir zu sehen, der eine hielt einen Notizblock in der Hand, während der andere leise in das Funkgerät an seiner Schulter sprach. „Hi."

„Hände auf den Zaun bitte", wiederholte er und deutete auf den Holzzaun hinter mir. Ich tat das Verlangte und fragte mich, wie lange es dauern würde, bis Mishas Freunde bei der Polizei wussten, dass ich verhaftet worden war.

Der Polizist mit dem Notizblock klopfte mich auf unpersönliche, professionelle Art ab.

„Darf ich Sie fragen, warum Sie das tun?", fragte ich, sobald er damit fertig war.

„Wir haben Berichte von einer Frau, die die Gegend auskundschaftet. Name?"

Widerwillig sagte ich ihn ihm.

„Sie sind Amerikanerin? Haben Sie Ihren Pass dabei?"

„Nein, ich habe meine Handtasche nicht dabei", sagte ich und mir war klar, wie lahm das klang. „Ich habe nichts bei mir."

„Dachte ich mir." Er zog ein paar Plastikhandschellen aus einer Tasche und trat hinter mich, nahm meine Hände mit sich. „Kiera, haben Sie heute Nacht Alkohol oder Drogen konsumiert?"

„Nein“, sagte ich elend. Ich war so müde, so erschöpft und hungrig und durstig, dass ich keinen Kampfeswillen mehr hatte. Misha hatte gewonnen. Ich hoffte, dass die Polizei mich einen Brief schreiben lassen würde an Theo, bevor Misha mich ich in die Finger bekam.

„Würden Sie einen Drogentest machen?“

„Warum nicht?“, sagte ich. Der zweite Polizist sagte etwas davon, dass sie mich festnehmen würden wegen des Verdachts auf Herumlungerns mit dem Vorsatz, eine Straftat zu begehen und brachten mich zu einem Auto: Sie fuhren mich durch die Straßen, durch die ich so vorsichtig geschlichen war.

Man nahm meine Fingerabdrücke, fotografierte mich, testete mich auf Alkohol und Drogen und schließlich interviewte man mich darüber, was ich getan hatte, bevor man mich darüber in Kenntnis setzte, dass ich bleiben musste, weil ich keinen Pass hatte.

„Außerdem gibt es noch das hier“, sagte der Polizist, der mich abgeführt hatte und schob das Bild eines Autos herüber.

Ich blinzelte es an und fragte mich, ob mein Gehirn so sehr im Streik war, dass ich halluzinierte.

„Was ist das?“

„Das ist das Auto, das Sie heute Abend gestohlen haben.“

„Ich soll was?“ Welche neue Hölle war das?

„Mister Papaioannou hat gesagt, dass er Ihnen nicht die Erlaubnis gegeben hat, das Auto zu nehmen und da es ziemlich teuer ist, fürchte ich, wird dies als Straftat behandelt.“ Der Polizist sah mich über seine Brille hinweg an. „Das sieht nicht gut aus zusammen mit Ihrem momentanen Haftbefehl.“

„Theo hat gesagt, ich hätte sein Auto gestohlen? Er hat
gar kein Auto.“

„Im Gegenteil, er hat dieses Auto“ – er konsultierte ein
anderes Blatt Papier – „gestern gekauft.“

Ich legte meinen Kopf auf meine Hand, in meinem
Gehirn wirbelte ein furchtbarer Gedanke nach dem anderen durcheinander. Theo hatte behauptet, ich hätte
sein Auto gestohlen? Wie konnte er mir das antun?
Würde jeder Mann, den ich traf, mich beschuldigen, etwas gestohlen zu haben? Einige Tränen rannen mir aus
den Augen, als ich sagte: „Ich verstehe nichts von alldem. Ich habe das Auto nicht gestohlen. Wenn ich es
getan hätte, warum glauben Sie dann, dass ich zu Fuß
unterwegs bin?“

„Autos wie diese verkaufen sich auf dem Schwarz-
markt sehr gut.“ Er klopfte mit seinem Stift auf das Papier. „Von diesem Haftbefehl zu schließen, scheint es
so, als würden Sie Geschäfte machen mit einem bekannten Mitglied des organisierten Verbrechens.“

Ich sackte in meinem Stuhl zusammen, geschlagen.
Es gab nichts mehr, was ich noch tun konnte. Theo
hatte die Polizei auf meine Fährte gesetzt, wohl wissend, dass Misha hier Kontakte hatte. Er hatte es absichtlich getan.

Schmerz traf mich so tief, dass ich aufkeuchte. Alles,
was ich geglaubt hatte, war falsch. Die Welt war kein
Ort, wo attraktive Männer leise Worte in mein Ohr
murmelten und sie auch meinten – es war ein Ort von
Schmerz und Verrat und niemals endender Verzweiflung.

Ich wurde in eine Ausnüchterungszelle gebracht. Ich
betrat sie erschöpft und fühlte mich zerschlagen und

geschunden und jenseits aller Hoffnung. Zwei andere Frauen waren noch in der Zelle, aber beide schliefen offensichtlich einen Rausch aus. Ich ließ mich auf dem freien Feldbett nieder und rollte mich in einen Fötusball zusammen, weinte leise, während ich versuchte zu vergessen.

Kapitel 11

Theo betrat das Polizeirevier und sah rot vor Wut. „Fünf Stunden? Sie ist seit fünf Stunden hier und Sie haben sich nicht die Mühe gemacht, mich zu informieren?"

Der Polizist, der ihn an der Tür in Empfang genommen hatte, war offensichtlich von seinem Vorgesetzten instruiert worden, sich bei ihm einzuschleimen. Das war ohne Zweifel befördert worden von der großzügigen Spende an die Lieblingscharity von besagtem Vorgesetzten, die Theo am Abend zuvor in die Wege geleitet hatte. „Es tut mir leid, Mister Papaioannou, aber es sind unsere Vorschriften, die Leute erst am Morgen aufzunehmen –"

„Holen Sie sie her", fauchte er und hielt beim Tresen inne, sein Blick wanderte durch das Revier. Er wusste, dass er sich wie ein Idiot benahm, aber er konnte nicht anders nach der Nacht, die er verbracht hatte, gefüllt mit Bildern der schrecklichsten Auswahl, viele von ihnen beinhalteten, dass man Kieras Körper zerbrochen und zerstört fand, ganz zu schweigen von ein paar besonders grausamen Fantasien, die so schreckliche Verbrechen beinhalteten, dass sie ihren Geist zerstört hatten, während ihr Körper intakt geblieben war, aber ihre Seele auf Pfaden wanderte, die er nicht erreichen konnte.

Er hatte niemals zuvor eine Person umbringen wollen, aber das wollte er nun und er konnte gerade noch an sich halten und nicht verlangen, dass die Polizei den Bastard herbeischaffte, der seine zerbrechliche kleine Gazelle gehabt hatte, aber flehentliche Anrufe seines Anwaltes, der bettelte, dass er nichts Dummes unternahm, hatten ihn schließlich die Kontrolle über seinen Wutanfall zurückerlangen lassen. Er musste an Peter und Kiera denken. Wenn er im Gefängnis saß dafür, dass er den Bastard Mikhail angegriffen und umgebracht hatte, dann würde das Sorgerecht an Jake fallen und der würde ihm ewig Vorwürfe machen. Nein, um ihretwillen musste er vernünftig bleiben –

Die Worte erstarben in seinem Gehirn, als eine Polizistin Kiera von den Zellen in die Wachstube begleitete. Sie sah resigniert aus auf eine Art, die sagte, dass es ihr egal war, was mit ihr geschehen würde. Bei ihrem Anblick brach ihm das Herz, aber eine Sekunde später wollte er vor Freude schreien. Sie blieb stehen und sofort strafften sich ihre Schultern, ihr Kinn wanderte nach oben und in ihren Augen loderten die Gefühle.

Sie war wütend, offensichtlich verärgert mit ihm wegen der Strategie, die er benutzt hatte, damit die Polizei nach ihr suchte, bevor das Monster sie finden konnte und obwohl er wusste, dass es für sie einige Zeit brauchen würde, bis sie den Vertrauensbruch verarbeitet hätte, war er sicher, dass er sie mit der Zeit dazu bringen könnte zu verstehen, dass es das Einzige gewesen war, was er hatte tun können. Er hatte so viele Augen wie möglich gebraucht, die auf den Straßen nach ihr suchten, und sie musste einfach verstehen, dass es der einzige Weg gewesen war, wie er das hatte fertig bringen können.

Ein fast überwältigendes Gefühl von Glück erfüllte ihn bei ihrem Anblick. Glück war nicht das richtige Wort ... Liebe, das fühlte sich wie das richtige Wort an. Was er fühlte, wenn er an sie dachte, war eine Wärme, die in ihm zu glühen schien, eine Verbindung mit ihrem ganzen Dasein, das weiterging als einfaches sexuelles Begehren. Er erkannte überrascht, dass, selbst wenn er niemals wieder mit ihr schlafen würde, wäre er zufrieden damit, sie einfach in seinem Leben zu haben, in dem sie wunderbar unerwartete Dinge zu ihm sagen würde, wo sie ihm das Gefühl gab, er sei ein Held, weil er sie vor Dingen beschützen konnte, die sie durcheinanderbrachten, und in dem sie verärgert mit ihm wäre, weil sie seine Brust so sehr liebte.

Er wollte ihr von seinem Tag erzählen, wenn sie getrennt waren und was er gedacht hatte, er wollte alles mit ihr teilen vom amüsanten Kommentar seiner Assistentin zu dem Grundriss des neuen Hauses, das er für sie bauen wollte. Er wollte, dass sie sich selbst mit ihm teilte ohne jeden Vorbehalt. Er wollte sie einfach in seinem Leben - wenn das nicht Liebe war, dann wusste er auch nicht weiter.

„Hallo, Liebling." Die Frau seiner Träume marschierte auf ihn zu, ihr Haar, normalerweise lang und glänzend kastanienbraun, stand in einem Knoten ab, den sie offensichtlich auf ihrem Kopf gemacht hatte, sodass es aussah, als hätte sich ein kleines kastanienbraunes Stachelschwein dort oben eingerollt. Dreck zierte ihre Wange. Ihr T-Shirt war zerknittert und dreckig und sogar noch unförmiger als normal. Er sammelte sich entweder für einen Faustschlag oder eine Ohrfeige. Sie könnte das eine oder das andere tun. „Du siehst schrecklich aus."

„Theo", fauchte sie; dann zu seiner Überraschung, zu seinem völligen Erstaunen vergrub sie beide Hände in seinem Haar und zog sein Gesicht hinunter zu ihrem, ihr Körper bewegte sich gegen ihn auf einer Art, die wahrscheinlich illegal war, wenn man sie auf einem Polizeirevier praktizierte. Ihr Mund war heiß und fordernd und bevor er die Kontrolle über den Kuss erlangen konnte, hatte sie ihre Zunge in seinen Mund befördert, neckte die seine, wandte sich um sie herum auf eine Art, die ihm sofort eine Erektion bescherte.

Er kämpfte schwer mit sich, aber er schaffte es, nicht nach ihrem Hintern zu langen und sie an sich hinaufzuziehen. Stattdessen gab er sich damit zufrieden, ihre Hüften zu berühren und zu versuchen, den Tanz zu stoppen, den sie gegen seinen Schwanz vollführten. Als sie zuließ, dass er an dem Kuss teilnahm, war ihr Mund weich geworden und ihr Körper hatte sich an seinen geschmiegt. Es brauchte fast übermenschliche Kraft, aber er schaffte es, den Kuss abzubrechen.

Er schaute auf sie herab und war ziemlich zufrieden mit sich beim Anblick der Hitze, die in ihren Augen schimmerte. „Heißt das, dass du mir verziehen hast?"

Echte Verwirrung machte sich auf ihrem Gesicht breit. Ihr wunderschönes Gesicht mit den Sommersprossen, wo überall Dreck darauf war. „Verziehen weswegen?"

„Dafür, dass ich dich habe verhaften lassen."

Der Blick, dem sie ihm zuwarf, war pure Verachtung. „Ich war verängstigt, Theo, nicht plötzlich dämlich. Ich habe sofort erkannt, dass du mir die Polizei auf den Hals gehetzt hast, damit sie mich finden und Misha eben nicht."

Er lächelte und seine Bewunderung für sie erreichte neue Höhen. „Ich hatte gehofft, dass dir das aufgehen würde. Äh ... Du hast das sofort gewusst?"

„Natürlich." Sie nahm seine Hand und nickte dem Polizisten flüchtig zu, der die Theke besetzt hatte, als Theo sie aus dem Revier geleitete. „Na ja, fast sofort."

Er hob eine Augenbraue.

„Okay, nicht sofort. Als ich dich dort habe stehen sehen mit deinem komplett zerzausten Haar, da wusste ich, dass du auch die ganze Nacht auf gewesen warst. Warst du?"

„Die ganze Nacht auf den Beinen? Ja." Er glättete mit einer Hand sein Haar. „Ich bin froh, dass du erkannt hast, dass ich dich niemals auf irgendeine Art verletzen würde. Hast du irgendetwas vor heute Morgen?"

„Hä?" Sie blinzelte ihn an, als sie auf den Rücksitz des Autos kletterte, das auf sie wartete. „Was vorhaben? Du meinst, mehr als Dusche und Essen und literweise Wasser in mich hineinschütten und vielleicht einen Tag lang schlafen?"

„Wie wäre es, wenn wir das alles in ungefähr einer" – er befragte seine Uhr – „Stunde erledigen würden?"

„In Ordnung, aber was sollen wir bis dahin tun?"

„Ich glaube, wir müssen bei einer Hochzeit dabei sein", sagte er und schlug die Sicherheitsregeln in den Wind, als er sie an sich zog und dem Fahrer den Befehl gab, loszufahren.

„Theo, das geht nicht!", sagte sie und kicherte, als er ihr ins Ohr flüsterte, was er mit ihr unter der Dusche anstellen wollte. „Das können wir nicht machen! Ich habe kein Kleid und ich habe mir auch nicht die Zähne geputzt oder auch nur die Haare gekämmt und ich glaube, dass es irgendwo Mäusekot gab in der Hütte, wo ich geschlafen habe, weil ab und an ein ziemlich ekliger Geruch von meinem Rücken herüberwehte.“

„Ganz egal, wir werden die verdammte Zeremonie hinter uns bringen, sodass wir eine Hochzeitsnacht haben.“ Er küsste ihre Schläfe und war für den Moment zufrieden, sie einfach nur zu halten. Er war so nah daran gewesen, sie zu verlieren, und er glaubte nicht, dass er das überleben würde. Nicht jetzt, wo ihm bewusst war, dass er sie liebte.

„Aber Anne wollte dabei sein. Und wir sollten unbedingt Peter dabeihaben. Ich nehme an, dass er bei den Darts ist?“

„Ja. Anne und Melanie haben ihn nach Hause gebracht, nachdem sie gesehen haben, wie dich ein Mann die Straße hinabgejagt hat.“ Er zog sich ein bisschen zurück, um ihr ein halbes Lächeln zu schenken. „Anne hat gesagt, dass du den Bastard abgehängt hast, als würde er stillstehen. Du bist also wirklich eine Gazelle, oder nicht?“

„Nein, aber ich bin sechs Jahre Langstrecke gelaufen.“

„Wirklich“, knurrte er und dachte an seine eigene Zeit im Laufteam. In der Highschool war er Langstrecke gelaufen, aber er hatte seine Kondition in der Hälfte seiner College-Zeit eingebüßt, als er angefangen hatte, die Nächte durchzutrinken. „Wir müssen irgendwann ein Rennen veranstalten.“

Sie warf ihm einen merkwürdigen Blick zu. „Warum?“

„Einfach nur, weißt du, um zu sehen, ob meine Zeit besser ist als deine."

Er versuchte, gleichgültig auszusehen, aber er wusste, dass sie ihn sofort durchschaute.

„Aha. Könnte es sein, dass du auch in einem Laufteam warst?"

„Vielleicht." Er lächelte und war erfreut, dass er es geschafft hatte, sie von Sorgen über die Hochzeit abzulenken. „Wir sollten eine Wette eingehen. Irgendetwas ... Lustiges."

Sie brachte sich auf Distanz, sodass sie ihn besser ansehen konnte. „Zum Beispiel?"

„Also ..." Er gab vor, darüber nachzudenken. „Zum Beispiel, wenn ich gewinne, dann musst du ein Stück Schmuck meiner Wahl annehmen."

„Ich lasse schon zu, dass du mir einen Ehering ansteckst. Das ist Schmuck."

„Das ist funktional, oder zumindest symbolisch. Das wäre etwas ganz Frivoles, einfach nur zur Verzierung."

„Hm. Und was bekomme ich, wenn ich gewinne?"

„Den Schmuck?", fragte er hoffnungsvoll.

„Nein." Ihre Augen verengten sich, als sie nachdachte. „Wie wäre es, wenn du für eine geschlagene Woche zur Arbeit gehen musst, ohne auszusehen, als wärst du ein Geschäftsmann von GQ. Du musst mich deine Haare verwuscheln lassen, bevor du gehst und Jeans tragen oder diese abgewetzten Shorts, die ein Loch am Hintern haben und ein Hemd, das niemals ein Bügeleisen gesehen hat, egal, wie viele Termine du hast oder wie viele wichtige Geschäftsleute du triffst."

„Abgemacht", sagte er. „Obwohl meine Lieblingsshorts zum Fischen, die als Glücksbringer fungieren, nicht abgewetzt sind. Sie haben ihren ganz eigenen Zauber, wenn ich auf dem Wasser bin. Sie sind Zeuge von all den Malen, in denen sie mich mit Nahrung versorgt haben.“

„Bestimmt. Das glaube ich, wenn ich es sehe.“

„Kiera?“, sagte er und zog ihre Hand zu seinem Mund, sodass er ihre Finger küssen konnte.

„Was?“

„Wir sind da. Sollen wir heiraten?“

Sie seufzte, rutschte aber über den Rücksitz, als er aus dem Auto stieg und ließ ihn ihr auf die Füße helfen. „In Ordnung, aber wenn Peter sich in zwanzig Jahren die Hochzeitsfotos ansieht und fragt, warum du eine Pennerin geheiratet hast, dann musst du ihm erklären, dass ich gezwungen wurde.“

Er wollte singen und tanzen und vom höchsten Gebäude rufen, aber stattdessen umklammerte er ihre Hand, damit sie nicht davonlaufen konnte für den Fall, dass sie doch noch nervös wurde, und betrat das Standesamt.

In zehn Minuten war es vollbracht und obwohl sie zwei Fremde als Trauzeugen hatten, Fremde, die Kiera einen seltsamen Blick zuwarfen, war er zufrieden. Sie war die Seine, wirklich die Seine, und niemand konnte sie ihm abnehmen.

„Hast du den Ehevertrag an deinen Anwalt weitergeleitet?“, fragte sie auf dem Weg zum Flughafen.

„Hm?“ Er dachte an das hübsche kleine Ritual, das er veranstaltet hatte, als er den Ehevertrag, von dem sie wollte, dass er ihn unterzeichnete, verbrannt hatte. Er hatte fast die Sprinkleranlage in seinem Büro in Gang gesetzt, aber es war jede Sekunde der Gardinenpredigt wert gewesen, die Annemarie ihm gehalten hatte. „Ich verlange keine Dokumente, die ich nicht auch unterzeichnen will“, sagte er mit Würde.

„Prima.“ Sie entspannte sich und ihre Hand lag auf seinem Bein auf eine besitzergreifende Art, die ihn fast verrückt machte vor Glück. Er hatte den Eindruck, dass sie niemals so entspannt mit irgendjemandem gewesen war seit langer Zeit. „Du hast so einen riesigen Aufstand deshalb veranstaltet, dass ich Angst hatte, du würdest den Ehevertrag nicht einreichen, oder was auch immer man damit macht.“

„Ja, Liebling, indem ich den Vertrag unterschrieben habe, habe ich sichergestellt, dass du keinen einzigen Cent von mir bekommen wirst, sollten wir uns jemals scheiden lassen.“ Er hoffte, dass sie niemals herausfinden würde, dass er nichts dergleichen getan hatte.

Sie nickte und fügte hinzu: „Nur dass das klar ist, du wirst auch nichts von dem Geld aus dem Hausverkauf meiner Eltern bekommen, aber ich glaube nicht, dass du irgendwelche Absichten auf meine paar Kröten hegst.“

Er führte im Kopf eine kleine Rechnung durch und stellte seinen Marktwert zusammen. Er war noch nicht gleichauf mit Iakovos’ zehnstelligem Betrag, aber er kam gut voran und er hatte große Hoffnungen, dass er mit acht weiteren Jahren harter Arbeit am Ziel wäre. „Dein Erspartes ist vor meinen gierigen Fingern sicher“, sagte er. „Was meinst du, ist es zu früh, für Peter ein Pony zu kaufen?“

Sie brach in Gelächter aus, das Geräusch davon nahm die letzten Nachwehen der Angst mit sich, die ihn so eng umklammert gehalten hatte, als Anne ihn angerufen hatte, um ihm mitzuteilen, dass sie verschwunden war.

Alle Pläne, die er für die Hochzeitsnacht gehabt hatte, die Vormittag begonnen hätte, waren dadurch aufgeschoben worden, dass Kiera darauf bestanden hatte, dass sie sich erst einmal ausführlich mit dem Baby beschäftigen musste, um die Zeit aufzuholen, in der sie nicht da gewesen war, und dann mussten die Darts mit Erklärungen versorgt werden und Essen musste vertilgt werden.

Als das Abendessen jedoch herannahte, setzte er sich durch.

„Wir nehmen gerne euer Hochzeitsgeschenk an", sagte er und reichte Peters Windeltasche hinüber, eine kleine Wiege, die er spontan gekauft hatte, ein großes Beutelnetz mit Spielsachen, einige Gläser mit Gourmet Baby Nahrung, seine Schwimmspielsachen und den riesigen Plüsch-Kiwi, von dem er wusste, dass Peter ohne ihn nicht einschlafen konnte.

„Ich weiß nicht", sagte Kiera und stand neben ihm, während sie fast die Hände rang vor Beunruhigung. „Er ist so ein liebes Kind in der Nacht. Er schläft fast komplett durch."

Anne lächelte. „Ich habe schon dreimal versprochen, dass, wenn er auch nur nießt, werden wir ihn sofort nach Hause bringen."

„Egal, wie spät es ist", erinnerte Kiera sie.

„Egal, wie spät es ist", sagte Anne feierlich. „Ich habe allerdings das Gefühl, dass ich noch einmal darauf aufmerksam machen sollte, dass wir im wahrsten Sinne des Wortes nur fünfzig Meter entfernt sind. Du könntest deinen Kopf aus dem Fenster stecken und rüberrufen, und wir würden dich hören."

„Das erinnert mich daran", sagte Theo und platzierte einen Kuss auf Peters Kopf, bevor er scheuchende Bewegungen in Richtung Melanie machte. Sie kicherte, als sie mit dem Kinderwagen davonging. „Ihr ... Äh ... werdet heute Abend den Swimmingpool nicht benutzen wollen. Er wird ... besetzt sein."

Richard grinste breit und folgte den beiden Frauen.

Kiera beäugte ihn mit einem unbeschreiblichen Gesichtsausdruck. „Ist das so?"

„Ja", sagte er und nahm sie in seine Arme. Es war nicht möglich gewesen, die Dusche zusammen zu haben, die er im Kopf gehabt hatte, als sie zur Insel geflogen waren, aber er war entschlossen, dass er wenigstens das Zweitbeste durchführen würde. „In dem Moment, in dem du mich geheiratet hast, habe ich angefangen, eine Liste von Fantasien zusammenzustellen, die ich mit dir Wahrheit werden lassen will. Gerade im Moment geht es mir darum, Wasser von deinen Brüsten zu lecken, meine Hände über deine nasse, glitschige Haut gleiten zu lassen und mich tief in deiner Hitze zu vergraben, während wir im Wasser planschen."

Sie schaute von ihm zum Swimmingpool, der dank der Ausrichtung des Gartens einigermaßen abgelegen war. „Ich habe keinen Badeanzug."

„Schatz", sagte er mit einer Stimme, die vor Begehren tief war. „Welcher Teil von lecken und schmecken und mich in dir vergraben, hat nahegelegt, dass es nötig wäre, währenddessen einen Badeanzugzug zu tragen?"

„Stimmt", sagte sie nickend und zu seiner Überraschung schälte sie sich aus dem sauberen T-Shirt, das sie angezogen hatte. Sie beäugte die Entfernung über den lang gestreckten Rasen, dann zu den Stufen, die hinab zum Pool führten. „Wettrennen bis dahin?“

„Nein“, sagte er fest und brüllte ihr das Wort noch hinterher, als sie sprintete. Er seufzte, zog sein eigenes T-Shirt aus, als er ihr im Schritttempo folgte. „Es ist nicht fair, wenn du so versuchst, einen Vorteil zu bekommen. Ich kann mit so etwas nicht rennen.“

Sie schaute flüchtig auf die Vorderseite seiner Jeans, schlüpfte aus ihren Leggins, sodass sie sich verführerisch an ihn schmiegen konnte. „Armer, Theo. Du bist nicht nur langsam, sondern du wirst auch ganz offensichtlich unsere Wette verlieren –“

„Morgen. Wir werden das verdammte Wettrennen morgen laufen“, knurrte er, zog sich die Schuhe und sowohl Jeans als auch Unterwäsche aus.

Sie lachte und wackelte mit dem Hintern in seine Richtung, als sie ihren BH auszog, ihr Haar schwang über ihren nackten Rücken, als sie über die Schulter in seine Richtung sah. „Du bist nicht nur langsam – du scheinst auch Probleme zu haben mit deiner Männlichkeit. Es muss ziemlich unbequem sein, wenn man seine Rohrleitungen außen verlegt hat, anstelle sie wie bei Frauen schön innen versteckt zu haben.“

Er langte nach ihr und knurrte tief in seiner Brust, aber sie lachte nur und legte eine verlockende Tanzeinlage hin, als sie sich von ihrer Unterwäsche befreite und sie ihm zuwarf.

Er warf sie hinüber auf den Stapel von Kleidung, die sie abgelegt hatte, und schritt vorwärts. „In Ordnung. Du hast meine Schnelligkeit in Zweifel gezogen – von der du gar keine Ahnung hast, weil du nicht in England zur Schule gegangen bist so wie ich – aber nun erklärst du mir, dass mein Schwanz minderwertig ist? Bereite dich darauf vor, dich zu verteidigen, Frau. Ich werde dir zeigen, warum Rohrleitungen außen definitiv besser sind!"

Sie stand lachend neben dem Pool und neckte ihn mit ihren Hüften und Brüsten und diesen langen Beinen und sah aus, als würde sie jeden Moment in die anbrechende Nacht hineinlaufen, aber er hatte sie erreicht, bevor sie sich bewegen konnte.

„Nun, Frau, lass mich dir zeigen, wie wir Papaioannou-Männer unsere Hochzeitsnacht feiern."

„In Ordnung, aber ich sollte dir sagen –", begann sie zu sprechen, aber die Worte wurden von einem Kreischen verschluckt, als er sie ins Wasser warf und hinterhertauchte darauf aus, all die verschiedenen und unterschiedlichen Bereiche von ihr zu berühren, aber sie schien nicht mit Feuereifer bei der Sache zu sein. Sie sank wie ein Stein auf den Grund des Pools, ihre Arme und Beine schlugen wild.

Und das war, als ihm aufging, dass sie nicht schwimmen konnte.

„Es tut mir leid, Liebling, es tut mir so leid", entschuldigte er sich ein paar Minuten später, als sie auf dem Gras neben dem Swimmingpool kniete und Wasser ausspuckte. „Ich hab einfach angenommen, dass du weißt, wie man schwimmt. Jeder, den ich kenne, weiß, wie man schwimmt."

„Du. Bist. In. Griechenland. Aufgewachsen", sagte sie, hob den Kopf und wischte sich ein Tentakel von Speichel von ihren Lippen, ihre Augen spuckten förmlich ihren Ärger in seine Richtung. „Auf einer gottverdammten Insel. Natürlich kann jeder, den du kennst, schwimmen.“

„Ist es jetzt besser?“, fragte er hoffnungsvoll und seine grandiosen Pläne für eine wilde, heiße Hochzeitsnacht wurden vom Winde verweht.

„Ich könnte dich genauso gut hassen“, sagte sie, kam auf die Füße und humpelte hinüber zu ihren Klamotten.

„Es tut mir auch leid, dass ich dir das Knie am Geländer gestoßen habe.“

Sie brachte ein Wort hervor, das ihn zusammenzucken ließ.

„Warum teilen wir uns nicht eine schöne heiße Dusche –“

Sie wirbelte herum, um ihm Laserblicke aus ihren Augen zuzuschießen, zumindest fühlte es sich so für ihn an. Sie hob eine Hand und deutete mit dem Finger auf ihn. „Das war’s. Morgen früh lasse ich mich von dir scheiden. Und bedank dich lieber bei deinem Glücksstern, dass du diesen Ehevertrag unterschrieben hast, denn wenn du das nicht getan hättest, dann würde ich dich ausnehmen wie eine Weihnachtsgans.“

Mit großer Würde sammelte sie ihre Klamotten zusammen und machte sich auf den Weg zum Haus, immer noch hinkend.

Er hätte für mindestens fünf Monate tot sein müssen, um nicht ihren Hintern zu bewundern, als sie sich auf den Weg machte. „Würde es das besser machen, wenn ich dir sagen würde, wie sehr ich in dich verliebt bin?“, rief er ihr hinterher.

Ihre Schultern zuckten, aber sie ging weiter.

Er lächelte bei sich. Er konnte sich nicht daran erinnern, dass er jemals jemanden so sehr geliebt hatte wie er Kiera liebte. Sie war die perfekte Frau. Einfach nur auf der Welt, damit sie sein Leben lebenswert machen konnte. Er sammelte seine eigenen Klamotten ein und folgte ihr hinüber zum Haus und nutzte seine ganze Überzeugungskraft, um sie in eine warme Badewanne zu bekommen, wo er sie davon überzeugte, dass er den Schmerz in ihrem Knie lindern würde.

„Zuerst ertränkst du mich fast", sagte sie, beschwichtigt genug, dass sie sich mit ihm die Badewanne teilte. Weil die groß genug war, um das Pony, das er selbst jetzt für Peter im Kopf hatte, zu waschen, war sie nicht sehr durch seine Gegenwart eingeschränkt. „Dann brichst du mir die Kniescheibe. Ist das die Art, wie ihr berühmten Papaioannou-Männer eure Hochzeitsnächte verbringt? Denn wenn das der Fall ist, dann bin ich überrascht, dass irgendeiner von euch überhaupt so lange Ehefrauen hat, damit ihr euch fortpflanzen könnt."

„Ich versichere dir, das war einfach nur eine schreckliche Kette meines eigenen Unvermögens." Er sank ins Wasser, um seine Lider in ihre Richtung zu verengen.

„Was?", fragte sie und rückte ein bisschen näher.

„Willst du sagen, dass ich tollpatschig bin?", fragte er sie.

„Du? Ganz im Gegenteil, du bist wahrscheinlich der anmutigste Mann, den ich jemals gesehen habe. Du scheinst nie auch nur einen Fuß falsch aufzusetzen. Du stolperst nicht über deine eigenen Füße, wie ich das mache und ich habe noch niemals gesehen, wie du dir den Arm im Türrahmen stößt, was ich immer fertigzubringen scheine. Warum?"

„Weil es immer danach aussieht, dass wenn ich mit dir zusammen bin, ich Dinge grundsätzlich falsch angehe. Ich habe dich in der ersten Nacht verschreckt. Ich habe dich aufgezogen und das hat dich fast zum Kotzen gebracht. Ich habe dich bedrängt, aufs Festland zu gehen und du hast eine Nacht auf der Flucht verbracht, während ich vor Sorge um dich verrückt geworden bin und ich wollte mit dir im Swimmingpool in unserer Hochzeitsnacht schlafen und schau nur, was daraus geworden ist. Ich glaube, es liegt an dir", sagte er und mochte dieses Gefühl von Inkompetenz nicht. „Harry hat gesagt, dass ich es auf diese verdammte Bachelorliste geschafft habe. Das bringt man nicht fertig, wenn man der Mann ist, der die Kniescheibe seiner Ehefrau an dem Geländer des Swimmingpools zertrümmert, während man sie herausträgt."

Sie starrte ihn für einen Moment an und verströmte Unglauben – dann zuckte ihr Mund und da war sie, in seinen Armen, saß über seinen Oberschenkeln, ihr Mund knabberte an seinem Nacken an der Stelle, die sie so mochte. „Du hast absolut recht, Theo. Die Leute von der Liste haben recht. Ich bin schrecklich gemein zu dir gewesen, weil du wegen mir dein ganzes Können eingebüßt hast."

„Das ist genau das, was ich meine. Wenn es um dich geht, verliere ich die Kontrolle." Er ließ zu, dass sie ihn küsste, seine Hände waren voll mit ihren wunderbar seidigen Brüsten. „Das gefällt mir nicht."

„Also, aber mir. Du bist viel zu perfekt. Ich mag es, diese Seite von dir zu sehen."

Er schenkte ihr einen Blick, der ganz genau sagte, was er davon hielt.

„Ich bin alles andere als perfekt. Alkohol ist tabu. Ich habe geraucht, bis ich aufgehört habe zu trinken. Ich habe einen Sohn, von dem ich nichts wusste, weil ich mich nicht darum gekümmert habe, mit Nastya in Verbindung zu bleiben. Ich bin nicht so reich wie mein Bruder, als er so alt war wie ich.“

Ihre Finger vollführten einen verführerischen Tanz hinab über seine Brust, berührten und neckten und streichelten ihn. „Aber du rauchst oder trinkst jetzt nicht mehr, du hast Peter mit offenen Armen in deinem Leben empfangen. Und was das Letzte angeht ... Ist es ein Wettbewerb, diese Sache zwischen dir und deinem Bruder?“

„Nein“, sagte er und sog den Atem ein, als ihre Finger seinen Penis fanden. „Okay, vielleicht ist es das, aber nur für mich. Willst du mich die Führung übernehmen lassen?“

Sie griff nach seinen Hoden, ließ ihre Fingernägel sanft über sie gleiten, biss seine Hüften sich anspannten und sein Atem ihm in der Brust stecken geblieben zu sein schien. „Ich nehme an, dass du dir das verdient hast, weil ich dafür verantwortlich bin, dass du deine Gewandtheit verloren hast. Theo?“

Sie neckte ihn. Sein Herz jubilierte bei diesem Wunder; dann beugte sie sich nach vorne und ließ ihre Zunge über eine seiner Brustwarzen gleiten. Er stöhnte und zog sie hinauf, sodass sie seine Hüften zwischen ihren Beinen hatte auf dem schmalen Sitz, der in der Badewanne eingebaut war, seine Finger gruben sich in ihren köstlichen Hintern, sein Mund liebkoste eine ihrer perfekten Brüste. Er hatte sich am Abend zuvor mit Absicht nicht rasiert, sodass er einen kleinen Stoppelbart hatte. Sie liebte seinen Stoppelbart. Keine Frau zuvor hatte jemals seinen Stoppelbart gemocht. Es war nur eine weitere Komponente, die sie für ihn zur idealen Frau machte. „Hmm?"

„Hast du das ernst gemeint, was du gesagt hast?"

Er hörte auf, an der Unterseite ihrer exquisiten, perfekten Brust zu knabbern und schaute auf. Ein Mundwinkel wand sich nach oben.

„Ja."

„Aber wir kennen einander seit, was, nun einer Woche?"

„Manchmal braucht es nicht mehr", erklärte er ihr und wandte seine Aufmerksamkeit der anderen Brust zu und ließ sie gegen seine Wange reiben. Er wollte dringend wissen, ob sie sich in ihn verliebte, aber er konnte nicht fragen. Noch nicht. Nicht, während sie sich immer noch von ihrem Tag in der Hölle erholte. „Also, was hältst du von dem hier?"

Seine Finger wurden im Wasser fündig, neckten und liebkosten. Er wollte sie schmecken, aber er hatte den Verdacht, dass er bei dem Versuch ertrinken könnte.

„Oh, ja, oh Gott, ja." Sie beugte sich zurück und wand sich auf seinen Finger, das Gefühl ihrer Hitze, als er einen in sie schob, ließ ihn fast alle Kontrolle verlieren. Ihre Muskeln umklammerten ihn, als er einen zweiten Finger in sie schob und plötzlich war es viel zu viel.

„Bitte sag mir, dass du bereit bist, denn ich kann versuchen, was ich will, ich kann an nichts anderes denken, als tief in dir zu sein", sagte er und hob sie hoch.

„Für mich klingt das perfekt", sagte sie, als sie sich über ihm positionierte und sich langsam herabsenkte, das abkühlende Wasser gegen ihren wunderbaren Bauch plätscherte, als sie sich auf ihm bewegte. „Das ist … Oh! Dieser Winkel ist wirklich gut, nicht wahr! Es ist, als würdest du aller Art von magischen Stellen in mir berühren."

Er reckte sich nach oben, hielt ihre Hüften fest, dort, wo er sie haben wollte, dann versuchte er, die Bedürfnisse seines Körpers zu regulieren, er wollte, dass sie ihre eigene Befriedigung erlebte, aber seine Bewegungen verloren allen Rhythmus, bis er einfach nur wieder und wieder in sie stieß, ihr Stöhnen und ihre Bewegungen und ihre Hände, die ihn berührten und folterten, waren zu viel für ihn. Er zog ihre Hüften nach unten, dann drückt er sich fest in sie, seine Oberschenkel spannten sich an wegen all des Wunderbaren und als er sich seinem Orgasmus ergab, der drohte, ihn die Besinnung verlieren zu lassen, zuckten ihre Muskeln um ihn herum, verengten sich so sehr, dass er ernsthaft dachte, er könnte hier und jetzt sterben.

Er hatte keine Ahnung, wie sie es aus dem Badezimmer und in das Bett geschafft hatten, denn Kiera behauptete, dass ihre Beine keine Knochen mehr hatten und er konnte noch nicht einmal denken, geschweige denn, seine Gliedmaßen auf die Befehle seines Gehirns reagieren lassen, aber als sie in den Schlaf hinüberglitt, an ihn gekuschelt, sein Körper beschützend um ihren gewunden, da wusste er, dass das alles war, worauf er gewartet hatte.

Nun ging es nur noch darum, sich zu überlegen, wie er sie in Sicherheit bringen konnte.

Kapitel 12

„Theo, wir müssen reden.“

„Mmh. Mit deinem Mund? Ich liebe deinen Mund. Ich liebe dich.“

Der Geruch von ihm, nach warmem, schläfrigem Mann, meinem warmen, schläfrigen Mann, brachte meine Zehen zum Kribbeln. Aber ein Blick auf die Uhr sagte mir, dass wir nur noch eine Stunde hatten, bevor die Darts Peter zurückbringen würden. Theos Hände hatten sich auf Wanderschaft begeben und obwohl seine Augen geschlossen waren, streichelte eine Hand über meinen Rücken, hinab bis zu meinem Hintern, seine Finger hatten sich um einen Oberschenkel gewickelt und zogen ihn nach vorne, sodass seine Finger hinunterwandern konnten, bis sie auf empfindliche Haut trafen.

„Ich kann nicht glauben, dass du ernsthaft daran denkst, so etwas anzustellen, wenn wir gerade vor zwei Stunden – nimmst du irgendeine Art von Viagra? Denn wenn du das tust, dann will ich Aktien bei dem Unternehmen.“

Seine Lippen zuckten. Wie ich diese Lippen liebte. Ich verbrachte einen weiteren Moment, der mich in den letzten vierundzwanzig Stunden in Bann geschlagen hatte, worin ich diesen schönen Mann anstarrte, der es irgendwie geschafft hatte, all die attraktiven Models nach Nastyas Strickart zu überspringen und stattdessen es vorgezogen hatte, sich in mich zu verlieben.

Theo liebte mich. Ich erfreute mich an diesem Wissensklumpen, und hielt ihn eng an mich gepresst. Es schien mir wie das wunderbarste Ding der Welt, und doch so absolut vernünftig. Natürlich liebte er mich. Ich war bis über beide Ohren in ihn verliebt, also war es richtig und angemessen, dass er diese Liebe erwidern sollte.

Nur ... Die dunkle Wolke von Sorge ließ die Freude erlöschen, die die Tatsache mit sich brachte, dass ich bei Theo war. Ich hielt die Hand zurück, wo sie sich einen Weg zu meiner Spielzone suchte und drückte ihn auf den Rücken, platzierte mich auf ihm, sodass er mich nicht ablenken konnte. „Theo, ich meine es ernst. Wir müssen uns unterhalten."

„Hochzeitsnacht", murmelte er und weigerte sich, die Augen zu öffnen. „Keine ernsthaften Gespräche."

„Die war vorbei, als die Sonne aufging und wir haben nicht mehr lange, bevor Peter wieder da ist. Verdammt, Theo, ich will es nicht machen, aber wir müssen."

Er seufzte, öffnete aber seine Augen, seine Hände, die Kreise auf meinen Hintern gemalt hatten, hielten inne. „Du, Frau, hast ein wirklich miserables Timing."

„Ich weiß. Du kannst das zu den anderen Dingen auf die Liste schreiben, die ich tue, damit du ungeschickt und linkisch rüberkommst, nicht dass das irgendjemand von dir glauben würde. Wir müssen Pläne schmieden."

„Wegen deines Ex?" Er streckte sich, die Muskeln in seiner schönen Brust bewegten sich auf eine Weise, die mich ernsthaft darüber nachdenken ließ, diese

Diskussion aufzuschieben. „Ich habe meinen Anwalt darauf angesetzt, sich mit den Anschuldigungen, die man dir angehängt hat, zu beschäftigen und Detektive suchen in Auckland nach ihm.“

„Was hast du vor, wenn du ihn findest?“, fragte ich und mein Herz versteinerte bei dem Gedanken, dass Theo mit Mikhails Zorn konfrontiert werden könnte.

„Anklage wegen Belästigung erheben, um damit mal anzufangen“, sagte er und berührte die verblassten Quetschungen meiner Kehle. „Und was auch immer wir uns sonst noch ausdenken können. Während er deshalb im Gefängnis ist, werden wir uns etwas überlegen, das ihn dauerhaft aus dem Verkehr zieht.“

„Nichts würde mir besser gefallen, aber du hast keine Ahnung, wie gnadenlos er ist. Er hat es niemals ausgesprochen und vor mir zugegeben, aber ich glaube nicht, dass er vor Mord haltmachen würde.“

Theo lächelte mich nur an und küsste meine Nasenspitze. „Du bist bei mir in Sicherheit, kleine Gazelle.“

Das war nicht das, worum ich mir Sorgen machte, und das wusste er.

„Ich muss einen Ersatz-Führerschein besorgen“, sagte ich und dachte an all die Dinge, die ich verloren hatte, als sich meine Handtasche um Misha gewickelt hatte. „Gott sei Dank war mein Pass hier. Und ich bin mir sicher, dass er das Bargeld einstecken wird – oh nein!“

Theo nahm sein Telefon zur Hand und überprüfte es auf Nachrichten.

„Hmm?“

Kalter Schweiß brach mir aus. Ich löste mich von Theo und mein Inneres fühlte sich an, als wäre es im

Griff einer eisernen Faust. „Theo, er hat meine Giro-card."

„Und? Meine Assistentin hat die Karte gestern sper-ren lassen, nachdem du mir gesagt hast, dass deine Handtasche weg ist."

„Mein Name war darauf", sagte ich und wollte davon-laufen. „Marshmellows, wenn man sie von oben be-trachtet. Schneckenhäuser. Mandalas."

Theo schaute mich mit einem kleinen Stirnrunzeln an, das seine schwarzen Augenbrauen zusammenzog. „Wozu brauchst du die Rund-Therapie jetzt?"

„Mein Name. Mein neuer Name Papaioannou. Darauf hast du die Girokarte ausstellen lassen, weil wir heira-ten würden."

Seine Augen verengten sich, als er darüber nach-dachte; dann zuckte er mit den Schultern. „Es ist egal. Es gibt einige Vorteile, wenn man reich ist, Liebling, und einer davon ist die Fähigkeit, nicht in ansonsten öffentlich gemachten Berichten aufzutauchen. Er wird nicht in der Lage sein, uns zu finden."

Ich musste verschwinden. Ich musste dringend weg. Das mussten wir alle. „Pizza. Zimtschnecken. Pasteten."

„Du machst dir zu viele Sorgen, aber ich weiß, dass du das nicht ändern kannst. Mit der Zeit wirst du sehen, was ich meine, wenn ich sage, dass ich Peter und dich in Sicherheit bringen kann."

Ich beobachtete ihn, wie er barfuß ins Badezimmer tappte, mein Gehirn war gefangen in einem Hamster-rad.

Er steckte den Kopf aus dem Badezimmer, ein verfüh-rerisches Lächeln auf den Lippen. „Dusche?"

„Weißt du, ich habe daran gedacht, abzuhauen."

Das Lächeln verblasste, als er einen Schritt auf mich zutrat. „Ich habe mir gedacht, dass du das tun würdest."

„Es scheint das Einzige zu sein, was ich tun kann. Der einzige Weg, wie ich dich und Peter davor bewahren kann, von Mikhail benutzt zu werden. Ich habe gedacht, ich würde eine Nachricht in deinem Büro hinterlassen und einfach verschwinden. Ich weiß, dass du verletzt wärst und wütend und ..." Ich wedelte mit der Hand in einer vagen Geste. „Verärgert, vermute ich. Aber ich weiß auch, dass du's mit der Zeit verkraften würdest und du würdest irgendwann jemand anderen finden und dein Leben wäre in Ordnung. Ohne die Bedrohungen, die Mikhail darstellt, und die alles ruinieren könnte."

Er stand da und beobachtete mich, seine schönen dunkelblauen Augen waren unlesbar. „Da liegst du falsch. Ich will nicht darüber hinwegkommen. Was hat dich dazu gebracht, es dir anders zu überlegen?"

Ich stand auf und wickelte meine Arme um ihn, küsste die Sehne in seinem Nacken, die mich immer wieder verführte. „Ich habe entschieden, dass ich dir vertrauen muss. Darauf vertrauen, dass du das fertigbringst, was du sagst. Ich will glauben, dass wir Misha hinter uns lassen können, Theo, aber ich sehe nicht, wie. Und nun, wo er meinen neuen Namen kennt, ist alles, was wir geplant hatten, ruiniert."

Seine Arme schlossen sich fest um mich, beschützten und trösteten mich. Liebten mich. Er küsste mich auf die Stirn. „Ich weiß nicht, wann ich ein schöneres Kompliment erhalten habe. Ich werde alles tun, um sicherzustellen, dass du's nicht bereuen wirst, mir zu vertrauen."

Ich biss in die Sehne, als er mich hinter dem Ohr liebkoste. „Das wäre besser. Denn ich glaube nicht, dass ich Verrat deinerseits überleben würde."

Die Dusche dauerte zweimal so lange, weil ich Theos unternehmungslustigen Händen ausweichen musste, aber endlich waren wir beide sauber, angezogen und im Erdgeschoss, als Peter mit seinem Gefolge zu Hause ankam.

Ich brauchte nur einen Blick auf sein glückliches Gesicht und wandte mich sofort Theo zu. „Der kleine Mistkerl hat uns noch nicht einmal vermisst und ich bin heute Nacht wenigstens dreimal aufgewacht und habe mir um ihn Sorgen gemacht."

„Er hatte eine schöne Zeit und war ein sehr braver junger Mann", sagte Anne und lächelte vor Zuneigung, als Theo Peter durch die Luft wirbeln ließ und ihn dazu brachte, vor Vergnügen zu kreischen. „Er hat die ganze Nacht durchgeschlafen und zum Frühstück ein bisschen Porridge bekommen zusammen mit seinem Brei. Und ein Stückchen Knoblauchbrot, von dem ich nicht schnell genug war, es aus seiner Reichweite zu holen."

Ich lachte, nahm seine Hand und drückte sie. Er sang mir no no no vor und langte nach meinem Haar. „Er hat eine ganz schöne Reichweite, nicht wahr?"

„Ich habe die Strecke vorbereitet", sagte Richard und nickte nach hinten. „Wenn ihr zwei also bereit seid?"

„Strecke"?", fragte ich und schnitt Peter Grimassen, die ihn ununterbrochen kichern ließen. „Was – oh, das Rennen."

„Ah, ja, das hatte ich kurz ganz vergessen." Theo hörte auf vorzugeben, Peters Arm anzubeißen und zog für mich eine Grimasse. „Ich war von einem lüsternen

Weib in meinem Bett abgelenkt. Aber jetzt ist ein genauso guter Zeitpunkt wie irgendwann später, oder, Gazelle?"

Ich rollte mit den Augen, aber lächelte trotzdem. „Ich habe das mit der Herausforderung nicht ernst gemeint, weißt du."

„Hast du Angst, dass ich so viel schneller bin als du?", fragte Theo und sah selbstzufrieden aus. „Ich bin schließlich ein Mann."

„Oh, jetzt gilt es", sagte ich, marschierte ins Schlafzimmer, um meine Jeans auszuziehen und die Leggins hervorzusuchen. Ich zog auch meinen Sport-BH an und das einzige eng anliegende T-Shirt, das ich besaß.

Als wir das Haus verließen, erklärte Richard, dass es einen Pfad gab, der vom Strand über den Hügel und den Rücken der Insel führte. Die Schafe waren links und rechts des Pfades eingezäunt, was bedeutete, dass wir kein Bockspringen über Schafe als Teil des Rennens veranstalten mussten. „Es gibt keine Löcher, keine größeren Steine, keine Hindernisse", sagte er, als wir auf dem entgegengesetzten Ende der Insel ankamen, dem nördlichsten Punkt, wo es weichen Sand gab.

„Habt ihr eine bevorzugte Distanz? Melanie ist heute Morgen gelaufen, während ihr ... Äh ... Geschlafen habt ... Und sie brauchte neun Minuten, um auf den Gipfel und wieder hinab zur Bank zu kommen."

Er deutete auf einen Punkt auf der Hälfte des Pfades vom Strand aus, wo eine Bank stand, sodass man sich dort hinsetzen und die Aussicht bewundern konnte.

„Auf welcher Länge warst du am besten?", fragte Theo mich und reichte Peter an Melanie.

Ich betrachtete den Pfad, bemerkte die Steigung, als er sich zum Rücken der Insel schlängelte. Davon ausgehend, dass der Teil, den ich nicht sehen konnte, nicht viel steiler war, sah es machbar aus. „Tausendfünfhundert Meter."

„Mittlere Distanz? Ich habe zweitausend vorgezogen, aber ich habe nichts dagegen, deinen Vorlieben nachzugeben", sagte er.

„Du bist die personifizierte Gnade. Macht es dir etwas aus, wenn wir schnell zuerst über die Strecke joggen, als eine Art Aufwärmtraining und um das Terrain kennenzulernen?"

„Keineswegs. Das klingt wie ein sehr guter Vorschlag."

Wir verbrachten fünf Minuten damit, uns aufzuwärmen und rannten dann zur Strecke, Theo vorne. Ich beobachtete ihn, konnte aber nicht erkennen, dass irgendetwas nicht stimmte. Verdammt.

Wir brauchten siebeneinhalb Minuten, um über die Strecke bis zum jenseitigen Ende zu joggen, dann hielten wir inne, bevor der Pfad sich über ein paar Holzstufen hinab zum Strand schlängelte.

„Wendepunkt hier, denke ich", sagte Theo und legte einen Stein in die Mitte des Pfades.

Wir kamen zurück, um die Darts damit beschäftigt zu finden, miteinander Wetten abzuschließen, ein Stein beschwerte ein paar Geldscheine neben Peters Kinderwagen.

„Willst du wissen, auf wen sie setzen?", fragte ich, als Anne, mit einem abschätzenden Blick auf Theo, schnaubte und einen weiteren Geldschein aus ihrem

Portemonnaie zog, um ihn zu dem Stapel hinzuzufügen. „Dreißig für mich, Rich. Schreib das ja auf.“

Richard notierte es gewissenhaft auf.

„Ich hasse es, eine andere Frau zu verraten“, sagte Melanie und warf mir ein trockenes Lächeln zu. „Aber Theo hat gesagt, sein Laufteam im College hat sogar in einem Jahr Auszeichnungen gewonnen. Und ich will mir wirklich ein neues Handy kaufen.“

Ich wandte mich um, um Theo anzusehen. „Dein Team hat Medaillen geholt?“

Er grinste. „Hab ich das nicht erwähnt?“

„Nein. Nein, das hast du nicht.“

„Das muss ich wohl vergessen haben.“

„Bestimmt. In Ordnung, wie viel brauche ich, um mitmachen zu können?“, fragte ich Richard. Er lächelte und spitzte seinen Bleistift. „Ich fürchte, gerade im Moment, unterstützt dich nur Anne. Wenn du die Kräfte mit ihr bündeln möchtest, Melanie und ich haben 80 Dollar auf Theo gesetzt.“

„Die Wette gehe ich ein.“ Ich war angespitzt, und erinnerte mich gerade noch rechtzeitig, dass ich kein Geld hatte, weil Misha meine Handtasche hatte. Ich schaute Theo an. „Kannst du mir was leihen?“

„Und ich dachte, du willst mein Geld nicht?“, fragte er und hob die Augenbrauen auf unschuldige Art.

„Leihgabe. Ich zahle zurück, wenn ich eine neue Girokarte habe. Kannst Du noch mal dreißig Dollar investieren?“

Theo nickte und Richard schrieb die Wette auf.

„Ich stehe über solchen Dingen“, sagte Theo hochmütig, „aber mein Sohn natürlich nicht. Schreib ihn für fünfzig Dollar auf. Das werde ich einlösen.“

„Auf wen?", fragte Richard, Stift im Anschlag.

„Mich."

„Selbstgerechter Bastard", murmelte ich und lächelte vor mich hin.

„Was war das?", fragte Theo.

„Hmm? Nichts."

Es braucht ein paar Versuche, bevor wir eine Startmethode gefunden hatten, die fair war, und nachdem wir entschieden hatten, dass drei Runden ungefähr tausendfünfhundert Meter entsprachen, waren wir bereit.

„Wenn du glaubst, dass du mich gewinnen lässt, einfach nur, weil ich eine Frau bin, dann werde ich dir das niemals verzeihen", wisperte ich Theo zu, als ich meine Startposition einnahm, Hintern in der Luft, Hände direkt über dem Boden hängend.

„Das würde ich tun?", fragte er.

Richard hielt sein Telefon in die Höhe und ließ die Startapp einen Countdown herunterzählen. Sobald die Pfeife ertönte, die das Rennen startete, war ich auf und davon, legte aber nicht meine gesamte Geschwindigkeit auf die Steigung, denn es gab eine schöne flache Strecke auf dem Rücken der Insel, wo ich vorhatte, schneller zu werden.

Theo überholte mich fast sofort, seine langen Beine fraßen förmlich die Distanz. Ich hielt meine Augen auf den Pfad, wollte nicht über irgendeinen Stein stolpern und atmete über drei Schritte ein und über zwei aus, fand meinen Rhythmus fast automatisch, als ich auf der Spitze des Hügels ankam. Er war mehr als zehn Meter vor mir und offene Strecke lag vor uns. Ich ließ ihn ziehen, und sah, wie seine Arme stärker pumpten, als sie müssten. Die Ratte gab an, offensichtlich wollte er mich mit seiner Geschwindigkeit beeindrucken.

Als er bei dem Wendepunkt ankam, hatte ich die Distanz verringert auf weniger als zehn Meter. Er grinste, als er mir auf dem Rückweg zur Bank begegnete.

Ich legte einen kleinen Zacken auf dem Weg zur Bank zu, denn ich war aus seiner Sicht und ich nahm etwas Überraschung wahr auf seinem Gesicht, als er sich umwandte und sah, dass ich ihm auf den Fersen folgte. Er steckte seine Energie in die Steigung und ich nahm mir die Zeit, den Darts zuzuwinken, die alle riefen und uns anfeuerten. Ich sah, wie er nach hinten schaute, als er auf die ebene Strecke auf dem Inselrücken traf. Fünfzehn Meter waren nun zwischen uns und ich wusste, dass er sich bei diesem Anblick entspannen würde. Er drehte sich um, rannte den Pfad hinunter und sagte, als er mir entgegenkam: „Wirst du müde, Liebling?"

„Frech, sehr frech", rief ich ihm hinterher und entschied, dass genug genug war. Ich hatte meinen Spaß gehabt.

Ich nahm Geschwindigkeit auf, meine Atmung wurde schneller, aber passte sich immer noch meinem Rhythmus an, meine Arme waren entspannt und halfen meinen Füßen dabei, mich vorwärts zu tragen. Ich überholte Theo genau dann, als er an der Bank die Wende machte, berührte sie etwa drei Schritte vor ihm, bevor er sich überhaupt umdrehen konnte. Anne jubelte laut. Ich hielt meine Augen auf dem Weg, fühlte das vertraute Gefühl von Euphorie, das immer beim Laufen auftauchte, und fühlte Theo hinter mir. Ich versetzte mich in die Vergangenheit, beschwor Erinnerungen an Jahre auf Rennstrecken, und ließ meine Beine mental noch einen Gang höher schalten. Die Schafe, zerzauste Büsche, die auf dem Inselrücken wuchsen, die schwarze Oberfläche der Felsen, die durch die Erde brachen, um nach dem Himmel zu greifen, wirbelten alle um mich herum. Ich berührte den Stein, der den Wendepunkt markierte, und rannte die letzte halbe Runde zurück. Theo berührte den Stein und drehte sich um, seine Atmung war abgehackt. Ich schüttelte innerlich den Kopf über ihn und schaltete ein letztes Mal hoch, wollte meine Arme in die Luft werfen, vor Freude lachen.

Theo gab auf, als er den Hügel hinablief zur Bank, wo er mich sitzen und auf ihn warten sah.

Er kam langsam den Pfad hinunter, seine große Brust hob und senkte sich, Schweiß brachte sein Gesicht zum Glänzen. „Zur ... Hölle ... Was ... Bist ... Du ... Bionisch?", fragte er zwischen seinem keuchenden Luftholen.

Ich keuchte nicht, aber mein Atem war definitiv auf der kurzen Seite und ich brauchte eine Minute, bevor ich antworten konnte.

„Dreimaliger Champion am College über eine Meile."

„... Du ... du ..." Er brach in die Knie, lachte und wischte sich das Gesicht mit seinem T-Shirt ab.

Die Darts kamen herbei, halfen Theo auf die Füße, hielten Wasserflaschen bereit, von denen ich eine dankbar annahm. „Ich bin so aus der Form", erklärte ich Anne, als sie mir zum dritten Mal gratulierte. „Selbst wenn man berücksichtigt, dass das nicht auf einer Tartanbahn war, ist meine Zeit trotzdem eine Schande."

„Später", sagte Theo und sah aus, als wollte er wieder zusammenbrechen. „Später werde ich sehr schlimme

Dinge zu dir zu sagen haben, über Frauen, die ihren Status als College Champion verheimlichen –“

„... dreimaliger offensichtlich“, sagte Anne.

Ich grinste sie an. „Dreimal“, gab Theo zu und schaute mich böse an. „Aber jetzt werde ich zulassen, dass Richard meinen geschundenen und schmerzenden Körper zum Haus geleitet, während ihr, die ihr übermenschliche Monster seid, mein Kind bringen dürft.“

Ich warf ihm einen Kuss zu, und beobachtete, wie Anne unsere Gewinne verteilte, während Melanie Peter hinter den Männern herschob.

Ich wartete, bis sie außer Sicht waren, bevor ich mich auf das Gras fallen ließ mit weniger Eleganz, als ein betrunkenes Nilpferd hätte aufbringen können. „Jesus, Maria und Josef, ich dachte, er würde niemals gehen.“ Ich ließ mich zurücksinken und starrte hinauf in den Himmel, gab endlich dem Brennen in meinen Unter- und Oberschenkeln nach. „Das werde ich niemals wieder tun. Ich dachte, ich würde auf dem letzten Stück bis zur Bank sterben.“

Anne lachte so laut, dass sie einige Seeschwalben erschreckte, die sich sonnten.

Am nächsten Morgen war ich so steif, dass ich kaum gehen konnte.

„Du bewegst dich wie ein älterer Dachs, der ein paarmal überfahren wurde“, kommentierte Theo, als ich ins Badezimmer humpelte.

Er war gerade aus der Dusche gekommen und stand gerade, ein sehr attraktiver, nackter Mann, mit seiner glatten Haut und den definierten Muskeln. In diesem Moment hasste ich seinen Körper, so stark und geschmeidig und offensichtlich kein bisschen mitgenommen von dem Rennen.

Ich fauchte etwas Unhöfliches in seine Richtung und ging zur Toilette. Theo stand vor dem Spiegel und rasierte sich, etwas, das mich immer wieder faszinierte, aber ich versuchte, nicht zu starren, während ich mir die Zähne putzte. Er beendete sein Ritual und ließ das Handtuch fallen, schritt aus dem Badezimmer wie ein griechischer Gott, der er nun mal war. Ich starrte auf seinen verlockenden Hintern, hob sein Handtuch hoch und hängte es auf, bevor ich ins Schlafzimmer zurückging, um etwas zum Anziehen auszusuchen. Er musste gedacht haben, dass ich noch im Badezimmer war, denn er humpelte zu einem der Schränke hinüber, die seine Anzüge beinhalteten und gab kleine stöhnende Laute von sich, während er zuerst versuchte, Füße und Unterschenkel anzuspannen und dann seinen Rücken.

„Wenn der ältere Dachs zutrifft …", sagte ich von der Tür aus und grinste, als er mich stirnrunzelnd ansah.

„Meine nächste Frau wird keine verdammte Gazelle sein", rief er mir nach, als ich ein paar Leggins und ein T-Shirt anzog und Peter aufwecken ging. „Sie wird ein Faultier sein. Hast du mich gehört? Ein Faultier!"

Ich war gerade damit beschäftigt, das Baby davon zu überzeugen, ein bisschen zerdrückte Birne zusammen mit dem Joghurt zu versuchen, als Theo aus dem Schlafzimmer erschien und ein paar Shorts trug, die er als seine Glücksshorts bezeichnete.

„Ich dachte, du gehst heute ins Büro?", fragte ich verwirrt.

„Tue ich auch." Er wedelte mit einer Hand über seinen Oberkörper. „Ich habe die Wette verloren. Möchtest du mir selbst das Haar zerwuscheln oder reicht es, wenn ich den Kopf aus dem Helikopter halte, damit es unordentlich genug ist?"

Ich schaute die knielangen, ausgeblichenen und mit Flecken verzierten Shorts an, dann ging ich um ihn herum. Ein Loch in der Größe einer Orange klaffte und zeigte ein Stückchen seiner schwarzen Unterwäsche und die süße Kurve einer seiner großartigen Hinterbacken. Ich ging ganz um ihn herum, sah ihn an, und meine Augen verengten sich wegen des eng anliegenden Tanktops, das jeden Muskel seiner Brust und seines Bauchs herausstellte. Verdammt, ich konnte durch es hindurch sogar sein Sixpack erkennen.

„Ich hab's mir anders überlegt", sagte ich, meine Augen auf seiner Brust und seinen nackten Armen. „Trag einen Anzug. Vielleicht zwei. Kannst du drei übereinander ziehen?"

Er lachte, küsste mich schnell und hart, ein Versprechen in seinen Augen, als er zurück ins Schlafzimmer ging, um sich umzuziehen. Er ging nicht mehr wie ein Dachs.

„Ich hasse es, dir das sagen zu müssen, denn dieser Mann ist dein Vater, aber es gibt Zeiten, da ist er einfach nur ein furchtbar großer Depp. Keine Birne mehr? Würdest du gerne diese Stückchen Banane probieren? Ich habe ein ganz kleines bisschen Erdnussbutter darauf getan, denn gestern hattest du keine allergische Reaktion darauf."

Peter nahm die gewürfelten Bananenstückchen an und verteilte sie zwischen seinen Fingern, bevor er sie schließlich in seinen Mund beförderte.

„Neue Girokarten werden heute per Kurier zugestellt."

Theo kam aus dem Schlafzimmer und trug einen schwarzen Anzug mit winzigen grauen Streifen darin. „Für den Fall, dass du gerne Einkäufe erledigen möchtest."

Ich hob die Augenbrauen.

„Online", sagte er und legte den Kopf schief, als er über die Brandung den Helikopter hörte.

„Wir haben hier kein Internet", stellte ich fest.

„Weshalb ich dir mobile Daten ohne Beschränkung besorgt habe. Du weißt, wie man ein Tablet benutzt, oder nicht?", fragte er und nickte zum Tisch hinüber, wo der Tablet-Computer lag.

„Natürlich."

„Prima. Ich werde dir auch ein zweites Handy besorgen –"

Sein Telefon klingelte, während er sprach. Er schaute darauf, ein kleines Stirnrunzeln auf seinem Gesicht, als er es mit einem kurzen: „Ja?", beantwortete.

„Ich nehme an, für dich werden heute ein paar kleinere Einkäufe erledigt, mein Herr", erklärte ich Peter, während ich sein Gesicht abwischte, bevor ich ihn absetzte. „Etwas Wasserfestes zum Schwimmen, das man über die Windel ziehen kann, wäre schön."

Ich schaute auf Theo, wollte ihn fragen, was er von dem Marienkäfer-Outfit hielt, aber die Worte erstarben mir auf den Lippen, als ich seine Körpersprache sah. Er hatte sich so gedreht, dass der Rücken zu mir zeigte, seine Schultern waren hochgezogen, eine Hand hielt seine Laptoptasche und sie war weiß vor Anstrengung.

Ich reichte Peter ein Spielzeug und trat stumm hinüber zu Theo.

„– warne Sie, dass ich es nicht tolerieren werde, wenn Sie meine Frau in irgendeiner Weise belästigen“, sagte er mit leiser Stimme, hässlich durch die Drohung.

Angst überkam mich und machte jegliche Freude an diesem Morgen zunichte. Ich bewegte mich um Theo herum und hielt seinen Arm.

Er versuchte, sich von mir abzuwenden, die Wut auf seinem Gesicht war fast so beängstigend wie die Gedanken, die mir durch den Kopf gingen.

„Ich habe alles gesagt, was es zu sagen gibt“, spuckte er aus und legte auf.

„Oh mein Gott, mein Telefon“, sagte ich, das Bild von Mishas Gesicht, rot vor Wut, frisch vor meinem inneren Auge. „Ich habe vergessen, es gestern sperren zu lassen.“

„Ich nicht.“ Theos Kiefer war so angespannt, dass ich erstaunt war, dass er überhaupt reden konnte. „Ich habe es laufen lassen in der Hoffnung, dass er anrufen würde. Ich wollte ihm sagen, was ich mit ihm anstellen werde, wenn er auf den Gedanken verfällt, dich noch einmal zu kontaktieren.“

Der Teil meines Gehirns, der sich noch an die schlechten Zeiten erinnerte, drängte mich, vor Theo davonzulaufen. Er war wütender, als ich ihn jemals gesehen hatte und wütende Männer waren gefährlich. Mir war übel, als ich meine Hand wieder auf seinen Arm legte. „Es tut mir leid“, war alles, was ich sagen konnte.

Seine wütenden blauen Augen wandten sich mir zu. Ein Muskel zuckte in seinem Kiefer. „Drei Männer werden heute ankommen. Richard wird sie am Helipad in

Empfang nehmen. Wenn sie nicht die entsprechenden Dokumente zeigen, dann wird er sicherstellen, dass sie wieder in den Helikopter steigen und nach Auckland zurückkehren.“

„Was für drei Männer?“, fragte ich und zuckte vor dem Blick in seine Augen zurück.

Er blinzelte und schaute auf seinen Arm hinab, von wo ich meine Hand zurückgezogen hatte. Vorsichtig stellte er seine Laptoptasche ab, nahm mich bei den Armen und schaute mir in die Augen. „Frau, ich bin nicht wütend mit dir. Ich werde niemals wütend mit dir sein.“ Er verzog das Gesicht. „Also, wenn du mich so einfach in einem Rennen schlägst, von dem ich doof genug war zu denken, dass ich es gewinnen könnte, dann mag ich vielleicht ein ganz kleines bisschen verärgert sein, aber neunundneunzig Prozent davon sind an mich adressiert, nicht an dich.“

Ich versuchte, ein Lächeln herbeizurufen, konnte aber nicht. „Ich hätte es dir sagen sollen, damit du dein Bestes geben konntest.“

Er bellte kurz vor Lachen auf, sein Gesichtsausdruck verwandelte sich in den, den ich kannte und liebte. Er nahm mich in seine Arme, um mir so einen heißen Kuss zu verpassen, dass Dampf aus meinen Zehennägeln schoss. „Meine Liebste, ich habe mein Bestes gegeben. Mehr als das. Ich wollte mit jedem Atom meines Körpers gewinnen, als du an mir vorbeigelaufen bist, als würde ich stillstehen.“

„Welche drei Männer?“, fragte ich noch einmal.

„Sicherheitsleute“, sagte er, gab mich frei und sammelte seine Laptoptasche auf. „Richard wird sie zuerst in Augenschein nehmen. Geh nicht hinauf zum Helipad, bis er dir nicht sagt, dass alles in Ordnung ist."

„Brauchen wir ein Sicherheitsteam auf der Insel?", fragte ich und Angst griff wieder mit eisigen Fingern nach mir.

„Nein, aber das bedeutet, dass ich in Auckland arbeiten kann und mir selbst kein Magengeschwür einhandeln werde." Er streichelte meine Wange, küsste Peter und war aus der Tür bevor ich überhaupt Luft holen konnte.

„Ich muss etwas unternehmen", erklärte ich Peter, als ich ihn auf die Terrasse mitnahm, um zu beobachten, wie Theos Hubschrauber nach Westen verschwand.

„Ich werde nicht zulassen, dass ihm etwas passiert. Ich werde nicht zulassen, dass dir etwas passiert. Wenn ich vielleicht finde, was auch immer Misha will, dann wird er uns in Ruhe lassen."

„No no no no no." Peter deutete auf einen Vogel.

„Einen USB-Stick", sagte ich und schüttelte den Kopf. Ich hatte ganz sicher so etwas nicht, aber da ich nichts anderes zu tun hatte, nahm ich Peter mit ins Schlafzimmer, damit er spielen konnte, während ich meinen Seesack hervorzog und all meine Klamotten ausbreitete. Peter ließ gerne seine Spielsachen liegen und krabbelte stattdessen in den Seesack und redete mit sich selbst, während er einige T-Shirts hineinzog.

„Ich habe all diese in den neun Monaten getragen, seit ich Misha verlassen habe", erklärte ich ihm und untersuchte jedes T-Shirt sorgfältig. Ich wusste nicht, wie klein ein USB-Stick sein konnte und ich hatte keine Ahnung, ob einer davon in den Nähten sein könnte, aber ich befühlte jede einzelne, dann wandte ich meine

Aufmerksamkeit Jeans und Leggins, Socken und Unterwäsche zu, sogar den Bügeln in meinem BH. Die Sohlen meiner Schuhe waren intakt und sobald ich Peter aus dem Seesack geangelt hatte, untersuchte ich ihn Zentimeter für Zentimeter, aber auch dieser verbarg keinen USB-Stick.

„Und warum sollte er ihn in meinem Kram verstecken und sich dann darüber aufregen, dass ich ihn habe?" Ich rutschte auf den Knien hinüber zum Nachttisch, wo ich die vier Bücher platziert hatte, die ich mit mir genommen hatte, alles Taschenbücher, keines von ihnen sah nach etwas anderem als einem Buch aus.

„Hmm."

Ich beäugte das kleine rechteckige, hölzerne Tablett, das auf Theos Anrichte stand, stand auf, um es genauer anzusehen. Ich hatte in der Nacht zuvor Sand dafür gesammelt und den Zen-Garten auf dem Tablett aufgefüllt, bevor ich meine fünf Steine darauf platziert und die kleine Harke benutzt hatte, um hübsche wirbelnde Muster zu produzieren.

„Es ist einfach nur ein Zengarten. Wie kann man etwas in Steinen verstecken? Oh, das ist hoffnungslos."

„Hallo? Kiera? Richard will, dass sich dir ausrichte, dass ein paar Männer in fünfzehn Minuten ankommen und dass du im Haus bleiben sollst, bis er sie überprüft hat. Hallo, Peter. Versteckst du dich? Möchtest du Kuckuck spielen?"

Anne kniete sich hin, als sie das Schlafzimmer betrat und kitzelte Peters Bauch, als er seinen Kopf aus dem Seesack steckte. Er kicherte und offerierte ihr ein paar angesabberte Finger. Sie erklärte ihm, dass er zu seinem eigenen Besten viel zu charmant war und schaute hinüber, wo ich auf meinen Fersen saß. „Was hast du da? Oh, einen dieser Meditationsgärten."

„Ja. Swami Betelbaum hat ihn empfohlen. Er sagt, dass es gut ist, die Muster zu erkennen, die Bedeutung für uns jeden Tag haben, aber um ehrlich zu sein ..." Ich schaute dorthin, wo ich das Tablett hielt und setzte es vorsichtig wieder auf die Kommode, direkt neben das Bild einer Frau, von der Theo gesagt hatte, dass sie seine Schwester war und einem anderen, das seinen Bruder und seine Schwägerin zeigte. „Mein Kopf ist so verwirrt, ich glaube, dass es keine Bedeutung gibt."

„Ich weiß, dass die Dinge nicht gerade rosig aussehen im Moment, aber ich denke, du wirst feststellen, dass Theo unverrückbar zu den Dingen steht, die er gesagt hat, und Peter und dich in Sicherheit zu wissen, ist definitiv eines davon."

„Ja, aber wer wird dafür sorgen, dass er in Sicherheit ist?" Ich wollte weinen, wusste aber, dass das eine irrationale Reaktion war.

Sie tätschelte meinen Arm, hatte aber keinen weiteren Trost anzubieten als den, dass ich Vertrauen in Theo haben sollte.

Vertrauen in ihn war nicht mein Problem, aber ich hatte entschieden, dass ich in eine gedankliche Sackgasse geraten war. „Werden die drei Sicherheitsleute auf der Insel bleiben?"

„Ja, im Gästehaus. Richard sagt, wir können zwei von ihnen mit uns nehmen, wenn wir zum Festland hinüberwollen."

Ich verzog das Gesicht.

Sie lachte. „Ich weiß, dass du jetzt nicht hinüberwillst, aber wenn du bereit bist, kleinere Einkäufe zu erledigen, können wir die Bodyguards mitnehmen und ich verspreche dir, du wirst nicht wieder gekidnappt.“

„Ich könnte ein paar neue Klamotten gebrauchen, aber ich denke, ich werde darauf warten, dass Theo selbst mich begleiten kann.“

Eine halbe Stunde später begleitete Richard die drei Männer, damit ich sie treffen konnte, und stellte sie als George, Paul und John vor.

„Es tut mir leid“, sagte ich den drei Männern und schenkte ihnen ein entschuldigendes Lächeln. „Ich will das nicht, aber ich muss. Gibt’s keinen Ringo?“

Sie produzierten diese Art von höflichen Lächeln, die sagte, dass sie diesen Witz zu oft zuvor gehört hatten. George, ein großer Maori mit einem hübschen Tribal-Tattoo auf dem Nacken und einem noch hübscheren australischen Akzent, sagte: „Ich fürchte, wir mussten ihn zurücklassen. Mister Papaioannou und Mister Dart hier haben gesagt, dass Sie ein paar Probleme hatten mit einem Ex-Freund.“

„So kann man es auch beschreiben.“

Ich hielt Peter auf meiner Hüfte und rieb ihm über den Rücken, weil er schläfrig wurde und ich wollte ihn zu seinem Nickerchen bringen, bevor es zu spät war.

„Jetzt, wo wir da sind, müssen Sie sich um nichts Sorgen machen“, sagte Paul. Er war fast so groß wie George, aber mit einem blonden Igelschnitt und einem starken New Yorker Akzent.

„Lassen Sie uns einfach wissen, wenn Sie aufs Festland hinüberwollen und wir werden die Begleitung für Sie ausarbeiten“, fügte George hinzu.

„Hat Mister Papaioannou mit Ihnen über Ihre Notfalltasche gesprochen?“, fragte George.

„Was, jetzt?“

Er erklärte, dass ich eine kleine Tasche bereithalten sollte mit den nötigsten Dingen, die ich für ein paar Tage bräuchte, in denen ich nicht zu Hause wäre. Das galt auch für Peter.

„Okay, aber …“ Ich warf Anne einen Blick zu. „Ich habe nicht wirklich Klamotten, auf die ich verzichten könnte.“

George hob eine Augenbraue. Ich entschied, dass er sich nicht meine seltsamen Angewohnheiten anhören musste. „Ich rate Ihnen, dass Sie diese Tasche so schnell wie möglich zusammenstellen.“

Ich versprach ihm, dass ich das tun würde, dankte allen dreien und ließ Richard und Anne sie zum Gästehaus begleiten, das etwas höher auf der Klippe stand. Peter und ich ließen uns für ein Nickerchen auf Theos Bett nieder, in meinem Kopf machte ich mir Sorgen um Theo und fragte mich, wo der USB-Stick war, weswegen Misha so ausgerastet war und dachte auch darüber nach, aufs Festland hinüberzufahren, um dringend benötigte Klamotten einzukaufen.

Ich hörte den Lärm nicht, bis Richard meinen Namen brüllte.

„Hä?“ Ich setzte mich auf und wischte mein Haar aus dem Gesicht. Neben mir schlief Peter noch seelenruhig, sein warmer Körper war an mich gekuschelt. „Was ist los?“

„Kiera, wo bist – oh, Gott sei Dank. Hol das Baby. Anne, such all die Sachen zusammen, die er braucht. Wo ist deine Tasche?“

„Was ist los?“, fragte ich und Panik machte sich bei Annes angespanntem Gesichtsausdruck breit. Sie rannte in das Kinderzimmer. Ich nahm Peter hoch, mein Fluchtinstinkt peitschte mich auf und ich wirbelte herum, um herauszufinden, wohin ich flüchten sollte.

„Melanie!"

Sie rannte ins Zimmer und nahm mir Peter ab, murmelte etwas davon, seine Lieblingsdecke zu besorgen.

„Kann mir bitte jemand sagen, was hier los ist!" Ich schrie fast, verzweifelt, verängstigt und verwirrt.

„Ist es deins?", fragte Richard und warf den Seesack aufs Bett.

„Ja. Warum muss ich packen? Geht es um diese Notfalltasche –"

Ich hielt inne und lauschte auf den merkwürdigen Lärm über unseren Köpfen. „Ist das ein Flugzeug?"

„Ja." Sein Gesichtsausdruck war grimmig, als er zum Fenster rannte und versuchte, nach oben zu spähen.

„Sind Sie bereit?" John tauchte im Türrahmen zum Schlafzimmer auf, ein Telefon in der Hand.

„Ein Flugzeug." Ich brauchte eine Minute, bis ich die gesamte Tragweite realisierte. Ein normales Flugzeug würde niemanden in Panik versetzen, aber ein Flugzeug, das offensichtlich über der Insel kreiste ... Das musste Misha sein. Ich verschwendete keine Zeit mit Reden; ich riss die Schubladen auf, wo ich meine Habseligkeiten eine Stunde zuvor verstaut hatte und warf sie alle in die Tasche, schüttete den Sand von meinem Zengarten in den Müll und warf das Tablett und die Steine zusammen mit meinen Taschenbüchern in die Tasche, bevor ich ins Badezimmer rannte. In zwei Minuten waren alle meine weltlichen Besitztümer in der Tasche im Wohnzimmer, während Anne, Melanie und ich versuchten, die wichtigsten Dinge für Peter zusammenzusuchen. George hatte fast einen Wutanfall bei dem Anblick des riesigen Kiwis, aber er nahm ihn mit einer Hand und mit der anderen den Koffer mit den Rädern, den wir mit so viel von Peters Kleidung, Spielsachen und Pflegeprodukten gefüllt hatten, die wir finden konnten.

Richard tauchte mit einem identischen Koffer auf, der Theos Habseligkeiten beinhaltete.

„Wohin gehen wir?", fragte ich und zuckte zusammen, als das Kreischen des Flugzeuges einen Dopplereffekt verursachte, das Geräusch wurde lauter, als die Maschine für einen weiteren Überflug über die Insel zurückkam. „Eines der Boote?"

„Das ist nicht sicher genug. Wenn er Feuerwaffen hat …" George schaute auf Peter, den ich in den Armen hielt.

Ich kämpfte gegen die Übelkeit an, die bei diesem unbeendeten Satz in mir aufstieg. „Was sollen wir machen?"

„Theo ist auf dem Weg hierher, Kiera", sagte Anne und legte einen Arm um mich. „Und er bringt die Polizei mit. Sie werden den Bastard verschrecken und dann nimmt er dich mit zum Flughafen."

„Er schickt mich weg?", fragte ich und mein Herz fühlte sich an, als würde es brechen. Würde Theo selbst und Peter aufs Festland bringen, während ich woanders hinging? Ich wollte ihn und das Baby nicht verlassen, aber das war nur selbstsüchtig. Ich musste gehen. Ich konnte Theo nicht die Schuld dafür geben, mich loswerden zu wollen, aber es tat trotzdem weh.

„Ihr verschwindet alle drei. Rich, hast du ihre Pässe?", fragte Anne.

„Genau hier", antwortete er und übergab sie an George.

„Wir machen uns alle auf den Weg? Auch Theo?"

„Ja", sagte Anne und tätschelte mir den Arm. „Es wird alles gut, Kiera. Du wirst schon sehen. Theo ist sehr erfinderisch."

Das Jaulen des Flugzeugs wurde wieder lauter und lauter, als es näher kam und ich hatte das lächerliche Bedürfnis, in Deckung zu gehen. Paul betrat das Haus, und bedeutete allen, von den Fenstern wegzugehen.

„Nur für den Fall", sagte er.

Nur für den Fall wovon?, wollte ich fragen, aber ich umklammerte einfach einen halbschlafenden Peter und zog Trost aus dem Babygeruch, der von ihm kam.

Er war warm und hatte sich halb schläfrig an mich geklammert, saugte langsam an einer meiner Haarsträhnen.

Es war eine halbe Stunde eines Albtraums direkt aus der Hölle, bevor Paul und John, die draußen herumgelungert und das Flugzeug beobachtet hatten, das sowohl versuchte, uns einzuschüchtern, als auch nach einem Landeplatz suchte, George riefen. Er kam eine Minute später zurück. „Zwei Helikopter sind im Anflug", erklärte er uns. „Einer davon ist die Polizei. Alle bleiben hier. Keiner verlässt das Haus. Haben Sie verstanden?"

Er schaute mich an, als er sprach.

„Es gibt nichts, was ich weniger will, als das Leben des Babys in Gefahr zu bringen", sagte ich ihm.

„Gut. Behalten Sie das als Ihr Ziel und alles wird gut."

Er verschwand, während die Darts sich leise miteinander unterhielten. Ich lauschte nach dem Geräusch der Rotoren, aber als der Wind von Süden kam, trug er das Geräusch davon. Ich fragte mich, was dort oben vor sich ging. Versuchte Misha, irgendeine Art von Luftkampf zu inszenieren? Oder würde die Polizeipräsenz ihn dazu bewegen, abzuhauen? Normalerweise machte er einen großen Bogen um die Polizei, aber wenn er sich sicher fühlte, weil er Freunde bei der Polizei hatte, wer wusste dann schon, was er tun würde?

Ich schritt auf und ab mit Peter, der nun ganz wach war und quengelte, weil er abgesetzt werden wollte, aber ich schien ihn nicht loslassen zu können. Eine Windböe wirbelte in den Raum und Theo war da, hielt uns beide und murmelte Worte der Liebe und des Trostes, seine Arme fest um uns.

Ich wollte vor Freude schluchzen, als ich ihn gesund und munter sah und umklammerte mit einer Hand seinen Ärmel. „Hat die Polizei –"

„Hat ihn verjagt." Er wandte sich George zu und nickte. „Wir machen uns auf den Weg. Haben Sie alles zusammengesammelt?"

„Ja, Sir. Ihr Freund hier hat den Safe geöffnet und all die Dinge eingepackt, die Sie wollten."

„Gut." Er wandte sich mir zu, seine Hand auf meinem Rücken. „Wir verschwinden, bevor er denkt, dass sich die Lage soweit beruhigt hat, dass er wiederkommen kann."

„Wohin?", fragte ich, sobald wir im Heli saßen, George als Copilot und Theo bei mir und Peter. Ich wusste nicht, wie John und Paul von der Insel kommen würden, weil es nur vier Sitze gab, aber ich entschied, dass sie mehr als nur gewappnet waren, um sich um die Darts zu kümmern, sollte Mikhail zurückkommen.

Er schaute aus, als wollte er für eine Minute nicht antworten, dann sagte er: „Griechenland. Wir fliegen nach Hause.“

Kapitel 13

Das Letzte, was Theo wollte, war, bei Iakovos angekrochen zu kommen und zuzugeben, dass er nicht für seine eigene Familie sorgen konnte, aber es war ein Leichtes, seinen Stolz zu opfern, um Kiera und Peter in Sicherheit zu bringen.

„Was meinst du damit, dass du in Griechenland bist?" Iakovos' Stimme war kurz davor, ihn durch sein Handy anzufauchen. „Es ist fünf Uhr in der Früh!"

„Wir hatten einen schrecklichen Flug. Das Baby und Kiera haben irgendetwas in Australien gegessen, das ihnen nicht bekommen ist, und den ganzen Jet vollgekotzt, den ich gemietet habe. Also, das Baby, nicht Kiera, obwohl sie auch gekotzt hat – sie hat nur ihre Eskapaden auf die Toilette beschränkt. Ich glaube, Peter zahnt wieder, weil er kaum schläft und anscheinend mag er es nicht zu fliegen, was seltsam ist, denn Helikopterflüge machen ihm überhaupt nichts aus und Kieras Knie hat sich wieder entzündet, obwohl sie gerannt ist wie eine Gazelle, die sie auch ist, und sie hat mir versichert, dass alles in Ordnung war, bis der Bastard anfing, über dem Haus zu kreisen und sie gestolpert und gefallen ist, als sie zum Heli ging und das hat die Sache mit dem Knie wieder verschlimmert. Es war auch nicht hilfreich, dass sie mehrmals vor der

Kloschüssel knien musste, um zu kotzen. Wir haben Eis draufgepackt.“

Seinen Worten folgte ein Moment Stille. „Eis auf die Kloschüssel?“, fragte Iakovos.

„Was? Nein, ich rede jetzt mit ihm. Du siehst grün im Gesicht aus, Liebling. Es ist nur noch ein einziger kurzer Flug; dann kannst du in Frieden sterben. Hallo, ja, was? Noch dran? Kiera fühlt sich immer noch elend, und ich glaube, das Baby hat sich gerade wieder eingeschissen. So Gott will, werden wir in einer Stunde da sein.“ Theo legte auf, um Kiera Peter abzunehmen, nachdem er ihr Gesicht gesehen hatte und ignorierte den ekligen Geruch, der aus der Windel hervorwehte, sondern schleppte stattdessen das Baby auf die Toilette, um ihn sauber zu machen.

Auf dem kurzen Flug von Athen dachte Theo darüber nach, wie er sich immer vorgestellt hatte, auf welche Art er zu seinem Bruder zurückkehren würde – triumphierend wegen seiner Fähigkeit, sich ein eigenes Vermögen zu erarbeiten, anstatt als sein Lakai zu arbeiten, mit einer wunderschönen Frau an seinem Arm, die bedeckt wäre von Diamanten und Gold, genug, um ein Pferd zusammenbrechen zu lassen ... Und, noch wichtiger, um Jake damit zu beeindrucken, dass er ganz auf eigenen Beinen stehen konnte, vielen Dank auch.

Iakovos war am Dock der Insel, die er besaß, vorgeblich, um ihn zu begrüßen, aber Theo kannte den wahren Grund: Er war da, um zu sehen, welch ein Chaos Theo mit seinem Leben veranstaltet hatte.

Und da war sein Bruder, wartete auf sie, eine große einschüchternde Gestalt, die Theo um ein paar Zentimeter überragte, seine Arme vor der Brust verschränkt, während er unbeweglich beobachtete, wie das Boot, das sie vom Festland abgeholt hatte, festgemacht wurde. Theo lächelte seinen Bruder flüchtig an, all die Träume davon, in seiner eigenen Yacht einzulaufen, mit einer eleganten, mit Juwelen bedeckten Frau an seiner Seite, wurden vom Winde verweht. Auf einem Arm hielt er Peter und war sich nur allzu sehr bewusst, dass seine Versuche, das Baby auf der Herrentoilette in dem kleinen Flughafen eine halbe Fahrstunde entfernt sauber zu machen, mehr als nur ungenügend gewesen waren. Peter war rot im Gesicht und Kotzflecken waren über seine Vorderseite verteilt, sein no no no wurde begleitet von empörtem Gequengel, das unterstrichen wurde von kleinen Rotzblasen, die Theo verzweifelt versuchte, mit seinem eigenen Hemd wegzuwischen, weil ihm die Wischtücher ausgegangen waren, die sie eingepackt hatten.

„Es tut mir leid wegen der frühen Stunde", sagte Theo und fühlte sich mindestens hundert Jahre älter als seine vierunddreißig. „In Anbetracht der Situation schien es das Beste. Das ist mein Sohn."

Mit Entsetzen sah er Peter an, der mit einem nassen wütenden Schluckauf den Mund öffnete und sich erbrach, der Strahl verfehlte ganz knapp Iakovos' Schuhe. „Oh Gott, er ist schon wieder dran. Kiera, er konnte den Apfelsaft nicht bei sich behalten. Das ist meine Frau", fügte er hinzu, als Kiera nach vorne stolperte von dort, wo sie über einem Eimer gekauert hatte, der offensichtlich einmal Fischköder enthalten hatte, ihr Gesicht blass, fahl und mit einem leichten Grünstich, der die dunklen Ringe unter ihren Augen exquisit betonte. Ihr Haar, das normalerweise ein langer

Vorhang aus glänzender Seide war, hing nun in fettigen Strähnen herab und als er eine Hand ausstreckte, um ihr aus dem Boot zu helfen, stellte er entsetzt fest, dass ein Teil ihrer Haare auf einer Seite zusammengeklebt war von etwas, das aussah wie festgetrocknete Babykotze.

„Hallo. Schön, dich kennenzulernen. Theo hat mir genau gar nichts über dich erzählt. Gibt es hier ein ruhiges Zimmer, wo ich in Frieden sterben kann?", fragte Kiera und umklammerte den Eimer.

Eines musste Theo seinem Bruder lassen: Wenn er mit einem Notfall konfrontiert war, verlor Iakovos keine Zeit. „Ich bin hocherfreut, dich und Peter kennenzulernen", erklärte er Kiera. „Es tut mir leid, dass es dir offensichtlich so schlecht geht. Ich habe ein ganz wunderbares Zimmer für dich, wo du Ruhe findest, obwohl ich hoffe, dass es nicht die ewige sein wird. Theo –" Jake musterte ihn. „Du siehst furchtbar aus. Kommt mit, wir werden uns um euch alle kümmern."

Harry betrat die Szene, als sie gerade das Haus erreichten, in ihren Augen funkelte Vergnügen, bis sie einen Blick auf sein Gesicht erhaschte. Oder vielleicht war es Kieras. Vielleicht war es auch die Tatsache, dass sie anhalten mussten, damit das Baby den letzten Rest von Apfelsaft auskotzen konnte, den sie versucht hatten, ihm einzuflößen, damit er nicht dehydrierte. Wie auch immer, sie schaute nur Kiera an, nachdem sie Theo flüchtig auf die Wange geküsst hatte, dann nahm sie das Baby, zuckte noch nicht einmal zurück bei dem Geruch, den er verströmte.

„Kiera, nicht wahr? Iakovos hat irgendetwas davon gesagt, dass du und Peter eine Nahrungsmittelvergiftung habt. Das ist das absolut Schlimmste, nicht wahr? Kommt, hier entlang. Wir haben Theos Räumlichkeiten so gelassen und ich bin sicher, dass ihr es dort sehr bequem haben werdet. Macht euch um euer Baby keine Sorgen – wir haben selbst vier Kinder und die Dinge, die Mathilde – sie ist unser Kindermädchen – hat ertragen müssen, würden euch das Hirn wegpusten. Sie ist ein Geschenk des Himmels und ihr Gewicht in Gold wert."

Theo wollte vor Erleichterung zusammenbrechen, als Harry die Bediensteten auf Touren brachte, damit sie sich um Kiera und Peter kümmerten. Kiera entschloss sich, die Dusche ausfallen zu lassen und stattdessen legte sie sich lieber auf sein Bett und stöhnte leise vor sich hin. Es kostete einiges an Mühe, bis er ihr den Eimer mit Fischfutter entwenden konnte und ihr stattdessen einen kleinen sauberen Mülleimer in die Hand drückte.

„Ich habe den Arzt gerufen", erklärte Iakovos ihm, als er Kiera alleine ließ, nachdem er ihr die Klamotten ausgezogen und sie in sein Bett verfrachtet hatte. „Es wundert mich, dass du das nicht selbst übernommen hast."

Theo hob eine Hand. „Könntest du dir die Verurteilungen für später aufsparen? Ich bin seit über dreißig Stunden wach und habe mich um Kiera und Peter gekümmert und versucht, uns alle aus Australien herauszubringen, ohne dass jemand wusste, wohin wir fliegen würden. Oh, und würdest das Boot in einer Stunde oder so zurückschicken? Unsere Sicherheitsleute sind unterwegs, aber sie mussten einen späteren Flug nehmen."

„Sicherheitsleute?“, fragte Iakovos und hielt Theo auf dem Weg zu dem Flügel auf, der nun als Kinderzimmer bekannt war. Zu seiner Überraschung begrub Iakovos ihn in einer festen Umarmung, klopfte ihm auf den Rücken, bevor er ihn wieder freigab und sagte: „Um Gottes Willen, du stinkst gotterbärmlich.“

„Das war Peter. Er hat sich bis dort hinaus vollgeschissen und es gab nichts, womit ich ihn hätte sauber machen können. Erinnere mich daran, eine Entschuldigung später an den Flughafen zu schicken.“

„Ihr hattet echt eine üble Zeit“, sagte Jake und die zwei betraten die Räumlichkeiten der Kinderzimmer. Eine Frau mittleren Alters stand dort mit Harry, Peter war nun nackt und wurde gerade zu einem Bad getragen.

„Das Baby hat keine feste Nahrung zu sich genommen?“, fragte die Frau ihn auf Griechisch.

„Nein. Wir haben es mit Säften versucht und er hat einige davon bei sich behalten, aber den letzten wieder erbrochen, sobald wir angekommen waren.“ Theo fühlte sich so müde, dass er sich fragte, ob sich seine Gliedmaßen in Blei verwandelt hatten. Es war fast zu viel, überhaupt zu sprechen.

Das Kindermädchen nickte und wusch schnell Peter, trocknete ihn ab und steckte ihn in einen Einteiler, den Theo nicht kannte. „Wir werden ihm sehr kleine Eisstückchen geben, dann ein bisschen Saft, wenn er das bei sich behält. Der Arzt wird uns sagen, ob er Medikamente braucht.“

Theo war so dankbar dafür, dass Peter in den Händen von Experten war, jemandem, der genau wusste, was sie tat und sich nicht völlig und komplett hilflos fühlte, dass er einfach nur nickte und die Tränen in seinen Augen fühlte.

„Mach dir keine Gedanken, Theo, Mathilde vollbringt regelmäßig Wunder", sagte Harry und drückte seinen Arm. „Warum legst du dich nicht für ein Weilchen hin? Wir werden uns gut um Peter kümmern."

„Danke dir", war alles, was er herausbrachte. Er mochte die Art nicht, wie seine Stimme klang, belegt und unsicher. Das alles war so weit entfernt von dem Eindruck, den er seinem Bruder hatte vermitteln wollen, aber er hatte keine Kraft mehr dafür, dass es ihn kümmern könnte.

„Zufrieden?", fragte ihn Jake und deutete in Richtung Peter.

Er nickte wieder und ließ zu, dass Iakovos ihn aus dem Kinderzimmer und zurück zu seinem Schlafzimmer begleitete.

„Ich sollte eine Erklärung liefern –", begann er zu sagen, sobald er vor seiner Tür angekommen war.

„Später", sagte Jake und gab ihm einen kleinen Schubs ins Zimmer hinein. „Du siehst fast so schlimm aus wie deine Frau. Wann habt ihr übrigens geheiratet?"

Theo rieb sich über sein Gesicht und versuchte, die Tage zu zählen. Sein Gehirn weigerte sich, sich in Bewegung zu setzen. „Ich erinnere mich nicht. Vor einigen Tagen."

Iakovos schenkte ihm einen langen Blick. „Ruh dich aus."

Theo sammelte das letzte bisschen Verstand zusammen, was ihm geblieben war, und sagte: „Lass niemanden auf die Insel, den du nicht kennst."

Iakovos warf ihm einen stechenden Blick zu. „Warum?", fragte er.

„Das erklär ich dir später." Theo stolperte in sein Zimmer und hatte fast keine Kraft mehr, um die Tür zu schließen. Er entledigte sich seiner Schuhe, bevor er neben Kiera auf dem Bett zusammenbrach. Sie war mit dem Mülleimer in den Armen eingeschlafen.

Er sank aufs Bett, drehte sich um, bis er in der Löffelchen-Position hinter ihr lag und schlief sofort ein.

Er wachte kurz auf, um eine junge Frau vorzufinden, die Kiera eine Spritze gegen die Übelkeit gab und ihnen beiden versicherte, dass es dem Baby viel besser ging, dass es einiges an Flüssigkeit zu sich genommen und bei sich behalten hatte. Sie erklärte ihnen, dass Schlaf die beste Medizin wäre und er ließ zu, dass er wieder in den erschöpften Schlaf fiel, der mit schrecklichen Bildern der letzten sechsunddreißig Stunden angefüllt war.

Als Theo wieder wach wurde, war es Abend und das Bett neben ihm war leer. Er benutzte die Toilette, zuckte zusammen, als er einen Blick auf sich im Spiegel erhaschte und fragte sich, wo der Mann geblieben war, den Kiera für zu attraktiv hielt, um auf die Menschheit losgelassen zu werden. Er duschte sich, schaffte es, einen Rasierer über seine grausige Visage zu ziehen, die sein Gesicht darstellte, und zog saubere Klamotten an, bevor er sich auf die Suche nach seiner Frau und seinem Kind machte.

Er fand sie zusammen, sie saßen im Kinderzimmer, Kiera auf dem Fußboden zusammen mit Peter, der zwischen ihren Beinen saß und laut no no no sang, während er einen Plastikbecher auf Kieras Bein haute.

„Du siehst hundertmal besser aus“, sagte Harry und stand von der Couch auf, wo sie zusammen mit Jake gesessen hatte, zusammen mit einem ihrer Mädchen, die Kiera und Peter beobachteten. Sie umarmte ihn und gab ihm einen weiteren Kuss auf die Wange, bevor sie ihm ins Ohr flüsterte: „Ich mag deine Frau sehr, aber ich werde dir später die Hölle heiß machen, dass du sie geheiratet hast, ohne uns zu informieren.“

Er küsste sie ebenfalls, nickte Jake zu, der mit einem vierjährigen Mädchen auf seinem Schoß dasaß und kniete sich dorthin, wo Kiera saß. Er beäugte sie. „Du bist nicht mehr grün im Gesicht.“

„Nein, Gott sei Dank. Was auch immer in der Spritze war, die der Arzt mir gegeben hat, hat ein Wunder vollbracht. Peter fühlt sich auch viel besser, nicht wahr?“

Peter bekundete seine Zustimmung und kletterte über ihr Bein, damit er mit der Tasse auf Theo einschlagen konnte.

„Ich glaube, unsere Jüngste kennst du noch nicht, Theo. Das ist Rose“, sagte Harry und strich mit einer Hand über das schwarze Haar des Mädchens. Bei all der Aufmerksamkeit wurde sie ein bisschen schüchtern und wandte sich ihrem Vater zu, auf dessen Schoß sie saß und vergrub ihr Gesicht in seiner Brust. „Yacky hat darauf bestanden, dass sie nach mir benannt wird.“

Kieras Augenbrauen wanderten nach oben, als sie zu Theo hinübersah.

„Als Harry Iakovos getroffen hat, konnte sie seinen Namen nicht aussprechen. Sie hat ihn Yacky genannt“, erklärte er.

Iakovos rollte mit den Augen. „Sie konnte ihn sehr wohl aussprechen. Sie hat einfach nur vorgezogen, es nicht zu tun.“

Harry kicherte. „Aber Rose ...“ Kiera sah immer noch verwirrt aus.

„Ihr wirklicher Name ist Eglantine“, sagte Iakovos. „Was französisch ist für Rose. Aber weil sie damit gedroht hat, mich zu kastrieren, wenn ich darauf bestehen würde, dass unsere Tochter diesen Namen tragen würde, haben wir uns auf Rose geeinigt.“

„Verrat mir“, sagte Harry und stand vom Fußboden auf, um Peter Theo abzunehmen, sie hielt ihn so, dass er auf und ab hüpfen konnte. „Wie lange hast du gebraucht, bist du Papaioannou buchstabieren konntest? Bitte sag mir, dass es Monate gedauert hat, denn ansonsten machen mir Yacky und die Mädchen das Leben zur Hölle.“

Die Zwillinge und der Junge, an den sich Theo nur als Baby erinnern konnte, platzten ins Zimmer, ihre Arme voller Spielsachen, von denen sie sagten, dass sie sie zusammengesammelt hätten, um sie Peter zu spenden.

„Er hat eine Kubiktonne von Spielsachen“, erklärte Kiera ihnen, „aber ich bin sicher, dass er gerne mit diesem hier spielen wird, während wir hier sind.“

„Das ist die Überleitung“, sagte Iakovos und schälte seine Tochter von seiner Brust, gab ihr einen Kuss auf den Kopf, bevor er ihr einen kleinen Schubs in Richtung der anderen Kinder versetzte, die Peter dazu zu verlocken versuchten, zu ihnen hinüberzukrabbeln. „Ich glaube, wir Erwachsenen sollten uns ein bisschen unterhalten. Und essen, wenn dein Magen das erträgt.“

Kiera sah leidend drein. „Ich glaube, das Angebot muss ich ausschlagen, obwohl der Arzt gesagt hat, dass ich Flüssigkeiten zu mir nehmen soll, also wenn ich eine Karaffe von Eiswasser bekommen könnte, dann wäre das für mich perfekt."

Ein paar Sekunden zögerte Theo, dann kam er auf die Füße und streckte eine Hand nach Kiera aus. „Wenn du nicht möchtest, dass wir ihn alleine lassen, dann tun wir das nicht", flüsterte er ihr ins Ohr.

Sie schaute ihn mit großen Augen an, dann neigte sie den Kopf in die Richtung, wo Peter glücklich seinen Cousins no no no vorsang, als sie ihm abwechselnd die Spielzeuge zeigten. „Er hat Spaß, Theo. Ich weiß nicht, ob er viel mit anderen Kindern zusammen war, aber für die Sozialisation ist das sehr wichtig. Es wird ihn lehren, wie man mit anderen interagiert und er wird sich soziale Sitten und Werte aneignen und wie man mit Erwartungen umgeht, die nicht in seine Sicht der Welt passen."

Er lachte und küsste sie leidenschaftlich. „Ich möchte zu gern wissen, welche sozialen Sitten und Werte er von Iakovos' Kindern lernen kann."

„Das habe ich gehört", sagte Iakovos, als er zusammen mit Harry das Zimmer verließ, um die er einen Arm gelegt hatte.

Theo folgte ihnen auf dem Fuße und fühlte sich zum ersten Mal seit gefühlten Millionen Jahren entspannt.

„Wir haben eure Sicherheitsleute in den Cottages für die Gäste einquartiert", erklärte Harry ihnen, als sie auf die Terrasse traten, die laue Luft des Abends erfüllte Theo mit einem Glücksgefühl, das fast undefinierbar war. Es hing zusammen mit dem Geruch und dem

Geräusch der See, mit dem Wind, der sich in Kieras Haar verfing – nun wieder zurückverwandelt in den seidenen Vorhang –, das ihn gleichzeitig unglaublich glücklich und unglaublich erregt machte.

„Wollt ihr zuerst essen und uns dann sagen, was los ist?", fragte Iakovos, als sie sich an einen weißen Metalltisch setzten, Solarlaternen waren über die Terrasse verteilt und verliehen dem Platz ein warmes Licht. „Oder uns erst erklären, was los ist und dann essen?"

„Essen", sagte Theo und war sich neben seiner plötzlichen Erregung auch darüber bewusst, dass er verhungerte. „Was wir euch erzählen müssen, wird ziemlich lange dauern."

Kiera beschränkte sich auf einige Gläser mit Zitronenwasser und Tonic Water, während Theo den Großteil eines Sonntagsbratens verdrückte und die höfliche Unterhaltung, die Harry und Kiera betrieben, summte ihm in den Ohren.

„Oh, ich wollte dich fragen, ob du etwas für dein Knie brauchst. Du hast es verletzt, als du gefallen bist?", fragte Harry Kiera, während Theo eine zweite Portion von Kartoffeln mit Kräutern und Zitrone verspeiste.

„Das ist ein ganz kleines bisschen verzerrt. Das hat es nur schlimmer gemacht. Na ja, das Rennen auch. Es ist eigentlich dabei verletzt worden, als Theo mein Bein an die Stufen des Swimmingpools gehauen hat, als er versucht hat, mich zu ertränken."

Harry starrte sie an, eine Gabel, beladen mit Salat, schwebte unbeweglich vor ihrem Mund. „Er hat versucht ..." Sie schaute ihn an und blinzelte, dann setzte sie die Gabel ab. „Ich glaube, das muss ich von Beginn an hören. Warte, ein Rennen?" Sie schaute flüchtig zu

Iakovos, bevor sie sich wieder Kiera zuwandte. „Schwimmst du auch?“

Theo lachte, als er sich plötzlich an die Geschichte erinnerte, die Jake ihm erzählt hatte, wie Harry im Bahnen-Pool Kleinholz aus ihm gemacht hatte. „Das hatte ich ganz vergessen. Ich wünschte jetzt, dass ich daran gedacht hätte, denn dann hätte es mich daran erinnert, mir nicht so sicher zu sein über meine überlegenen Fähigkeiten als Mann.“

„Du bist nicht langsam“, erklärte Kiera ihm, der Schalk glitzerte in ihren Augen, von dem er hingerissen war. „Du bist einfach nur nicht so schnell wie ich.“

„Du hast mir gesagt, mich zu schlagen, hat dich fast umgebracht.“

„Äh“, sagte sie und wedelte mit der Hand. „Das habe ich nur gesagt, damit dein überlegenes männliches Ego nicht so sehr verwundet ist.“

Durch unausgesprochene Übereinkunft wurde die Diskussion, warum sie Iakovos aufsuchten, nicht geführt, bis das Essen zu Ende war, und sie wieder im Wohnzimmer saßen, Harry und Iakovos auf der einen Couch, während Theo Kiera neben sich auf die andere zog.

„In Ordnung“, sagte Iakovos und schaute von Harry zu Theo. „Wir haben ungefähr eine halbe Stunde, bevor wir die Kinder ins Bett bringen. Vielleicht möchtet ihr uns erzählen, warum ihr hier seid.“

„Nicht, dass ihr hier nicht willkommen wärt“, sagte Harry und rammte ihren Ellbogen in Iakovos’ Seite. „Selbstverständlich freuen wir uns, euch wiederzusehen, Theo, und ich bin sehr glücklich, Kiera und den kleinen Peter kennenzulernen, der genauso aussieht wie Nicky in dem Alter.“

„Schießt los“, sagte Iakovos und legte einen Arm um Harrys Schultern. „Erzählt uns alles.“

Theo schaute Kiera an. Ihre Augen waren wachsam, ihre Lippen aufeinandergepresst. Er wusste, dass, wenn er alles erklären würde, sie nicht protestieren würde.

„Ich glaube nicht, dass ich das in der Tat tun werde“, antwortete er seinem Bruder, und strich Kiera das Haar von der Wange zurück. „Euch alles sagen. Denn es geht niemanden außer uns etwas an.“

Ihre Augen weiteten sich und huschten zu Iakovos, bevor sie sich an ihn lehnte. „Das ist nicht sehr höflich, Theo. Wir sind Gäste.“

„In Ordnung“, sagte Iakovos und nickte ihm leicht zu.

Harry hob die Augenbrauen und betrachtete ihren Ehemann. „Du hast keine Einwände?“

„Warum sollte ich?“, fragte Iakovos sie. „Er beschützt seine Familie. Ich würde das Gleiche tun.“

„Ich verspreche dir, eines Tages werde ich dich verstehen und dann wird es dir leidtun“, erklärte Harry ihm.

Iakovos lächelte. „Bis dahin lebe ich in Angst, mein Wildfang. Mach weiter, Theo. Erzähl uns das Nötigste.“

Theo lieferte schnell die relevanten Fakten, ließ aus, wie er Kiera getroffen hatte und erklärte, dass ihr Ex-Freund mental aus dem Gleichgewicht war und Rache suchte.

Sobald Theo beschrieben hatte, wie sie von seiner Insel entkommen waren und ihre darauffolgende Reise nach Griechenland erklärt hatte, sprang Iakovos auf, sein Gesicht war wütend. „Du bist hierhergekommen? Zu meinem Haus? Wo meine Kinder leben? Himmel,

Theo, hast du überhaupt über die Gefahr nachgedacht, die du hinter dir herziehst?"

Theo kam in dem Moment auf die Füße, als Iakovos anfing zu brüllen. Kiera ließ ein verschrecktes Geräusch hören und stand auch auf, ihre Augen waren besorgt. „Natürlich würde ich nicht absichtlich deine Kinder in Gefahr bringen. Glaubst du, ich bin ein Monster? Es gibt keinen Grund, warum der Bastard uns hierher folgen sollte; also ist niemand in Gefahr."

„Das weißt du nicht!", fauchte Iakovos und ging auf Theo los. „Du hast keine Ahnung, was dieser Verrückte tun könnte."

„Theo." Kieras Stimme war strohhalmdünn. Er fühlte ihren Griff auf der Rückseite seines Hemdes.

„Ich habe sehr wohl eine Ahnung davon, was er tun würde, ja. Ich habe zwei Detektive engagiert, die sich seine Vergangenheit angesehen haben, und er hat nur ein einziges Mal Neuseeland verlassen und zwar, um für vier Monate nach Kalifornien zu fahren. Das war vor fast fünf Jahren. Himmel, Jake, glaubst du, dass ich so herzlos bin, dass ich Harry und die Kinder in Gefahr bringen würde?"

„Was zur Hölle hat Kiera angestellt, dass dieser Mann so entschlossen ist, sie in die Finger zu bekommen?", verlangte Iakovos zu wissen.

„Golfbälle", hörte er Kiera hinter sich flüstern. „Basebälle. Billardbälle."

Er drehte sich um und sah, dass die Angst ihre schönen Augen verdunkelt hatte. „Basketbälle. Liebes, tu es nicht." Er wischte mit dem Daumen über ihre Wange.

Sie schaute um ihn herum dorthin, wo Iakovos auf und ab marschierte. „Er ist wütend und er hat allen Grund dazu. Das ist meine Schuld.“

Er zog sie in seine Arme und hasste die Art, wie sie versuchte, nicht vor Angst zu zittern. „Iakovos ist nicht wütend, nicht wirklich, weder mit dir noch mit mir. Das ist alles Fassade.“

„Zur Hölle ist es das“, fauchte Iakovos.

„Hör auf, meiner Frau Angst zu machen“, erklärte er seinem Bruder auf Griechisch. „Der Mann, vor dem sie flüchtet, hat sie schrecklich misshandelt, sowohl physisch als auch psychisch. Ich will dir in deinem eigenen Haus nicht sagen, dass du aufhören sollst zu brüllen, aber, verdammt, hör auf zu brüllen. Sie erträgt es nicht.“

Iakovos starrte zuerst ihn, dann sie böse an; dann, zu Theos Überraschung, entschuldigte er sich. „Es tut mir leid, dass ich die Kontrolle verloren habe, Kiera. Ich glaube nicht, dass du verantwortlich bist für die Taten von jemandem, der ganz offensichtlich ein Verrückter ist.“

Kiera löste sich von ihm, hielt aber eine Hand fest auf der Rückseite seines Hemdes. „Ich fühle mich deswegen schrecklich, das tue ich wirklich, obwohl ich anfange zu glauben, dass das, was du sagst, die Wahrheit ist und Misha verrückt geworden ist. Ich weiß nicht, warum er darauf besteht, dass ich einen USB-Stick habe. Vielleicht existiert er gar nicht wirklich und er ist einfach nur aus der Haut gefahren und hat sich entschieden, dass ich diejenige bin, die ihm alle Probleme in seinem Leben beschert. Ich weiß es einfach nicht.“

Iakovos runzelte die Stirn, aber Theo wusste, dass es weder an ihn noch an Kiera adressiert war. „Sag mir noch einmal, was du bei dir hattest, als du ihn verlassen hast."

Sie beschrieb ihre Habseligkeiten. „Es ist nichts dabei. Ich habe nicht nur die Klamotten mehrmals getragen und gewaschen in den neun Monaten, seit ich entkommen bin, sondern ich habe den Seesack x-mal durchsucht. Sogar wenn man annimmt, dass Misha darin etwas versteckt hat oder ich unabsichtlich einen USB-Stick geschnappt und ihn hineingeworfen habe, ohne es zu wissen, da ist nichts."

„Wir werden deine Habseligkeiten morgen früh unter die Lupe nehmen", entschied Iakovos. Theo wollte bei der Andeutung aus der Haut fahren, dass sie so unfähig wären, dass sie etwas so Großes wie einen USB-Stick übersehen könnten, aber gleichzeitig wollte er selbst Kieras Tasche unter die Lupe nehmen. „Liebling?", fragte er sie und überließ ihr die Erlaubnis.

Sie machte eine hilflose Geste. „Gerne könnt ihr euch alles ansehen, aber es gibt nichts. Es ist einfach nichts da."

„Wenn du diesen USB-Stick nicht hast, den dein Ex so unbedingt haben will, dann muss es irgendeinen anderen Grund geben, warum er sich solche Mühe macht, dich zu terrorisieren", erklärte Harry Kiera. Sie ließ ihren Blick zu Theo hinüberwandern. „Ich frage mich, ob es nicht einfach Eifersucht sein könnte. Vielleicht ist er so aus der Fassung darüber, dass du und Theo euch gefunden habt, dass er so bösartig ist, weil er hofft, dass es euch auseinanderbringt."

Kiera errötete etwas, aber zu seiner Überraschung beantwortete sie die Frage trotz ihrer offensichtlichen Verlegenheit. „Das glaube ich nicht. Theo und ich haben uns erst vor ein paar Wochen getroffen."

Harry schaute von ihr zu Theo und dann zu Iakovos hinüber und lachte, als sie seinen Arm drückte. „Also, er ist definitiv dein Bruder."

Kiera sah verwirrt aus.

„Ich habe dir gesagt, dass die Männer aus der Papaioannou-Familie sich schnell entscheiden", erklärte er ihr mit einem frechen Lächeln.

„Yacky und ich haben nur ein paar Tage gebraucht, um zu wissen, dass wir füreinander bestimmt sind", erklärte Harry Kiera.

„Sprich für dich selbst, Frau", sagte Iakovos und ließ seine Finger über Harrys Nacken wandern. „Ich wusste, dass ich dich nicht hergeben würde, nachdem du eine Nacht in meinem Bett verbracht hattest."

„Und das ist auch der Grund, warum du fast ein Jahr gebraucht hast, um mir zu sagen, dass du mich liebst", sagte sie und grinste ihn an.

„Du wusstest ganz genau, dass ich bis über beide Ohren in dich verliebt war", gab er zur Antwort und lehnte sich nach vorne, als ob er sie küssen wollte, aber erinnerte sich offensichtlich rechtzeitig daran, dass sie nicht alleine waren.

„Siehst du?", fragte Theo Kiera. „Das ist die Art von Vorbild, mit dem ich aufgewachsen bin."

„Wenn das so ist, dann muss ich mich bei deinem Bruder dafür bedanken, dass er dich so gut unterrichtet hat, denn du hast kein Jahr gebraucht, um mir zu sagen, was du für mich fühlst." Der Blick, den sie ihm zuwarf, war so heiß, dass er sich daran erinnern musste, dass, wenn Iakovos sich beherrschen konnte und nicht seine Frau küsste, dann brachte Theo das Gleiche fertig.

„Oh, zur Hölle damit", sagte er, verwarf das gute Benehmen, zog Kiera auf seinen Schoß und küsste sie mit der Leidenschaft, die sie verdiente. Sie war krank gewesen, sagte er sich, und er war nicht in der Lage gewesen, sie auf die Art und Weise anzubeten, die sie verdient hatte, während sie sich unwohl fühlte. Er schuldete es ihr, sie daran zu erinnern, wie sehr er sie liebte.

„Und das ist, glaube ich, der Moment, wo wir gehen", sagte Iakovos und Harry lachte offen. „Komm schon, Liebling. Lass uns die vier Teufelsbraten, die du mir beschert hast, zu Bett bringen, sodass wir uns auch zurückziehen und die Aktivitäten verfolgen können, die Theo so offensichtlich im Sinn hat, allerdings hier im Wohnzimmer, wenn er sich nicht daran erinnert, wie viele Leute hier durchkommen."

„Ich bin froh, dass wir dich sterilisiert haben", hörte er Harry sagen, bevor sie das Zimmer verließen. „Denn wenn wir das nicht getan hätten und wir all die Dinge tun würden, die Theo offensichtlich mit Kiera anstellen will, dann hätten wir noch ein halbes Dutzend Kinder."

„Bett?", fragte Theo und zog seine Zunge von dort hervor, wo sie daran gesaugt hatte.

„Oh, bitte", sagte sie und ihre Atmung war abgehackt, ihre Augen flüssig vor Verlangen. „Wir sollten aber wahrscheinlich zuerst nach Peter sehen."

Er berührte ihre Unterlippe, der sanfte Schwung nahm ihn gefangen. Er liebte ihre Lippen. Er liebte ihren Mund, besonders die Art, wie sie in seinen stöhnte, wenn er sie küsste. Er liebte alles an ihr, und nicht das

Geringste davon war, dass sie sich so vollständig des Sohnes angenommen hatte, von dem er nicht gewusst hatte, dass er existierte. „Würde es dir besser gefallen, wenn wir ihn zum Schlafen bei uns im Zimmer lassen?“

Für ein paar Sekunden dachte sie darüber nach, offensichtlich widerstrebend, Peter der Pflege von jemand anderem zu überlassen, selbst wenn es jemand Vertrauenswürdiges wie sein Bruder und Harry waren. „Nein“, sagte sie und schüttelte den Kopf. „Es ist nicht so, als wäre er ein Neugeborenes, das nachts gefüttert werden muss. Er schläft ganz gut und solange wir ihn ins Bett bringen und ihn morgens wecken, habe ich kein Problem damit, ihn bei den anderen schlafen zu lassen.“

„Wir können eine zweite Hochzeitsnacht in Betracht ziehen“, sagte er, als sie aufstanden und plötzlich von einem wilden Drang überwältigt, zog er sie in seine Arme. „Ich werde nach allen Regeln der Kunst über dich herfallen oder zumindestens so weit, wie das meine Kniesehnen und meine Muskeln in den Unterschenkeln zulassen, die sich immer noch von dem verdammten Rennen erholen.“

Sie kicherte, als er vorgab zu humpeln. „Das geschieht dir recht. Theo ...“

„Nun?“ Er hielt an der Tür zum Kinderzimmer inne und setzte sie ab, bis ihre Füße wieder den Boden berührten.

„Dein Bruder ...“ Sie biss sich auf die Lippe.

„Ist vieles, aber nein, er ist nicht wirklich wütend mit uns. Wir brüllen viel in meiner Familie, wenn wir aufgeregt sind. Er ist dann wirklich wütend, wenn er ganz kalt und leise wird.“ Theo dachte an die Nacht vor neun

Jahren. „Vertrau mir, das weiß ich aus eigener An-
schauung."

Sie warf ihm einen neugierigen Blick zu, sagte aber
nichts, als sie zu Peter gingen, um ihn ins Bett zu bringen. Die Zwillinge von Harry und Jake hatten ihr eigenes Zimmer, während die zwei jüngsten sich ein Schlafzimmer neben dem Spielezimmer teilten. Peter war in
einer Wiege im gleichen Zimmer untergebracht, wo gerade jetzt Iakovos und Harry mit allen vier Kindern auf
einem der Betten zusammengekuschelt saßen, während Iakovos Alice im Wunderland vorlas.

Kiera warf ihnen einen Blick zu, als sie hinüber zu der
Wiege gingen, wo Peter saß und auf dem Schnabel des
riesigen Kiwis herumkaute. „Glaubst du, wir sollten das
auch machen?", flüsterte sie Theo zu.

„Ihm etwas vorlesen?", fragte er.

Sie nickte.

Er dachte darüber nach. „Ich glaube nicht, dass es
Schaden anrichten könnte, obwohl ich nicht weiß, wie
viel er verstehen wird. Wir werden damit anfangen, sobald wir unser eigenes Zuhause haben."

Ihre Augen enthielten Schatten. „Werden wir nach
Neuseeland zurückkehren?"

„Ja." Er hielt Theo auf dem Arm und lehnte sich nach
vorne, um sie auf die Nasenspitze zu küssen. „Außer, du
bevorzugst es, hier zu leben? In Griechenland, nicht unbedingt in Iakovos' Haus."

Sie sah nachdenklich aus. „Oh. Das wäre … Es ist
hübsch hier. Ich mag aber auch die Schaf-Insel."

„Es gibt keinen Grund, warum wir nicht an beiden Or-
ten Zeit verbringen sollten. Ich habe ein Auge auf ein
Anwesen geworfen, von dem ich gehört habe, dass es

bald verkauft wird. Es ist keine private Insel, aber es ist ein schönes Grundstück ein paar Meilen an der Küste entfernt, direkt am Wasser, mit einer Privatstraße, sodass all deine bekloppten Ex-Freunde nicht einfach zum Haus kommen können."

Sie zwickte ihn, aber er konnte erkennen, dass sie nicht gegen diese Idee war.

Sie wechselten sich damit ab, Peter in den Armen zu halten und Kiera sang ihm leise etwas vor, sodass sie nicht die Vorlese-Zeit störte und als er anfing, an seinen Fingern zu saugen, deckten sie ihn zu und löschten das Licht neben der Wiege.

Sie kehrten in Theos Zimmer zurück, wo er in der Tat sein Versprechen erfüllte, über Kiera herzufallen.

„Und ich habe gedacht, dein Unterschenkel und deine Kniesehnen wären ramponiert", sagte sie mit atemloser Stimme, als er sie nackt auszog und sie sanft auf das Bett drückte, bevor er sich die eigenen Kleider vom Leib riss und ihr aufs Bett folgte. „Oh, Theo! Wirklich? Wirst du heute Nacht ganz gebieterisch sein?"

„Auf jeden Fall, meine schöne Frau." Er beugte ihre langen Beine und neigte den Kopf, um sich einen heißen Pfad über eines davon zu küssen. „Heute Nacht geht es darum, dass du dich windest und meinen Namen stöhnst. Sollen wir anfangen?"

Plötzlich spannten sich ihre Beine an, ihre Oberschenkel schlossen sich um seine Hand. „Du hast nicht vor … Du hast nicht Oralsex auf der Agenda, oder?"

Offensichtlich stimmte sie das besorgt. „Hatte ich tatsächlich." Er betrachtete ihr Gesicht. Eine interessante Abfolge von Gefühlen huschte darüber hinweg, Angst,

Widerwillen und Neugier. „Ich habe den Eindruck, das möchtest du nicht?“

Sie machte eine vage Geste mit einer Hand. „Ich wusste, dass das früher oder später ans Licht kommen würde. Ich ... Ich fühle mich nicht wohl ...“ Sie räusperte sich und schaute lieber seine Schulter statt sein Gesicht an. „Misha hat es benutzt, um mich zu bestrafen. Nicht das, was du vorhast, aber andersherum.“

Innerlich fluchte er und fügte der Liste von Dingen, die er dem Bastard antun wollte, wenn er ihn gefunden hatte, noch ein paar mehr Folterqualen hinzu.

„Ich habe gesagt, dass ich dich niemals um etwas bitten werde, bei dem du dich nicht wohlfühlst“, erklärte er ihr und streichelte die Innenseite ihres Oberschenkels. „Das wird immer so sein, Kiera. Ich würde dich sehr gerne schmecken, die echte Essenz von dir schmecken, aber wenn du dich damit nicht wohlfühlst, dann werde ich es nicht tun.“

„Wenn du das tust ...“ Sie vollführte eine weitere vage Geste. „Willst du dann, dass ich das Gleiche mache? Bei dir?“

„Nein“, sagte er, drückte sanft ihre Beine auseinander. „Wenn dir eines Tages danach ist, dann vielleicht, aber selbst wenn das nicht eintrifft, dann werde ich mehr als zufrieden sein mit dir, meine schnelle, anbetungswürdige Gazelle. Dir hat es vorher nichts ausgemacht, als ich dich dort berührt habe; sollen wir damit anfangen und dann schauen, ob du dich mit mehr wohlfühlst?“

„Das klingt fantastisch. Und ich mag es, dich zu berühren, Theo. Ich habe nichts dagegen, deinen Penis zu berühren. Das andere ist einfach ...“

„Dann werden wir das nicht tun, obwohl ich zugeben muss, dass der Gedanke daran, wie deine Fingernägel über meine Hoden kratzen wie beim ersten Mal, als wir uns geliebt haben, mich fast verrückt macht mit dem Bedürfnis, mich zurückzulehnen und dich genau das tun zu lassen. Aber zuerst, lass uns hier ein paar Dinge ausprobieren.“

Er liebte es, wie sie auf ihn reagierte. Vor ein paar Tagen hatte sie in einem verlegenen Flüstern zugegeben, dass sie niemals so schnell gekommen war wie mit ihm und er war hingerissen davon, die Reaktion ihres Körpers auf seine Hände und seinen Mund zu beobachten. Er knabberte an ihrem Bauch und an ihren Hüften, während seine Finger all die sensiblen inneren Regionen von ihr kostete und er versenkte einen Finger in ihrer Hitze, dann dachte er, dass er seine guten Absichten genauso gut in den Wind schlagen und sie direkt hier und jetzt nehmen könnte. Sie wand sich unter ihm, ihre Hände umklammerten das Laken, als sich ihre Brust hob.

„Sag mir, wenn ich aufhören soll“, murmelte er in ihr Schambein, küsste sich einen Pfad hinab zur Einbuchtung an ihrer Hüfte. Er wartete ein paar Sekunden und ließ seinen Wangenbart über die Innenseite ihrer Oberschenkel kratzen. Sie protestierte nicht, also berührte er sanft die Falten ihrer Geheimnisse, und ihr Geschmack erinnerte ihn an den salzigen Tang der Ägäis. Sie schmeckte heiß und wild und er war unendlich dankbar dafür, dass sie ihm so sehr vertraute, dass sie ihm dieses Vergnügen gestattete.

Als sich ihre Hüften krampfhaft hoben, bewegte er sich über ihren Körper nach oben, nahm ihre Beine mit sich, während er innehielt, um jede ihrer Brüste zu küssen, aber er konnte sich nicht beherrschen. Er ließ sich in ihre Wärme gleiten und das zusammenziehende Gefühl in seinen Oberschenkeln und seinen Hoden sagte ihm, dass er nicht viel Zeit hatte. Er knabberte an ihrer Schulter, als sie ihn in den Nacken biss, ihre Hände wanderten seinen Rücken hinauf, ihre Fingernägel kratzten leicht, aber erregend. Er keuchte an ihren Lippen. „Willst du es schmecken?", fragte er.

Für einen Moment schaute sie zur Seite, dann drehte sie sich schüchtern zurück, ihre Lippen geteilt. Er nahm ihren Mund in Besitz, während er in sie pumpte, und ließ zu, dass sie sich in seinem Mund schmecken konnte, die kombinierte Hitze ihres Mundes und ihres Körpers waren auch für ihn zu viel. „Sag mir –"

„Theo!" Sie schrie seinen Namen laut genug heraus, dass es in seinen Ohren klingelte, wälzte sich unter ihm, ihre inneren Muskeln umklammerten ihn mit einer Stärke, die ihn jedes Mal aufs Neue überraschte.

Er gab seinem eigenen Orgasmus nach, schob und drückte und presste sich mit wilden unkontrollierten Stößen in sie, bis sie aufhörten, zwei getrennte Menschen zu sein, ihre Seelen vereinigten sich auf eine Art, von der Theo wusste, dass sie für den Rest seines Lebens reichen würde.

Er brauchte eine lange Zeit, um aus dem Hoch nach dem Orgasmus wieder auf den Boden der Tatsachen zu kommen, aber als er das tat, fand er sich auf dem Rücken wieder, und Kiera schwebte über ihm.

„Nächstes Mal", sagte sie und ihre Augen waren regelrecht verdunkelt vor Befriedigung. „Nächstes Mal bin ich dran."

Er riss die Augen auf. „Meinst du –“

„Zur Hölle mit Misha." Sie verzog das Gesicht. „Ich werde nicht zulassen, dass er etwas ruiniert, was offensichtlich Teil unseres Repertoires sein muss. Okay?"

„Okay", sagte er und lächelte, als sie sich an ihn kuschelte. Er war erfüllt von stiller Befriedigung. Er hatte Kiera gezeigt, dass sie vor ihm keine Angst haben musste und er war mit ihrem Vertrauen belohnt worden. Nichts könnte ihn davon abhalten, sie unendlich glücklich mit ihm zu machen. Nichts und niemand.

Kapitel 14

Als ich am nächsten Morgen aus dem Badezimmer kam, fand ich Peter wieder einmal in meinem Seesack. Theo saß auf dem Fußboden neben ihm, meine Habseligkeiten waren vor ihnen beiden in einem Halbkreis ausgebreitet.

„Ich dachte, dass ich eine schnelle Inspektion vornehme, bevor wir zulassen, dass Jake deine Sachen begutachtet", erklärte er. Er deutete auf den kleinen Stapel von Gegenständen. „Das ist alles, oder?"

„Ja." Ich schaute auf meine erbärmliche Sammlung von Klamotten. „Jetzt wünschte ich, ich hätte zugelassen, dass du mir die Dinge gegeben hättest, die du für mich gekauft hast. Neben Harry fühle ich mich wie die arme Verwandte."

„Sie sind in meinem Koffer", sagte Theo und nahm meine Taschenbücher zur Hand, schüttelte sie für den Fall, dass etwas in ihnen steckte.

Überrascht starrte ich ihn an. „Was? Ich dachte, du hättest sie zurückgesandt?"

„Nein, du hast mir gesagt, dass du sie nicht haben willst und dass ich sie zurücksenden sollte, aber ich dachte, dass ich ab und zu ein Teil in der Kommode unterbringen könnte und du würdest es nicht bemerken."

Ich hob eine Augenbraue.

Er grinste. „In Ordnung, ich wusste, dass du es bemerken würdest. Aber ich hatte gehofft, dass ich dich mit der Zeit milde stimmen würde. Ich habe auch noch das Armband und arbeite einen Plan aus, wie ich dich dazu bringen kann, dass du es annimmst, sobald das Leben für uns in ruhigeren Bahnen verläuft.“

„Ich brauche keinen Schmuck, Theo“, sagte ich und war mir darüber im Klaren, dass ich sturer war als nötig. Ich ging hinüber zu dem Koffer, den Richard für ihn gepackt hatte. „Bist du sicher, dass es hier und nicht in Neuseeland ist? Oh.“ Unter einem Stapel von Hosen und Unterwäsche kamen zwei zerknautschte Tragetaschen zum Vorschein, die mir bekannt erschienen.

„Ich dachte, du könntest sie brauchen.“ Er ließ seine Hände über das Tablett mit dem Zengarten gleiten, drückte auf die Kanten, als würde er ein Geheimfach vermuten. „Ich habe zu Richard allerdings gesagt, dass er die Klamotten einpacken soll und nicht die Schuhe.“

Ich zog die Sachen hervor und stopfte all die Bodys zurück in die Tüte, dachte für einen Moment nach und zog dann den champagnerfarbenen mit der roséfarbenen Spitze hervor und legte ihn auf den Stapel von Klamotten. Theo wackelte mit den Augenbrauen in meine Richtung.

„Den bekommst du nur zu sehen, wenn du sehr, sehr lieb bist“, erklärte ich ihm und nahm die Klamotten mit mir ins Badezimmer.

„Oh, das bin ich. Das bin ich wirklich. Du kannst jeden fragen. Außer meinen Bruder“, rief er mir nach. „Er ist ganz offensichtlich eifersüchtig auf mich.“

Als ich zurückkam, um einen blau-weiß gestreiften, schulterfreien Strickpulli vorzuführen und einen marineblauen Rock, der mir bis zur Hälfte der Oberschenkel reichte, pfiff er. „Schau dir deine Mama an“, erklärte Peter, der zwischen Theos Beinen saß und meine Zensteine aneinanderschlug. „Sie hat vielleicht ein paar Beine, oder?“

Ich rollte ein bisschen mit den Augen. „Als ob du das nicht in meinen Leggins hättest erkennen können?“

„Oh, das konnte ich und das habe ich. Es ist nur etwas anderes, wenn deine Beine nackt sind.“ Er schielte auf meine Beine und ließ eine herrliche Welle von Wärme in meiner Brust aufsteigen.

Ich kniete mich neben meine zwei Mannsbilder und beäugte meine kargen Besitztümer. „Ich nehme an, dass du kein Geheimfach in dem Tablett gefunden hast?“

„Nein“, sagte er und verzog das Gesicht, als er auf den jetzt ordentlich aufgestapelten Kleiderstapel schaute. „Ich habe auch die Tasche gründlich untersucht. Ich nehme nicht an, dass irgendetwas in deinem Deo verborgen ist?“

Ich schüttelte den Kopf. „Alle Kosmetikartikel habe ich gekauft, nachdem ich Misha verlassen hatte.“

„Dann weiß ich einfach nicht, wo er sein könnte, mal angenommen, dass der Stick real ist und er nicht einfach verrückt geworden ist.“

„No no no“, stimmte Peter zu und langte nach einem weiteren Stein, um ihn auf die anderen beiden, die er schon hatte, knallen zu lassen.

Ich nahm den letzten in die Hand, ließ meine Finger über die angenehme Glattheit wandern. „Er ist einfach nicht da, Theo. Wie werden wir Misha dazu bringen, das einzusehen?“

„Wir müssen uns auf die Detektive verlassen, dass die etwas zutage fördern“, antwortete er und rieb sich über seinen Kiefer, was mich sofort dazu brachte, dass es mich in den Fingern juckte, das Gleiche zu tun. Ich liebte die Kurve seines Kiefers, liebte den Winkel, den es mit den langen Geraden seines Gesichts bildete und die Art, wie es sanft in sein Kinn überging. Nur der Gedanke daran, wie dieser Kiefer über die Innenseite meiner Oberschenkel rieb, direkt, bevor mich sein Mund in Besitz nahm, brachte mich dazu, unruhig hin und her zu rutschen. „Wenn wir es schaffen, ihm eine Anklage anzuhängen, dann können wir –“

Der Gedanke daran, Theo auf diese Art zu kosten, wie er mich gekostet hatte, hing verführerisch vor meinem inneren Auge. Ein kleiner Teil meines Gehirns verwarf solch eine Idee, die Erinnerungen daran, wie Misha mich gezwungen hatte, all diese Dinge zu tun, waren zu neu in dem Teil meines Gehirns, der für Albträume zuständig war, aber ich sagte mir selbst, dass es zwei komplett verschiedene Dinge waren, zu etwas gezwungen zu werden und etwas freiwillig tun zu wollen.

Ich warf einen Blick auf den Reißverschluss von Theos Jeans und fragte mich, ob wir Peter seine Cousins besuchen lassen könnten – gerade lang genug, sodass ich mir selbst beweisen konnte, dass ich Vergnügen daran finden würde, ihm auf diese Weise Lust zu bereiten.

„Kiera.“

„Hmm?“ Vielleicht, wenn Peter sein Nickerchen machte? Das dauerte normalerweise eine gute Stunde und wir hatten das Kindermädchen, das helfen würde, wenn er früher wach werden würde, dann könnte ich Theo entführen und einen Versuch starten.

„Siehst du, was ich sehe?“

„Deinen Schritt?“

Er wandte langsam den Kopf, seine Augen schimmerten vor saphirfarbener Hitze. „Nein, obwohl ich jetzt wissen will, warum du diese Antwort gegeben hast. Aber das muss warten. Meine Frage betraf das hier.“

Ich schaute dorthin, wo er hindeutete. Peter schlug immer noch meine Zensteine zusammen, aber einer davon war auseinandergebrochen.

„Oh, er hat ihn zerbrochen. Da muss schon ein Spannungsriss gewesen sein –“ Ich hielt inne, als ich erkannte, dass der Stein nicht zerbrochen war. Die zwei Hälften waren sauber auseinandergebrochen und zwischen ihnen, nun zwischen Peters kleinen nackten Füßen, lag ein kleines rechteckiges Objekt aus Metall.

Theo nahm es mit den Fingerspitzen in die Hand, und hielt es hoch, sodass wir es sehen konnten. „Das sieht aus wie ein winziger USB-Stick“, sagte ich, meine Stimme klang sogar in meinen eigenen Ohren erstickt.

„Ganz sicher sieht es so aus.“ Er nahm Peter den zerbrochenen Stein weg und ließ den USB-Stick in den Spalt dazwischen gleiten. „Wo hast du diesen Stein her?“

„Dort, wo auch die anderen herkommen – aus Swami Betelbaums Geschäft … oh.“ Ich untersuchte die andere Hälfte des Steins. „Dieser hier ist anders. Das ist nicht wirklich Gestein.“

„Nein.“ Sein Blick war nachdenklich. „Ich glaube, das ist einer von diesen Sicherheitsmechanismen, um Wertgegenstände zu verbergen. Es sieht aus, als sei er aus einer Art Mischung von Stein und Polymer gemacht.“

„Heilige Scheiße", sagte ich, als mich das gesamte Ausmaß dieses Fundes traf. „Ich hatte wirklich seinen USB-Stick."

„Ja." Theos Augen trafen auf meine. „Und ich würde sehr gerne sehen, was darauf gespeichert ist."

„Da bist du nicht allein", sagte ich, kam auf die Füße und nahm Peter hoch, als Theo seinen Laptop hervorzog. Wir saßen beide auf dem Bett, während er den USB-Stick einstöpselte und schauten uns hastig die Ordner an, die er enthielt.

„Das sieht aus wie Kalkulationstabellen", sagte ich und runzelte bei dem bekannten Excel-Symbol die Stirn. „Aber ich weiß nicht, was das sein soll."

„Finanzielle Auskünfte", sagte er und klickte sich schnell durch die Ordner. „Das sind Anweisungen an Banken, die ausgeführt wurden. Und das ..." Er hielt inne und schenkte mir einen langen nachdenklichen Blick.

„Was?", fragte ich.

Theo klickte ein paarmal, dann drehte er den Laptop so, dass ich den Bildschirm komplett sehen konnte.

„Borland House, South Church Street, George Town, Grand Cayman. CJ", las ich laut vor. „Sehr geehrte Damen und Herren, anliegend erhalten Sie Ihre Login-Informationen, die das Sicherheitspasswort für den Account mit der Nummer 433/pre/19iJ2FFM enthalten. Auf Ihren Wunsch hin ist der Account auf den Namen Girbac, Mikhail Chebet Imports, 222 Old Treasury Building, Mauland Court, Wellington, Neuseeland eingerichtet worden. Ist das eines dieser Offshorekonten? Diese Art, die Leute einrichten, die Hedgefonds und so etwas benutzen?"

„Ja." Er lächelte sehr lange und langsam. „Und wir haben seine Kontonummer und das Passwort."

„Heilige Scheiße", sagte ich, da ich das Gefühl hatte, dass dieser Moment nach einem kleinen Sakrileg rief. „Kein Wunder, dass er so panisch versucht hat, mich ausfindig zu machen."

Theo drehte den Laptop zurück und hackte auf die Tastatur ein. „Ich richte nur schnell eine VPN ein und überprüfe dann das Konto."

„Was ist eine VPN?"

„Das ermöglicht mir, meine IP-Adresse und meinen physischen Standort zu verbergen", sagte er und verzog trocken die Lippen. „Jake würde mich bei lebendigem Leib häuten, wenn ich zulassen würde, dass irgendjemand diese Aktivitäten zu ihm zurückverfolgen kann. Aha, da haben wir's. Und nun lass uns sehen, welche dreckigen kleinen Geheimnisse dein Ex hat ..."

Er hörte auf zu sprechen, seine Augen verengten sich beim Anblick auf dem Bildschirm.

„Ist es so schlimm?", fragte ich und fühlte, wie mir vor Angst das Blut in den Adern gefror. Ich umklammerte Peter so fest, dass er quengelte und einen Zenstein auf meine Hand schlug. Ich setzte ihn ab und gab ihm sein Kauspielzeug und versuchte, einen Blick auf den Bildschirm zu erhaschen, aber Theo schloss den Laptop, zog den Stick heraus und steckte ihn in seine Tasche.

Sein Gesicht hatte einen grimmigen Ausdruck.

„Denk nicht einmal daran, das Zimmer zu verlassen", sagte ich ihm, als er aufstand und sich umdrehte, als würde er zu Tür gehen wollen. „Nicht, ohne mir zu sagen, was dich dazu gebracht hat, auszusehen, als wärst du in eine sehr hübsche griechische Marmorstatue verwandelt worden.“

Seine schönen dunkelblauen Augen waren nicht ganz offen, als er sich mir zuwandte. „Hast du ein Problem damit, Peter hier bei Harry und Jake zu lassen?“

„Nein“, sagte ich. „Hast du vor, nach Athen zu reisen? Müssen wir dort jemanden bei einer Bank kontaktieren? Ich bin mir sicher, dass er kein Problem damit hat, wenn wir ihn über Nacht alleine lassen, obwohl wir zuerst deine Schwägerin fragen sollten.“

Er nahm meine Hand und sein Daumen rieb über meine Finger, während er offensichtlich sorgfältig seine Worte wählte. Es war diese Tatsache, die mir richtig Angst machte und mich dazu brachte, seine Hand mit zitternden Fingern zu umklammern. „Ich glaube, wir werden ein bisschen länger als nur über Nacht weg sein. Kiera, wir müssen zurück nach Neuseeland.“

„Warum?“ Ich wollte das nicht fragen, ich wollte die Antwort nicht wissen, aber gleichzeitig wusste ich, dass ich mich nicht länger verstecken konnte. Ich hatte nun Theo und Peter und wenn das bedeutete, dass ich Misha konfrontieren musste, dann war es eben so. „Sodass wir Misha den Stick zurückgeben können? Wir können ihn einfach mit der Post senden oder ein Kurier könnte ihn zustellen, oder nicht?“

Er schüttelte den Kopf. „Wir werden uns dort mit der Polizei unterhalten müssen. Nein, nicht der Polizei – der Financial Action Task Force.“

„Was sind das für Leute?“ Ich versuchte verzweifelt, gegen den Drang anzukämpfen, davonzulaufen, Peter und Theo dorthin zu schleppen, wo sie in Sicherheit waren, wo wir uns verstecken konnten.

„Sie kümmern sich um Geldwäsche und die Finanzierung von Terrorismus. Jake hatte mit ihnen zu tun, als es um eine Investition in Australien ging, vor etwa zehn Jahren, als der Mann, der versuchte, den Deal zum Abschluss zu bringen, Geldwäsche betrieben hat.“ Sein Daumen wischte in einem Pfad wieder über meine Hand. „Du kannst hierbleiben, Liebling. Ich werde dich nicht zwingen, zurückzukehren, wenn du das nicht möchtest.“

„Ist das nicht etwas, was wir von hier aus tun könnten?“, fragte ich und kannte die Antwort, bevor ich zu Ende gesprochen hatte. Wenn es etwas war, das Theo erledigen konnte, ohne sich auf den langen Weg zurück nach Neuseeland zu machen, dann würde er es tun.

„Wir werden sie persönlich treffen müssen. Sie werden Zeugenaussagen aufnehmen müssen. Fingerabdrücke. Und ich will sicherstellen, dass kein potenziell dreckiger Cop zulässt, dass dein Ex entkommt.“

„Du bist der mutigste Mensch, den ich kenne“, erklärte ich ihm und war so überwältigt von der Liebe, dass diese Worte einfach aus mir heraussprudelten. Seine Augen öffneten sich vor Überraschung bei diesen Lobeshymnen. Ich neigte meinen Kopf und küsste ihn und ließ meine Lippen seinen Mund kosten.

Er war süß und heiß und nur sein Geschmack auf meinen Lippen verursachte ein Kribbeln wesentlich weiter unten. Er erfüllte mein Herz mit Freude und erleuchtete meine Seele mit Liebe. Er war der Mann, auf den ich mein ganzes Leben gewartet hatte und ich war so dankbar für ihn, dass ich gewillt war, alles zu tun, damit wir eine Zukunft zusammen hatten. „Ich liebe dich, Theo. Ich liebe dich so sehr, dass, obwohl ich dich und Peter in die nächstgelegene Höhle schleppen und euch dort verstecken will, ich tun werde, was du willst. Denn ich vertraue dir mit meinem gesamten Wesen. Also, Mann, lass uns nach Neuseeland fliegen und diesen Bastard dingfest machen."

„Ich werde jede kleinste erotische Fantasie erfüllen, die dir gerade durch den Kopf schießt", versprach er und kitzelte Peter unter dem Kinn. „Dann werde ich dir sagen, wie stolz ich auf dich bin und dass ich mir ein Leben ohne dich nicht vorstellen kann. Aber zuerst muss ich Iakovos überzeugen, dass er uns seinen Privatjet benutzen lassen wird, damit wir nicht an den Flughäfen warten müssen."

Theo verschwand, bevor ich den spitzen Kommentar darüber machen konnte, dass sein Bruder seinen eigenen Jet hatte. Es war mir nicht so schlimm vorgekommen, als Theo einen gemietet hatte, damit wir aus Australien herauskamen, denn er hatte das Bedürfnis gehabt, uns sicher aus Mishas Reichweite zu befördern. Außerdem, sagte ich mir, dass Mieten nicht dasselbe war wie Besitzen.

„Willkommen im Wunderland, Alice", sagte ich zu Peter. Er gluckste und sang mir no no no vor, was ich dahin interpretierte, dass er zu seinen Cousins wollte, damit er ein bisschen mit ihnen spielen konnte.

Ich machte Harry draußen auf einem üppig grünen Rasen ausfindig, wo ihre jüngeren Kinder in einem Baby-Pool planschten, während die älteren Mädchen, Melina und Thea, in Badeanzügen herumrannten, einander jagten und sich in den großen Pool fallen ließen. Es schien, als seien beide Mädchen im Wasser geboren worden und Harry, die an einem schattigen

Plätzchen saß, rief ihnen zu, dass sie nicht zu sehr toben sollten, bevor sie sich mir zuwandte und mich begrüßte.

„Da ist ja der jüngste Mister Papamaumau. Spielt er gerne im Wasser? Ich habe ein paar von Nickys alten Schwimmflügelchen ausgegraben", sagte sie und lächelte, als der fünfjährige Nicky mit ein paar Spielzeugdelfinen im Babypool spielte. Rose, ein Jahr jünger, sammelte vorsichtig und sorgfältig jeden Grashalm auf, der auf dem Wasser schwamm.

„Ich glaube, das würde ihm gefallen", sagte ich und schälte Peter aus seinen Klamotten, um die wasserabweisenden Hosen über seine Winkel zu ziehen.

Peter sang glücklich no no no vor sich hin, als ich ihn ins Wasser hielt, obwohl er nicht stillhalten wollte, damit ich ihn mit Sonnenschutz einschmieren konnte.

Sobald er genügend geschützt war, hockte ich mich auf die Fersen neben den Babypool, bereit, ihn zu retten, falls die älteren Kinder zu sehr tobten, oder falls er vornüber ins Wasser fiel. „Harry, wenn Theo und ich für … Für ein paar Tage verschwinden müssten, wärst du dann bereit, auf Peter aufzupassen?"

„Natürlich", sagte Harry sofort. „Ich würde mich freuen, ihn hierzuhaben, selbst wenn er nicht so ein verträgliches Kind wäre. Nicky, es tut dem Delfin nicht weh, wenn er darauf rumkaut. Seine Gaumen tun weh und es tut ihm gut, wenn er auf Dingen kauen kann."

„Ich hätte sein Kauspielzeug mitbringen sollen", überlegte ich und beobachtete abwesend, wie Peter auf der Flosse eines der Plastikdelfine kaute, die im Pool schwammen.

„Sein was?"

„Kauspielzeug. Er mag es, darauf herumzukauen. Ich hasse es, Peter zurückzulassen, aber Theo glaubt, dass wir nach Neuseeland zurückkehren müssen.“

„Wirklich? Warum?“

Harry lehnte sich nach vorne, die Hände auf den Knien, während ich ihr erzählte, wie wir den USB-Stick in meinem Zenstein gefunden hatten. „Was war darauf, dass Theo so von der Rolle ist?“, fragte sie, als ich fertig war.

„Ich weiß es nicht.“ Ich beschattete meine Augen, um zu beobachten, wie zwei große Männer über den Rasen auf uns zukamen. Theo trug seine Lieblingsshorts, von denen ich säuerlich feststellte, dass Richard es geschafft hatte, sie einzupacken und ein Muskelshirt, das mich bewundern ließ, mit welcher Leichtigkeit all seine Muskeln im Einklang arbeiteten. Iakovos trug auch ein paar knielanger Shorts und ein ärmelloses Hemd und ich musste zugeben, dass er definitiv kein schlechter Anblick war, aber ich konnte nicht verstehen, wie er es zu Nummer drei der Junggesellenliste geschafft hatte, während Theo nur zu Nummer zehn gekommen war. Theo mochte nicht so groß und einschüchternd sein wie Iakovos, aber diese blauen Augen mit den sehr dunklen Wimpern machten meine Knie weich. Die Linie seines Kiefers ... Und das Kinn. Und diese Stelle auf seinem Nacken, in die ich immer beißen wollte.

„Oh, ein bisschen heiß hier, oder nicht?“, sagte Harry und fächelte sich Luft zu, als sie beobachtete, wie die Männer näher kamen.

„Ziemlich“, sagte ich und schluckte ein paarmal.

„Schaust du sie manchmal an – also, in deinem Fall, Theo – und fragst dich, was zur Hölle du getan hast, umso viel Schönheit in Form eines unglaublichen Mannes zu verdienen?“, fragte Harry mit den Augen auf ihrem Ehemann.

„Jeden. Einzelnen. Tag“, sagte ich.

„Hast du schon festgestellt, wie andere Frauen Theo anschauen? Das erste Mal, als jemand versucht hat, mir Yacky abspenstig zu machen, wollte ich ihm einfach nur durch die Haare wuscheln, damit er nicht so verdammt attraktiv aussieht.“

„Das klappt nicht“, sagte ich und meine Augen verengten sich bei dem Gedanken, dass irgendeine Frau versuchen würde, Theo in ihre Krallen zu bekommen. „Es sieht dann einfach nur so aus, als hätten sie eine anstrengende Nacht voller Sex hinter sich.“

Sie schwieg für einen Moment, dann räusperte sie sich. „Ja, ich kann erkennen, wo das nach hinten losgehen würde.“

Ich schenkte ihr ein schnelles Lächeln. „Ich verlasse mich auf dich, wenn es darum geht, mir Hinweise zu geben, wie man die dummen Hühner loswird, die glauben, dass sie Theo berühren könnten.“

„Ich habe eine ganze Liste von Dingen, die ich auf Partys sage. Es funktioniert auch wunderbar, wenn man alles Mögliche auf Störenfriede schüttet. Gleiches gilt dafür, ihnen auf ihre winzigen, elfenhaften Zehen zu treten.“

„Das klingt sehr spezifisch.“

„Ist es.“ Sie verzog das Gesicht. „Nicht mehr, denn die betreffende Frau ist mit einem anderen Mann zusammen, hat mir zumindest Dmitri erzählt.“

„Dmitri?“

„Der Cousin von Yacky und Theo. Im Moment ist er in den USA, aber er sollte nächste Woche nach Hause kommen. Du wirst ihn dann kennenlernen.“

„Nein, wird sie nicht“, sagte Iakovos, als er und Theo vor uns zum Stehen kamen. Er beugte sich nach vorne, um Harry zu küssen, bevor er pflichtschuldig einen der Spielzeugdelfine bewunderte, die sein Sohn ihm zeigte. Peter war sehr aufgeregt und sang Theo no no no vor, und spritzte mit einem der Delfine Wasser um sich.

„Warum wird sie das nicht?“, fragte Harry.

„In einer Stunde reisen wir ab, sobald der Jet zum Abflug bereit ist.“ Theo schaute auf mich hinunter. „Kannst du dann fertig sein?“

„Ja, aber wir wollen wissen, was du bei dieser Bank auf den Caymans gesehen hast, das dich dazu bringt, sofort abreisen zu wollen“, sagte ich.

„Der Betrag, der bei dieser Bank eingezahlt war, war nicht der eines Kleinkriminellen“, antwortete er. „Dein Ex ist klar und eindeutig in einem sehr großen Unternehmen zur Geldwäsche betätigt in dem Umfang, bei dem es nicht mehr um Einzelpersonen geht und der von Terroristen, extremistischen Gruppen oder Ländern benutzt wird.“

Ich schüttelte den Kopf und war unfähig, den Gedanken zu verarbeiten, dass Misha so viel Macht hätte. „Du machst Witze. Misha?“

„Ich wünschte, das wäre so“, antwortete Theo.

„Aber ... Er war niemals die ganz große Nummer.“

„Leider ist er das jetzt.“ Theos Augen waren verdunkelt vor Sorge.

Ich schüttelte wieder den Kopf. „Das habe ich nie gewusst. Ich meine, ich hatte eine Ahnung davon, dass sein Importgeschäft nicht so koscher ist, wie er sagte, aber Geldwäsche? Das ist mir niemals eingefallen."

„Hast du Harry gefragt?" Theo ging neben mir in die Hocke und hielt seine Hände für Peter ausgestreckt, als das Baby versuchte, über den Rand des Kinderpools zu klettern.

Harry antwortete, bevor ich zu Wort kam. „Wir freuen uns, auf Peter aufzupassen, solange ihr gebraucht werdet. Mathilde liebt Kinder und versuchte schon, Iakovos zu überzeugen, dass, nur weil ich vierzig bin und er steril, das nicht bedeutet, dass wir nicht mehr Kinder in die Welt setzen könnten."

Iakovos warf seiner Frau einen bösen Blick zu. „Musst du das jedem erzählen?"

Harry kicherte und nickte in Theos Richtung. „Hey, sie müssen sich über Verhütung Gedanken machen. Wir nicht. Wir sind die Gewinner."

„Recht hast du", sagte Iakovos.

Theo schenkte mir einen nachdenklichen Blick. Ich hielt meinen Arm in die Höhe und spannte den Bizeps an. „Implantat. Hält noch drei weitere Jahre, also denk nicht mal dran."

Er lachte und verzog das Gesicht, als Peter den Spielzeug-Delfin direkt auf Theos Schritt schlug. „Das könnte überflüssig sein, wenn du damit weitermachst, Peter. Ich muss noch ein paar Anrufe tätigen, um sicherzustellen, dass alles für uns bereit ist, aber wenn du in einer halben Stunde reisefertig bist, wird uns das Zeit am Flughafen verschaffen."

So lange ich konnte, blieb ich bei Peter und fühlte mich zerrissen darüber, ihn zurückzulassen, wusste aber, dass ein paar Tage getrennt von ihm sicherstellen würden, dass Misha uns für den Rest unseres Lebens in Frieden lassen würde. Unter diesem Aspekt war die Trennung es sehr wohl wert.

Ich will nicht sagen, dass es keine Tränen gab, die ich unterdrückte, als wir das Boot zum Festland hinübernahmen und Harry Peter im Arm hielt und mit seiner kleinen Faust auf Wiedersehen winkte. Ich umklammerte Theos Hand und beobachtete sie, bis sie zu klein waren, um sie zu erkennen, dann schluckte ich einen großen Klumpen Tränen hinunter.

Theo schniefte.

Ich schaute ihn überrascht an.

„Was?", sagte er und zog mich auf den Sitz neben ihm.

„Du hast geschnieft."

„Mach dich nicht lächerlich. Ich bin ein Mann und breche deshalb nicht in Tränen aus, wenn ich meinem zehn Monate alten Sohn auf Wiedersehen sage, den ich gerade mal zwei Wochen vorher kennengelernt habe."

Ich schmiegte mich an ihn und wickelte meine Arme um ihn, erstaunt von der Tatsache, dass dieser wundervolle Mann meiner war. „Ich würde jetzt sagen, dass es mir leidtut, dass wir das tun müssen, aber ich weiß, dass du mir sagen wirst, dass es nicht meine Schuld ist. Stattdessen werde ich dich einfach umarmen und dir auf tröstende Art über den Rücken reiben, in Ordnung?"

„Abgemacht", sagte er und hielt mich fest, sein Kinn auf meinem Kopf für die Dauer der Fahrt zum Festland. Einer von Iakovos' Bediensteten steuerte das Boot und normalerweise hätte ich es genossen, das schöne grünblaue Wasser zu betrachten, das hübsche Dorf, das sich an die Seite der Klippe zu klammern schien, die sich zur See ergoss und die wunderbare Stimmung von Griechenland, aber ich war zu durcheinander, um irgendetwas davon wahrzunehmen.

Die Reise zurück nach Neuseeland war wesentlich weniger schlimm als die Reise von dort weg, aber da wir immer wieder auftanken mussten, dauert es mehr als einen Tag. Theo verbrachte die meiste Zeit, indem er arbeitete, kümmerte sich nicht nur um das Problem mit Misha, sondern auch um seine eigenen Geschäfte, die er aufgeschoben hatte, um uns in Sicherheit zu bringen.

„Ich hoffe, wir erhalten Bonusmeilen für Privatjet-Nutzer", sagte ich ihm, als wir in die Sonne von Wellington traten, fast achtundzwanzig Stunden später. „Ich fühle mich komplett seltsam."

„Es ist besser, als in die Staaten zu fliegen", erklärte er. „Ich fühle mich dann immer für ein paar Tage aus dem Rhythmus nach einem dieser Flüge."

Die nächsten zwei Tage verbrachten wir weggesperrt in verschiedenen Einrichtungen der Regierung, um Zeugenaussagen zu machen und unsere Geschichte wieder und wieder zu erzählen, bis ich dachte, ich würde verrückt werden, wenn ich noch ein einziges Mal erzählen müsste, wie wir den USB-Stick gefunden hatten. Zeugenaussagen wurden persönlich aufgenommen, auf Video aufgezeichnet und es wurde schriftlich niedergelegt, dass weder Theo noch ich irgendeine Ahnung von dem USB-Stick hatten oder was darauf gespeichert war, bis wir ihn gefunden hatten.

So ärgerlich das war, lief es relativ gesittet ab, bis die Beamten, die mit uns arbeiteten, vorschlugen, dass die beste Art, sicherzustellen, dass Misha verurteilt wurde, war, dass wir ihn auf frischer Tat ertappen würden. Und das bedeutete, dass ich ihm den USB-Stick zurückgeben musste.

„Nein", sagte Theo, bevor ich überhaupt auf den Vorschlag reagieren konnte. „Es ist zu gefährlich. Er hat sie letzte Woche fast umgebracht und das war in der Öffentlichkeit auf einer Straße."

Ich dachte über das nach, was der Beamte – dessen Name Dermot war – gesagt hatte, als er erklärt hatte, dass sie, wenn man die Umstände berücksichtigte, eine lückenlose Beweisführung gegen Misha haben müssten, um sicherzustellen, dass er verurteilt wurde, was das war, was Theo verlangt hatte.

„Wir werden Sie verkabeln und mit GPS überwachen", erklärte Dermot mir und ignorierte Theo, der neben mir stand, die Beine gespreizt und die Arme über seine Brust verschränkt. „Wir werden den Ort des Treffens sorgfältig auswählen und wir werden Beamte in Zivil in der ganzen Gegend platziert haben. Wenn Sie sich zu irgendeinem Zeitpunkt bedroht fühlen, dann werden Sie einen Panikknopf haben, der das Interventionsteam aktivieren wird."

Ich schaute hinter Dermot, wo George, Paul und John standen. Sie trugen ihre üblichen unbeweglichen Gesichtsausdrücke zur Schau, was ich seltsamerweise beruhigend fand.

„Unter keinen Umständen", sagte Theo und sah definitiv mordlüstern aus. „Das kommt überhaupt nicht infrage. Was, wenn er auf sie schießt? Wir werden einen anderen Weg finden."

Dermot wischte die Frage zur Seite. „Wir werden sie selbstverständlich schützen –"

„Nein!", donnerte Theo. „Es gibt nichts, was ihn davon abhalten würde, sie zu erschießen."

Dermot schüttelte den Kopf. „Ganz im Gegenteil, es gibt eine Menge Dinge, die wir unternehmen können, um das zu verhindern."

„Zum Beispiel?", fragte ich, hin- und hergerissen zwischen Angst und einer seltsamen, ruhigen Entschlossenheit, das durchzustehen. Ich wollte ein Leben mit Theo. Misha musste Einhalt geboten werden, damit das wahr werden konnte.

„Das ist Neuseeland, nicht die USA." Dermots Augen ruhten auf mir. „Wir haben eine recht niedrige Rate von Gewalttaten mit Schusswaffen. Selbstverständlich werden wir sicherstellen, dass es Sicherheitskameras gibt, die die Örtlichkeit überwachen, die wir ausgewählt haben."

Theo schnaubte und murmelte leise etwas vor sich hin.

„Was würden Sie tun, wenn Sie an meiner Stelle wären?", fragte ich George.

Er hob seine Augenbrauen. „Wenn ich wollen würde, dass der Straftäter für immer eingesperrt wird, dann würde ich das tun, was diese Herren hier vorschlagen."

„Kiera, verlass den Raum", verlangte Theo und versuchte, mich zu scheuchen. „Ich werde von hier an übernehmen."

Ich widerstand seinen Scheuchbewegungen. „Vertrauen Sie ihnen?", fragte ich George.

„Ja", sagte er ohne das geringste Zögern.

„In Ordnung." Ich wandte mich Theo zu, streichelte mit meinen Daumen über die Linie seines Kiefers, die ich so sehr liebte. „Ich weiß, dass du versuchst, mich zu beschützen, mein Liebster. Ich weiß, dass du nicht willst, dass ich weiter von Misha traumatisiert werde. Ich weiß, dass du nicht willst, dass ich jemals wieder Angst habe oder von ihm terrorisiert werde, aber du musst an etwas Wichtiges denken."

„Das wäre?", fragte er und seine Neugier gewann die Oberhand über seine Abneigung gegenüber den Beamten.

„Die riesige Befriedigung, die ich daraus ziehen werde, wenn sie Misha in Handschellen abführen, wissend, dass es keinen Weg für seine dreckigen Freunde bei der Polizei gibt, ihn zu retten. Das wird die beste Therapie sein, die ich jemals haben könnte."

Er dachte darüber nach und zog mich eng an sich, um mir ins Ohr zu flüstern: „Ich will nicht, dass du das tust. Ich werde nicht in der Lage sein, dich vor ihm zu beschützen."

„Das hast du schon getan, du anbetungswürdig wundervoller, trotzdem alberner Mann", sagte ich und biss ihn in den Nacken. „Lass mich das tun, Theo. Das wird kein Kinderspiel, aber, oh, ich will so, so sehr sehen, wie er ins Gefängnis wandert."

Es brauchte eine weitere halbe Stunde voller Überredung, Flehen und Bestechung, bevor Theo endlich zustimmte, dass der Plan entwickelt werden konnte.

„Aber wir werden selbst ein paar Vorsichtsmaßnahmen ergreifen", murmelte er dunkel, als wir, begleitet von George, Paul und John, ins Auto stiegen, um zum Hotel zurückzufahren, wo wir übernachteten.

„Welche Vorsichtsmaßnahmen?", fragte ich.

Er lächelte nur und ließ seine Knöchel knacken.

Ich nahm mir vor, eine Unterhaltung unter vier Augen mit George zu führen, damit ich ihn warnen konnte, dass er Theo davon abhalten musste, Misha selbst anzugreifen. Ich hatte keinen Zweifel, dass Theo einem Kampf sehr wohl gewachsen wäre, aber Misha hatte kein Ehrgefühl oder Sinn für Fair Play. Und ich würde den Mann, der mein Leben vollständig machte, keinem Risiko aussetzen. Nicht dann, wenn ich das erste Mal seit fünf Jahren eine Zukunft hatte, die es wert war, zu erhalten.

Kapitel 15

Zwei Tage später tätigte Theo den Anruf. „Wir haben den USB-Stick", sagte er, seine Stimme emotionslos, aber ich wusste, dass er den Wunsch unterdrückte, Misha mit einer unbegrenzten Anzahl von gewalttätigen Aktionen zu drohen.

Ich konnte das harsche Russisch aus dem Lautsprecher des Telefons strömen hören, bevor Misha sagte: „Wo ist er? Was habt ihr damit gemacht?"

„Lassen Sie mich das ganz deutlich machen: Kiera wusste nicht, dass Sie ihn in ihren Steinen des Zengartens versteckt hatten. Wenn Sie daran denken, sie zu verletzen oder ihr in irgendeiner anderen Weise Schaden zuzufügen, dann wird der Stick direkt der Polizei übergeben."

Vorhersehbarerweise fauchte Misha Theo Obszönitäten zu, der abwartete, bis er sich wieder beruhigt hatte, bevor er hinzufügte: „Haben Sie verstanden? Wenn Sie ihr auch nur ein Haar krümmen, werden wir den Stick der Polizei übergeben."

„Ich habe verstanden", sagte Misha und seine Stimme war seidig glatt, ein Geräusch, das mir auf den Armen eine Gänsehaut bescherte. Ich kannte diese Stimme; er war immer dann am gefährlichsten, wenn er so sprach. „Wo ist Kiera? Ich werde mit ihr reden."

Theo hob fragend die Augenbrauen in meine Richtung. Ich nickte und nahm ihm das Telefon ab, hielt es so, dass er zuhören konnte. „Theo will nicht, dass ich dir den Stick zurückgebe", sagte ich zu Misha. „Er will ihn den Bullen geben, aber ich habe ihm gesagt, weil er dir gehört, habe ich nicht den Eindruck, dass das richtig ist."

„Gut, du gutes Mädchen", sagte er und Lachen klang in seiner Stimme. Ich unterdrückte die Alarmglocken, die in meinem Kopf schrillten, und zwang mich dazu, den Tonfall deutlicher Zufriedenheit in seiner Stimme zu ignorieren. „Du hörst nicht auf diesen Mann. Er behandelt dich nicht wie ich."

Das war die Untertreibung des Jahres.

„Wo willst du dich treffen?", fragte ich, meine Augen ruhten auf Dermot. Er nickte.

„Du kommst zum Warenlager in Wellington."

„Wie wäre es, wenn wir neutrales Gelände finden, wo ich nicht direkt in die Arme einer Gruppe von deinen Freunden laufe?" Ich versuchte, mich an all die Anweisungen von Dermot zu erinnern, die er mir für erfolgreiches Verhandeln gegeben hatte und welche Gegenden sie im Vorhinein präparieren konnten.

„Warenlager", wiederholte Misha.

„Theo würde das niemals zulassen und das weißt du genauso gut wie ich."

Misha spuckte etwas aus, von dem ich wusste, dass es ein abwertendes russisches Wort war.

„The Dominion."

„Der Park?", fragte ich.

„Ja. Simmington Point, beim Swimmingpool. Ist das neutral genug?"

Ich ignorierte den spöttischen Ton in seiner Stimme, meine Augen waren auf Dermot gerichtet. Er signalisierte sein Einverständnis mit dem Daumen nach oben. „In Ordnung. Wie viel Uhr?"

Wir einigten uns auf eine Zeit an diesem Abend. Misha wollte, dass ich sofort dorthin kam, aber Dermot hatte gesagt, dass sie Zeit brauchten, um das Gelände zu sichern, das wir ausgesucht hatten, und außerdem war es nachts besser, denn dann konnte man die Mitglieder des Interventionsteams besser verstecken.

Zwei Stunden, bevor ich im Dominion Park sein sollte, ein wunderschönes Fleckchen Erde, das sich neben der Bucht erstreckte, zog Theo mich in unser Hotelzimmer.

„Du hast dir alles gemerkt, was ich dir gesagt habe?", fragte er.

„Ja. Bist du sicher wegen des Namens?"

„Die Detektive haben drei Namen zutage gefördert, aber zurzeit wird nur einer benutzt."

„Okay. Ich will keinen Unschuldigen in Schwierigkeiten bringen."

„Wir werden nur eine Untersuchung herbeiführen", sagte er mir, seine Hände auf meinen Schultern. „Nicht mehr."

„Erinnere dich daran, dass ich mich auf dich verlasse", sagte ich und gab der Versuchung nach, ihn ins Kinn zu beißen.

Einen Moment sah er überrascht aus, dann neigte er den Kopf und bot mir seinen Nacken dar. Ich lachte und biss auch dort sanft hinein.

„Ich sollte dich Vampir statt Gazelle nennen“, murmelte er und seine Hände begannen, sich mit meinem Hintern zu beschäftigen.

„Theo, hör auf. Du bringst meine ganze Ausrüstung durcheinander“, protestierte ich und wand mich, als er eine Hand in meine Leggins schob.

„Oh, deine Ausrüstung wird ziemlich durcheinander sein, wenn ich damit fertig bin“, sagte er mit einem erotischen Grollen, und bewegte seine Finger gegen meine empfindliche Haut.

„In Ordnung, aber du wirst Dermot erklären, warum sie eine Stunde damit verbracht haben, mich mit alldem auszustatten und du mir das alles innerhalb von zwei Minuten abgenommen hast.“

Er seufzte, zog aber seine Hand zurück, nachdem er mich leicht in den Hintern gezwickt hatte. „Erinnere dich einfach später an meine Zurückhaltung. Ich werde eine große Belohnung dafür erwarten.“

„Glaub lieber, dass ich das tun werde.“

Sein Lächeln verblasste. „Bist du dir sicher, Kiera? Es ist nicht zu spät, dass ich den Stick zustellen kann.“

„Gegenüber dir wird er nicht so angeben wie mir gegenüber“, sagte ich und schenkte ihm ein Lächeln, das viel mehr Strahlkraft hatte, als ich fühlte. „Es gibt wenig, das Misha mehr liebt, als mir zu sagen, wie brillant er ist. Wir können es nicht riskieren, dieses Geständnis aufs Spiel zu setzen.“

„In Ordnung.“ Er holte tief Luft. „Erinnere dich einfach an das, was ich dir gesagt habe, was du tun sollst.“

Ich salutierte. „Aye, aye, Sir und der ganze Quatsch.“

Kurz danach machte ich mich auf den Weg. Dermot hatte eine Handvoll Beamten im Park platziert, die den

Verkehr beobachteten, aber niemand schien bis dato verdächtig zu sein. Wir setzten uns in das nahe gelegene Gebäude der Gärtner und warteten, beobachteten die Videobänder, jede Sekunde dauerte eine Ewigkeit.

Eine Stunde, bevor ich Misha treffen sollte, erreichte uns im Gebäude die Nachricht, dass er und vier seiner Freunde im Park gesehen worden waren, wie sie sich auf den Weg zum Swimmingpool machten. Es gab außerdem einen Zuwachs von Polizeibeamten in der Gegend.

Ich lehnte mich an Theo und sagte nichts. Ab dem Moment glaubte ich, dass mein Schicksal besiegelt sei.

Sicherheitskameras zeigten die Bewegungen von Misha und seinen Leuten, wie sie gelassen nach und nach durch den Park gingen, die Männer verschwanden von den Videoaufzeichnungen.

Theos Arme zogen mich enger an ihn, während Misha sich aus dem Abdeckungsbereich der Verfolgungskamera bewegte.

„Jetzt dauert es nicht mehr lange", sagte Dermot und schenkte mir ein Lächeln.

Ich versuchte zurückzulächeln, hatte aber den Verdacht, dass es mehr zu einer Grimasse geriet, denn er schaute etwas entsetzt aus.

„Bist du bereit, Liebling?", murmelte Theo in mein Ohr.

„Ja." Ich drehte mich um, um ihn zu küssen. „Ich vertraue dir, Theo."

„Ich freue mich darauf, wenn das vorbei ist, sodass du mir auf sehr anschauliche Weise sagen kannst, wie sehr es dir leidtut, dass du jemals an mir gezweifelt hast", sagte er leichthin, aber ich sah die Schatten in seinen Augen. Er hatte einfach genauso viel Angst wie ich.

Ich löste mich von ihm und er ließ mich mit Dermot, George und einen von Dermots Männern allein.

„Es wird alles glatt gehen", sagte George und schlug mir auf die Schulter, bevor auch er das Gebäude verließ, um die Position einzunehmen, die Theo und er abgesprochen hatten.

Mein Magen drehte sich um, während diese letzten paar Minuten vergingen.

„Ich wünschte, ich wüsste, was er tut", sagte ich leise. „Ich hasse es, auf diese Art und Weise blind zu sein."

„Seine Männer haben sich versteckt", antwortete Dermot und lauschte für einen Moment in sein Headset hinein. „Die Polizei versammelt sich auf dieser Seite des Parks, obwohl einer von ihnen sich dem Gebäude genähert hat. Sind Sie bereit?"

„Ist es Zeit?", sagte ich, plötzlich nervös. Ich wischte mir meine Hände an der Leggins ab, mein Herzschlag beschleunigte sich.

„Ein bisschen zu früh, aber das wird er erwarten. Wir sollten ihm das geben, was er will, nicht wahr?"

„Schokoladendonuts", sagte ich ihm. „Mottenkugeln. Der große Planet Erde."

Dermot sagte nichts, als ich die Tür öffnete und aus dem Gebäude trat, durch einige Bäume hindurchschlüpfte, die in der Nähe wuchsen, bevor ich auf dem geteerten Weg erschien. Ich schaute mich nervös um wohl wissend, dass Misha das erwartete, nicht dass ich auch nur im Geringsten vorgab, besorgt zu sein.

Es war ungefähr eine halbe Meile bis zum Pool und die Menschenmenge lichtete sich, als die Sonne unterging. Ich folgte dem geteerten Fußweg dorthin hinab, wo acht Bahnen des Pools glitzerten und tintenfarben wurden, bevor die blau-weißen Lichter, die rund um den Pool angebracht waren, mit einem leisen Summen zum Leben erwachten.

Einige Leute waren im Pool und schwammen Bahnen, aber die ganzen Familien waren gegangen, nachdem die Badezeit mit Bademeister beendet war. Ich schritt am großen weißen Zaun entlang, der die Parkbesucher daran hinderte, in den Bereich des Swimmingpools zu gelangen, und war so nervös, dass ich das Gefühl hatte, ich würde nie wieder essen können.

„Du bist gekommen."

Mishas Stimme ertönte hinter mir, so unerwartet, dass ich aufquiekte und herumwirbelte. Er stand fast nahe genug, um mich zu berühren und war von weiß Gott wo aufgetaucht. In seinen Händen hielt er eine Pistole. Bei diesem Anblick zerbrach etwas in mir. Er war so berechenbar, so banal. Ich wollte ihn anschreien, dass er sich eine neue Routine zulegen musste.

„Ja, ich bin gekommen." Ich ließ zu, dass mein Gesichtsausdruck meine Angst zeigte. Misha liebte es, Leuten Angst zu machen. „Ich will einfach, dass du mich in Ruhe lässt."

„Warum? Damit du diesen Mann vögeln kannst, diesen Theo, der mich bedroht hat?" Mishas Lippen zogen sich in einem Grinsen zurück, als er mit der Waffe auf mich deutete. „Ich habe gesagt, dass er dich anlügt. Du bist meine Frau. Du bist immer meine Frau."

„Das war ich für fünf lange Jahre, Misha. Ich habe meine Strafe abgesessen", sagte ich und improvisierte ein bisschen, aber ich hatte das Gefühl, dass ich die

Unterhaltung authentisch halten musste, damit er keinen Verdacht schöpfte.

„Es ist nicht vorbei“, sagte er und trat näher, seine Augen wanderten auf eine besitzergreifende Art über mich, an die ich gewöhnt war. Dieses Mal jedoch machte es mich physisch krank. „Gib mir Stick, dann nehme ich dich mit zum Hotel und wir ficken.“

„Nicht so schnell“, sagte ich und verschränkte die Arme über meiner Brust. „Lass uns für einen Moment darüber reden, was auf dem Stick ist. Ich habe ihn mir angesehen, Misha. Theo weiß nicht, dass ich das getan habe, aber ich habe ihn geöffnet und alles gesehen.“

Er fauchte und seine Hände verkrampften sich. „Sieht so aus, als würdest du eine Menge Geld handeln, das nicht deines ist.“ Ich versuchte mein Bestes, Theos Weltgewandtheit zu imitieren. „Ich kenne dich und ich weiß, dass du nicht einer von denjenigen bist, der sich so viel Geld entgehen lässt. Also, sollen wir ein kleines Geschäft machen?“

Ein langsames, hässliches Lächeln breitete sich über sein Gesicht aus. „Ich wusste, dass du etwas wollen würdest. Es war zu gut, um wahr zu sein, als du mir gesagt hast, dass du mir den Stick geben würdest. Wie viel?“

„Wie wäre es mit drei Millionen?“

Sein Lächeln wurde breiter und ich wusste, dass er wie ich verkabelt war.

„Du willst, dass ich dir drei Millionen für den Stick gebe?“

Ich zuckte mit den Schultern. „Wenn du ihn zurückwillst, ja, dann will ich drei Millionen. Das ist

Taschengeld für dich verglichen mit den Beträgen, die in den Dokumenten auftauchen."

Er trat einen Schritt näher und ich wusste, dass mein altes Selbst, dem er eine Heidenangst eingejagt hatte, zurückweichen würde, also tat ich das. Direkt durch den Eingang, der zum Pool führte. Dermot mochte meine offensichtliche Improvisation nicht gefallen, aber ich vertraute darauf, dass Theo und George auf mich aufpassen würden.

„Glaub nicht, dass du mir Angst machen kannst, Misha. Ich habe alle Trümpfe in der Hand. Dein Name taucht in allen Dokumenten auf dem Stick auf."

„Ist mein Eigentum. Du hast ihn mir abgenommen und nun willst du Geld, um ihn zurückzugeben. Ist Erpressung, Kiera."

„Ist Geldwäsche, Misha", antwortete ich in einem gespielten russischen Akzent.

Sein Lächeln zuckte, aber er behielt es bei. „Nicht deine Sache."

„Ich habe eine Frage", sagte ich und trat einen weiteren Schritt zurück. Ich war ungefähr fünf Meter von der Kante des Pools entfernt, wo ein paar Leute unbesorgt ihre Bahnen zogen. „Als wir zusammen waren, hattest du niemals so viel Geld. Was ist passiert?"

Er schaute zur Seite und für einen Moment dachte ich, dass er nicht antworten würde. „Ich sage es dir, weil du mir nicht schaden kannst. Ich werde protegiert, verstehst du? Ich kann dich wie ein Stück von einem Ast durchbrechen und du kannst nichts dagegen tun, um mich abzuhalten."

Ich verzog entsetzt das Gesicht. „Ich will nur, dass du mich in Ruhe lässt."

„Du wirst deine Ruhe haben", lachte er, war völlig entspannt. „Du wirst so was von Ruhe haben. Dein reicher Mann, er wird nicht in der Lage sein, dir zu helfen. Gib mir den Stick."

„Nicht, bis du mir gesagt hast, wie du an so viel Geld gekommen bist."

Er rollte mit den Augen. „Ich habe ein großes Geschäft am Laufen. Ich habe dir gesagt, dass ich ein wichtiger Mann bin, eine große Nummer, aber du hast mir niemals geglaubt. Du hast immer versucht, mich klein zu machen. Aber jetzt, wo ich ganz oben bin, ist dein reicher Mann nichts gegen mich." Er deutete mit dem Daumen auf sich. „Ich habe jetzt Macht, und die wird dich zerquetschen, denn du kannst mich nicht aufhalten."

„Die Polizei –"

„Die Polizei arbeitet für mich", fauchte er und hechtete plötzlich nach vorne, bis er mich an einem Arm in einem schmerzhaften Griff hatte, der andere langte in mein T-Shirt, um ein dünnes Kabel daraus hervorzuziehen, das mir auf die Brust geklebt war. Er riss es heraus und brachte mich zum Japsen, als auch der kleine Stimmenaufzeichner zum Vorschein kam.

Ich stotterte etwas Unzusammenhängendes.

„Du glaubst, du könntest mich in eine Falle locken?" Er warf das Kabel in das Becken hinter mich und lachte wieder, als er den Blick auf meinem Gesicht sah. „Ich kenne deinen Plan. Du willst, dass ich zugebe, dass ich einer terroristischen Vereinigung bei der Geldwäsche helfe, damit du zur Polizei gehen kannst und sagen kannst, hier, hier, Misha hat das Verbrechen zugegeben. Aber ich sage dir, dass die Polizei für mich arbeitet.

Sie werden nicht auf dich hören. Gib mir jetzt den Stick und vielleicht lasse ich dich am Leben, damit du deinem reichen Mann sagen kannst, dass er niemals so gut sein wird wie ich."

„Und wenn ich mich weigere?", fragte ich und wappnete mich für einen Schlag.

„Dann nehme ich ihn mir." Misha schob seine Hand in meine Hosentasche und zog den Stein hervor, in dem der Stick verborgen war. Er öffnete ihn und nahm ihn heraus, bevor er den Stick an ein Gerät stöpselte, das mit seinem Telefon verbunden war. Er schaute es sich für ein paar Sekunden an und nickte dann. „Du hast meinen Stick gestohlen. Du hast versucht, mich zu erpressen. Du hast versucht, mich umzubringen."

Der überraschte Blick auf meinem Gesicht war nur allzu echt. „Ich habe was? Ich habe dich niemals bedroht, noch nicht einmal, als du mich so oft versucht hast umzubringen."

„Du hast es jetzt versucht. Ich habe Zeuge. Polizei sieht, wie du eine Waffe ziehst und versuchst, mich zu erschießen."

Bevor ich protestieren konnte, zog er mich an seinen Körper, drückte mir die Waffe in die Hand und meine Finger darauf, bevor er sie zurücknahm und sie wegsteckte.

Ich fauchte ein unhöfliches Wort und schob ihn von mir, Angst machte sich in mir breit. Ich hatte das schreckliche Gefühl, dass er einfach meinen Körper benutzen würde, um seine Handlungen vor den Kameras zu verbergen. „Niemand würde so etwas Verrücktes glauben, Misha."

„Du wirst schon sehen. Jetzt ist alles vorbei. Auf Wiedersehen, Kiera.“

„Was?“, fragte ich und trat noch ein paar Schritte zurück. Hinter mir konnte ich das Plätschern des Wassers hören, als jemand vorüberschwamm.

„Zu schade, dass du versucht hast, mich umzubringen“, sagte er, hob seine Hände, als ob ich eine Waffe auf ihn richten würde und schaute über meine Schulter dorthin, wo eine der Sicherheitskameras uns filmte. „Zu schade, dass du nicht schlauer bist.“

Der Mann in Polizei-Uniform, der hinter ihm auftauchte, rief mir zu, aufzuhören und meine Waffe wegzulegen, seine Pistole deutete mir direkt auf die Brust. „Warte – Misha –“

„Stopp! Lassen Sie die Waffe fallen oder ich schieße!“, rief der Polizist und schaute auf die Kamera hinter mir.

„Sie sagt, sie wird mich umbringen!“, brüllte Misha dramatisch und wich zurück, seine Hände immer noch in der Luft, um zu zeigen, dass er unbewaffnet war. „Erschießen Sie sie jetzt!“

Ich fiel in dem Moment nach hinten, als die Waffe des Polizisten dreimal explodierte, das Geräusch hallte von den Wänden des Gebäudes wieder und erschreckte die Vögel, die in lauten Protest ausbrachen. Ich wurde nach hinten geworfen von dem Einschlag, hatte das Gefühl, als hätten mich drei Lastzüge überrannt und der Aufprall auf dem kalten Wasser, als ich auf die Oberfläche traf, bescherte mir Bewusstlosigkeit. Ich fühlte mich nach unten fallen, meine Augen weit und erstarrt, während ich beobachtete, wie der Schein der Lichter dunkler und dunkler wurde, als ich auf den Grund des Pools sank.

Und dann war da Theo, seine Arme umschlossen mich und er zog mich nach oben mit starken Schlägen seiner Beine, bis wir beide durch die Oberfläche brachen. Ich keuchte und zog schmerzhaft Luft in meine Lungen, bevor ich wieder herabsank und Wasser schluckte. Theo hievte mich wieder nach oben, einen Arm unter meinen Brüsten, während er auf die Leiter zuschwamm. Mir waren vage Lichter und Stimmen bewusst, jede Menge Stimmen und starke Hände zogen mich nach oben aus dem Becken. Ich brach auf dem Bauch zusammen, hustete Wasser aus, als ich keuchend mehr kratzige Luft in meine Lungen zog.

Theo war an meiner Seite, seine Hände auf meinem Rücken, und rief nach einem Arzt, während er zwischendurch etwas darüber in meine Ohren murmelte, wie stolz er auf mich war.

„Mir geht's gut", sagte ich und richtete mich auf die Knie auf, zuckte zusammen bei dem Schmerz in meinem Bauch, sobald ich aufgehört hatte zu würgen. „Ich brauche keinen Arzt."

Theo zog mir mein großes T-Shirt aus, seine Finger zupften an den Trägern, die die verborgene Schussweste um meinen Oberkörper hielten. Drei Projektile steckten darin, bemerkte ich, als Theo, seine Hände auf meinem Schlüsselbein, nach dem Verschluss meines BHs tastete.

„Nein, Theo", sagte ich und hielt ihn an den Armen fest, um ihm Einhalt zu gebieten. „Wirklich, ich glaube, ich kriege das hin, ohne meine Brüste für jeden zu entblößen."

„Du hast Quetschungen", sagte er und berührte federleicht die Male auf meiner Brust. „Du könntest auch anderswo verletzt sein."

„Bin ich nicht", sagte ich mit einem kleinen Lachen, das mir in Brust und Bauch wehtat. Ich nahm von George das trockene T-Shirt an, das er mir reichte. So wie Theo trug er Badehosen und war nass. „Aber du kannst mir die anderen Verkabelungen abnehmen."

Zusammen nahmen sie auch die zwei anderen Aufnahmegeräte von mir, die Dermot installiert hatte, um Mishas Geständnis aufzunehmen. Ich zog mir das T-Shirt über und ließ zu, dass Theo mir auf die Füße half, während George sich abtrocknete.

„Haben Sie es?", fragte ich Dermot, als er hinüberkam, um nach mir zu sehen. „War es genug?"

„Haben wir und ja, war es. Wir haben Aufzeichnungen von allen drei Kameras, die wir heute Nachmittag installiert haben, die deutlich zeigen, dass der Polizeibeamte ohne Anlass und nach Mister Girbacs Anweisung auf Sie schießt."

„Die Aufnahmen? Reicht es, um ihn lebenslang einzusperren?"

„Nicht für sich alleine, aber zusammen mit den Dokumenten, die wir von dem Stick haben, ja, sollte das genau reichen."

Theo umarmte mich vorsichtig, sein Körper war nass und kühl gegen meinen, sein Atem war so abgehackt wie meiner und brachte mich dazu, eine Augenbraue zu heben. „Warum bist du außer Atem?", fragte ich ihn und liebkoste seinen Nacken, knabberte an seinem Ohrläppchen, bevor ich eine Seite seines Kiefers küsste. „Ich bin diejenige, auf die geschossen wurde."

„Versuch du mal, für zwanzig Minuten Bahnen zu schwimmen und schau dann, wie es deiner Atmung geht", sagte er, einen Arm um mich, während wir zum Poolgebäude gingen, wo sich der Großteil der Action abspielte. Ich konnte sehen, wie Misha auf der Erde saß, seine Arme waren hinter ihm gefesselt sowie auch bei dem Polizisten, der auf mich geschossen hatte. Neben ihnen wurde Armen abgetastet, bevor man auch ihm Handschellen anlegte. Eine Gruppe von drei weiteren Polizisten wurde von Dermots Leuten interviewt und einem Mann, den Theo als Staatsanwalt identifizierte.

Misha drehte den Kopf, als Theo und ich näher kamen und vorhatten, an ihm vorbei und in den Park außerhalb des Eingangs zu gehen. Der Ausdruck der Verärgerung wandelte sich in Wut, als er mich sah, sein Gesicht lief rot an und Obszönitäten auf Russisch und Englisch tropften ihm von den Lippen.

„Ich kann nicht anders", sagte ich zu Theo und hielt ein paar Schritte vor Misha an. „Macht es dir was aus? Ich werde mich danach besser fühlen."

„Keineswegs. Darf ich helfen?", fragte Theo höflich.

„Natürlich." Wir schritten auf Misha zu, Theos Arm lag um meine Schultern, mein Arm um seine Hüfte.

„Ich glaube, du kennst meinen Ehemann noch nicht", sagte ich zu Misha. „Der Name ist Theo und er ist derjenige, der sich den Plan ausgedacht hat, damit du deine Verbindungen mit der korrupten Polizei zugibst."

Ein Ausdruck der Überraschung huschte durch Mishas verengte Augen.

„Das stimmt", sagte Theo und gab mir einen schnellen Kuss. „Während Sie davon überzeugt waren, dass Kiera versucht, Ihnen zu entlocken, dass Sie Verbindungen zu einer terroristischen Vereinigung haben, hat sie Ihnen tatsächlich das Geständnis der Komplizenschaft entlockt."

„Verstehst du, wir brauchten gar nicht das Eingeständnis der Geldwäsche", erklärte ich ihm und hatte großen Spaß. Ich wusste, dass ich mich dafür schämen sollte, dass mir sein Absturz solche Freude machte, aber all die Jahre der Misshandlung verschwanden endlich aus meiner Seele. Sie würden niemals völlig vergessen gehen, aber Misha in seinem eigenen Netz der Täuschung gefangen zu sehen, brachte viel, um den Schmerz zu lindern. „Der Regierungsbeamte – das ist der dort drüben, der beobachtet, wie Armen abgeführt wird – sagt, dass es mehr als genug Beweise auf dem Stick gab, um dich zu verurteilen. Wir wollten nur auch deine dreckigen Freunde mit ins Gefängnis schicken. Und dank Theo kennen wir die Namen von dreien von ihnen. Ich nehme nicht an, dass es lange dauern wird, bis die zwei anderen dir Gesellschaft leisten."

Dermot instruierte einige Männer, die Misha auf die Füße hievten. „Du wirst sterben", fauchte er und schäumte fast am Mund, als sein Blick sich mit meinem verfing. „Du wirst sterben."

„Irgendwann, ja." Ich lehnte mich an Theo und fühlte mich so gut, wie sich eine Frau nur fühlen konnte, die drei Projektile in der schusssicheren Weste stecken hatte. „Aber bis dahin gibt es den Mann meiner Träume, der mich unglaublich glücklich macht."

Misha wurde abgeführt und stotterte und spuckte böse Drohungen an uns beide.

„Du hast nicht gesagt, dass ich unglaublich reich und erfolgreich bin", beschwerte sich Theo und schenkte mir ein kleines Stirnrunzeln. „Ganz zu schweigen von fantastisch im Bett. Ich dachte, du wolltest seinen Stolz verwunden? Wie kannst du das fertigbringen, wenn du dich ausschweigst über reich, erfolgreich und Sexgott?"

Ich lachte und zwickte ihn in seinen viel zu attraktiven Hintern. „Wie wäre es, wenn ich ihm eine Kopie der Liste mit den begehrenswertesten Junggesellen schicke, damit er seine Zähne darüber fletschen kann, wie minderwertig er im Vergleich zu dir ist?"

„Keine schlechte Idee", sagte er und lotste mich zu dem Auto, das George und Paul organisiert hatten. „Aber ich frage mich, ob wir uns nicht scheiden lassen sollten."

Ich hielt inne und starrte ihn an, war nicht sicher, ob ich richtig verstanden hatte.

„Ich kann nicht auf der Liste sein, wenn ich verheiratet bin, Liebling. Wenn wir uns scheiden lassen, dann schaffe ich es vielleicht ein paar Plätze nach oben. Ich möchte gerne Jakes Nummer drei erreichen. Ich glaube, Nummer drei würde Misha definitiv treffen."

„Argh!", sagte ich und versetzte ihm einen Schlag in sein Sixpack. „Das reicht. Ich werde in einem der Gästequartiere zusammen mit Peter auf der Insel deines Bruders leben und mir einen Mann suchen, der nicht attraktiv und sexy und fürsorglich und liebevoll und in jeder Hinsicht perfekt ist – abgesehen von seinem unerträglichen Ego."

„Ah", sagte er und küsste meine Nasenspitze. „Aber wird er in der Lage sein, dich bei einem Rennen abzuhängen?"

„Das kannst du nicht“, erklärte ich ihm und stieg ins Auto.

„Frau, ich habe dich gewinnen lassen.“

„Das hast du nicht! Ich habe fair und ehrlich gewonnen.“

„Weil ich wollte, dass du gewinnst. Du brauchtest es, damit du mit dir selbst im Reinen bist.“

„Ich habe gehört, wie du hinter mir hergekeucht bist. Weißt du, als ich dich an der Bank geschlagen habe. Du hast dir die Eier abgerannt.“

„Ich habe absichtlich so gekeucht, damit du nicht gemerkt hast, dass ich dich habe gewinnen lassen.“

„Oh! Das reicht. Wir werden eine Revanche veranstalten. Diesmal auf einer richtigen Tartanbahn. Und dann werden wir sehen, wer mit sich selbst im Reinen ist.“

„Eine Revanche wird einfach nur beweisen, dass ich dich habe gewinnen lassen, aber ich komme deinem Wunsch natürlich gerne nach, wenn du denkst, dass dein Ego die Niederlage verkraften wird“, sagte Theo mit einem Lachen und das Geräusch machte mein Herz glücklich.

Kapitel 16

„Ich lasse dich das nur tun, weil ich dich liebe, Mann", erklärte ich Theo.

„Du bist die personifizierte Gnade, Frau", sagte er ernst und hielt einen Hauch von Nichts aus Spitze und ein paar strategisch platzierte Schleifen hoch. „Was ist damit?"

Ich betrachtete es für einen Moment. „Ich weiß nicht, ob dir pink steht. Außerdem, werden nicht deine Kronjuwelen aus dem Schritt fallen? Sieht ziemlich knapp aus."

„Wir nehmen das auch." Er warf den Body einer Verkäuferin zu, die schon beide Arme voll von Klamotten hatte und einen Blick auf ihrem Gesicht, der von purer Glückseligkeit sprach, als sie ohne Zweifel ihre Kommission ausrechnete, die für sie bei meiner Shopping-Spritztour heraussprang. „Also, wie wäre es mit einem Kleid für eine Party?"

„Eine Party? Gehen wir zu einer Party? Wann? Wo? Hier in Athen oder im Haus deines Bruders?" Ich zog Theo aus der Unterwäscheabteilung des schicken Geschäfts, wo er gerne noch verweilt hätte. Die Verkäuferin folgte uns und stolperte ein bisschen unter dem wachsenden Stapel von Klamotten.

„Ich habe an keine bestimmte Party gedacht, aber früher oder später werde ich zu einer eingeladen werden."

Ich warf ihm einen schnellen Blick zu, aber er schaute nur interessiert drein, als eine zweite Verkäuferin Kleider für seine Begutachtung hervorzog, als ob ich nicht direkt neben ihm stehen würde mit einem Gehirn und dem Wissen, was mir stehen würde. „Ich nehme an, ich sollte ein schickes Kleid haben. Harry hat etwas davon gesagt, dass sie eine Party für die Familie organisieren würde, sobald deine Schwester von dem Verwandtenbesuch in England zurück ist."

„Nein, das nicht. Blau oder grün", erklärte Theo der zweiten Verkäuferin, die die dargebotenen Kleider regelrecht zur Seite warf und sich ein paar mehr von einer dritten Verkäuferin griff.

„Ich kann gar nicht anders, als zu bemerken, dass es hier noch ein paar andere Kunden gibt", sagte ich zu Theo.

Er trat zurück und beäugte das Kleid, das die zweite Verkäuferin hochhielt. „Das ist nicht schlecht. Der verspielte Kram am Nacken gefällt mir nicht, aber der Schnitt ist gut."

„Und trotzdem", sagte ich zu niemandem im Bestimmten, weil ich offensichtlich nicht wichtig war in dem ganzen Szenario von „wir kaufen Kiera neue Klamotten". „Und trotzdem sind alle drei Verkäuferinnen gerade hier und betreuen dich, als wärst du ein griechischer Gott, der der Erde einen Besuch abstattet."

„Madame möchte gut aussehen, ja?", sagte die dritte Verkäuferin, ihre Augen fest auf Theo gerichtet, als sie mit einem sehr hübschen bodenlangen, rosé- und silberfarbenen Kleid herbeieilte. Das Material bewegte sich, als würde es aus Wasser bestehen und glitt mühelos über ihre Hand.

„Zu lang“, sagte er und schüttelte den Kopf. „Ich will etwas, das ihre Beine zur Geltung bringt.“

„Das ist der Moment, wo ich diese Übelkeit erregende kleine Show beende“, sagte ich, nahm der Verkäuferin das Kleid, dessen Material wie Wasser aussah, ab und scheuchte sie und die anderen weg. „Er ist vergeben, Ladys. Sehr vergeben. Und das werde ich ihm zeigen, sobald wir zum Haus seines Bruders zurückkehren, denn ich muss einen Haufen grenzenloser Freude loswerden.“

„Kiera“, sagte er und runzelte die Stirn, aber das kleine Zucken in seinen Lippen ließ mich wissen, dass er dabei war, etwas von sich zu geben, was ich himmelschreiend finden würde. „Ich lasse dir deine aggressive Art im privaten Umfeld durchgehen, denn ich hatte das Gefühl, dass du ein Ventil brauchst, aber ich ziehe da einen Schlussstrich, wenn du diesen freundlichen Damen hier verkündest – ja, danke, wie meine Frau gesagt hat, werden wir alles andere selbst finden –, ich ziehe einen Schlussstrich, wenn du sie darüber informierst, dass wir unglaublich erregenden Sex haben werden, der so intensiv ist, dass du danach ein keuchender, feuchter Klecks von zufriedener Frau bist.“

„Aggressiv! Ich?“, keuchte ich in gespielter Empörung, pflückte ein hübsches blaugrünes Kleid von einer Stange und fügt es dem Stapel hinzu, den ich anprobieren würde. Ich wusste, dass Theo diese Farbe favorisierte und entschied, dass er eine kleine Belohnung verdient hatte, weil er so hart gearbeitet hatte, um sicherzustellen, dass die Beamten in Neuseeland Informationen über Mishas schmutzige Freunde bei der Polizei hatten. „Ich habe keine Ahnung, wovon du sprichst.

Danke, ich werde diese dann probieren. Nein, Sie müssen nicht warten. Meine verheirateter und vergebener Ehemann wird draußen stehen bleiben und die festhalten, die ich behalten will."

Die Verkäuferin warf Theo einen Blick zu, seufzte und ging davon, um sich hinter dem Tresen zu positionieren.

Ich betrat die kleine Umkleidekabine und zog den grellen Paisley-Vorhang, der als Tür diente, zu.

Bevor ich auch nur mein T-Shirt ausgezogen hatte, steckte Theo den Kopf hinein und sagte leise: „Ich habe die Art sehr genossen, wie du letzte Nacht zu mir aggressiv warst, Liebling."

Meine Wangen erwärmten sich, als ich mich daran erinnerte, wie tollpatschig ich gewesen war, als ich versucht hatte, Theo mit meinem Mund Vergnügen zu bereiten. „Du bist einfach nur nett. Es war ein Desaster und das wissen wir beide."

Theo schenkte mir ein schiefes Grinsen. „Ich werde zugeben, dass es eine kleine Herausforderung für mein Ego war, als meine wunderbare Ehefrau versucht hat, mir einen Blowjob zu verpassen, der darin geendet hat, dass sie einen Heiterkeitsausbruch bekommen hat, der so intensiv war, dass sie einen Asthmaanfall bekam. Aber ich habe große Hoffnungen, dass du eines Tages meinen Schwanz ansehen kannst, ohne einen unangemessenen Lachanfall zu bekommen."

Ich küsste die Ecke dieses schiefen Grinsens. „Es ist mir nur im falschen Moment aufgegangen, wie albern Penisse aussehen, wenn man ihnen von Angesicht zu … Kopf begegnet und ich verspreche feierlich, dass ich alle Mühen unternehmen werde, ihm heute Nacht auf die richtige Weise zu begegnen."

„Oh nein. Heute Nacht bin ich dran. Zieh zuerst das grüne Kleid an", sagte er und zog sich aus der Umkleidekabine zurück.

Vier Stunden später waren Harry und Iakovos am Anleger ihrer Insel, um uns zu begrüßen, Iakovos hatte Peter auf dem Arm.

„Schau, wie groß er ist!", sagte ich und lief voraus, um ihn in die Arme zu nehmen, lachend, als er zufrieden no no no anstimmte und auf Theo deutete, während er sich meine Haare schnappte und das Ende davon in seinen Mund verfrachtete. „Ich kann nicht glauben, wie viel er in nur fünf Tagen gewachsen ist. Hast du uns vermisst, Peter? Ja, das ist dein Papa. Ist er nicht attraktiv? Eines Tages werde ich dir erklären, dass er wie ein schwarzes Loch ist, Frauen mit einer Art Schwerkraft anzieht, aber bis dahin erinnere dich einfach nur daran, dass es auf die inneren Werte ankommt."

Theo, der drei riesige Kuscheltiergiraffen mit einer Hand umklammerte und zwei Kartons, die Kinderversionen von Digitalkameras enthielten, mit der anderen, stellte alles ab, um Peter auf Armeslänge von sich zu halten. „Du bist definitiv gewachsen. Hattest du Spaß, während wir ganze Regalmeter von Babywischtüchern gekauft haben?"

„Ich hoffe, die hier sind nicht für unsere Brut", sagte Iakovos und nickte in Richtung der Spielsachen. „Wir bringen kaum die ganzen Sachen unter, die sie schon haben und das, obwohl Harry darauf besteht, dass sie die Spielsachen spenden, mit denen sie nicht mehr spielen."

„Wir konnten Peter doch keine Giraffe mitbringen, ohne auch eine für Rose und Nicky dabeizuhaben", sagte Theo und stupste Peter auf die Nase mit einer der Giraffen. Er kreischte vor Glück und seine kleinen Fäuste hämmerten auf den Kopf der Giraffe ein, bevor er sich ihre Nase in den Mund steckte.

„Kiera hat endlich nachgegeben und sich entschlossen, einige Dinge zu kaufen, die sie braucht", verkündete Theo, als sich Iakovos' Augen beim Anblick der ganzen Tüten weiteten, die zum Haus geschleppt wurden. „Ich habe ja gedacht, die Hölle friert ein, als sie einen Einkaufsbummel vorschlug, aber wir haben es alle überlebt."

„Gerade so", sagte ich und hielt Peters kleine Hand, als wir alle zum Haus gingen. „Mein Konto wird niemals wieder das gleiche sein."

Iakovos warf ihm einen Blick zu, sagte aber nichts.

Als Peter sich zu seinem Nickerchen hingelegt hatte, waren Theo und Iakovos zu etwas losgezogen, von dem ich annahm, dass es eine Art Verbrüderung war, obwohl Theo mir versichert hatte, dass es um wichtige Geschäfte ging.

Ich saß bei Harry, und beobachtete, wie ihre vier Kinder spielten und fühlte mich zufriedener, als ich mir das jemals hätte vorstellen können.

„Sie wussten nicht, dass du da warst?", fragte Harry und sah so glücklich aus, wie ich mich fühlte.

„Ich bin mir ziemlich sicher, dass sie es nicht wussten. Ich bin aus dem Schlafzimmer gekommen und die Tür hat mich vor ihren Blicken verborgen."

„Was hat Iakovos genau gesagt?"

Ich schaute sie an. „Ist der genaue Wortlaut wichtig?"

Sie grinste. „Nein, aber ich bin trotzdem neugierig.“

„Alles, was ich gehört habe, war, dass Theo gesagt hat, dass er nicht wusste, was er sonst hätte tun sollen und dass er mich nicht ernsthaft verärgern wollte.“

Sie nickte.

„Und dann hat Iakovos gesagt, dass es mit dir genau das Gleiche wäre.“

„Sie verstehen es einfach nicht“, stimmte sie zu.

„Nein, das tun sie nicht.“

„Es ist eine Sache des Stolzes“, fügte sie hinzu.

„Ich sage ja gar nicht, dass es nicht schön ist, dass Theo ein so üppiges Einkommen hat, dass er uns mit Privatjets durch die Gegend kutschieren kann und seine eigene Insel besitzt, aber das ist nicht der Grund, warum ich mich in ihn verliebt habe.“

„Yacky weiß, dass ich mich keinen Deut um sein Geld schere“, sagte Harry selbstzufrieden. „Ich habe selbst mehr als genug.“

„Ich habe Geld geerbt“, sagte ich ihr. „Es ist nicht viel, aber genug, dass ich mir das leisten kann, was ich will. Innerhalb gewisser Grenzen.“

„Also, was hat er gesagt?“

Ich spulte die Unterhaltung, die ich mit angehört hatte, noch einmal ab. „Er hat Iakovos gefragt, wie er damit klarkommt und er – dein Mann – sagte, dass er einfach sicherstellen würde, dass, wann immer du darauf bestehen würdest, dein eigenes Geld für Dinge wie Kleider und einen Friseurbesuch auszugeben, würde er das Geld wieder auf dein Konto überweisen, um den Betrag zu kompensieren.“

Harry schürzte die Lippen.

„Und dann hat er Theo gesagt, was er für mich tun sollte: sich merken, wie viel Geld ich auf meinem Konto hatte und es dann einfach wieder auffüllen, sodass es auf diesem Betrag bleibt. Er sagte, dass es die einzige Art wäre, wie man mit unserer Art von Sturheit umgehen könnte."

„Sturheit", sagte Harry mit einem Schnauben.

Wir wechselten einen Blick und brachen beide in Lachen aus.

„Meinst du, sie werden jemals feststellen, dass wir genau wissen, was sie tun?", fragte sie mich.

„Ich würde nicht im Traum daran denken, Theo darüber in Kenntnis zu setzen", sagte ich und setzte mich ein bisschen gerade hin, als der Mann, der mich nur durch seinen Anblick so unglaublich glücklich machte, aus dem Haus auftauchte und seine schrecklich abgewetzten Shorts trug, Iakovos neben ihm. „Es würde seine Gefühle verletzen. Außerdem hindert uns nichts daran, dass Geld auf ihre Konten zurückzuüberweisen."

„Ich überweise, was auch immer Iakovos auf mein Konto schmuggelt, an die lokale Tierhilfe", sagte Harry. „Um ehrlich zu sein, ich glaube, das weiß er, denn er bekommt die Spendenquittungen, aber er hat bis jetzt noch nichts gesagt." Sie lächelte, als er sich aus seinem T-Shirt schälte und in den Pool tauchte und zog schnell das Strandkleid aus, das sie über ihrem Badeanzug getragen hatte. „Wenn du mich entschuldigst, ich muss ihm noch einmal zeigen, was er beim Kraulen falsch macht."

Theos Augenbrauen wanderten nach oben, als er vor mir zum Stehen kam. „Möchtest du, dass ich jetzt damit anfange, dir zu zeigen, wie man schwimmt?", fragte er und nickte zu Iakovos und Harry hinüber, die in der Mitte des Pools waren, hielt aber inne, als er sah, wie Harry sich auf Iakovos warf, seine Hände auf ihrem Hintern, als er sie höher zog und sie so küsste, dass deutlich wurde, dass er alles um sich herum vergessen hatte. „Äh ... Vielleicht nutzen wir dafür das Becken mit den Bahnen."

„Ich glaube, das kann warten." Ich stand auf und langte um ihn herum, fand das Loch auf der Rückseite seiner Shorts. „Wir haben eine Stunde, bevor Peter wach wird, Mann. Kannst du dir nicht etwas Besseres vorstellen für diese Stunde, als mir beizubringen, wie man schwimmt?"

Seine Augen funkelten, als er mich in seine Arme hob und zum Haus hinüberging. „Ja, das kann ich in der Tat. Ich werde dich in mein Schlafzimmer verfrachten ..."

„Oh", sagte ich und knabberte an seinem Ohr.

„Wo ich dich auf meinem Bett absetzen werde ..."

„Mir gefällt, wie du denkst", murmelte ich und bewegte mich zu seinem Kiefer, an dem ich sanft knabberte.

„An dieser Stelle werde ich meine Hände über deine langen, langen nackten Beine gleiten lassen bis zu den Füßen, wo du ein bisschen kitzlig bist."

Ich erschauderte bei dem Gedanken von seinen Händen auf mir.

„Dann werde ich dir diese hübschen Espadrillos ausziehen, die du gerade trägst ..."

Ich biss ihn in den Nacken. „Und?"

Sein Lächeln bestand aus purer Verdorbenheit. „Und dann werde ich dir deine Laufschuhe holen und wir werden dieses Rennen veranstalten."

Ich zwickte ihn in den Arm, so glücklich, dass ich gar nicht glauben konnte, das vor weniger als einem Monat mein Leben aus nichts als Angst und der Überzeugung bestand, dass ich nur eine Haaresbreite vom Tod entfernt war.

„Eierstöcke", erklärte ich ihm.

Theo hob die Augenbrauen.

„Der Kopf von einem Penis, wenn man aus einem bestimmten Winkel die Augen zusammenkneift."

Sein Mund zuckte. „Hoden, wenn sie sich zusammengezogen haben, nachdem Fingernägel sanft darüber gezogen worden sind. Ich liebe dich, Frau."

„Ich liebe dich auch, Mann." Er trug mich die gewendelte Treppe hinauf zu seinem Schlafzimmer.

„Hast du mich wirklich gewinnen lassen? Ich kann einfach nicht glauben, wie du das fertig gebracht hast"

Sein Lachen füllte den Flur aus, das ganze Haus und meine Seele.

Epilog

„Hallo, Liebling. Wie war's in der Bibliothek?"

Bei der unerwarteten Stimme zuckte ich ein bisschen zusammen und wirbelte herum, um zu sagen: „Was machst du denn hier?"

Theo sprang zurück, seine Augen auf dem Farbroller, den ich in der Hand hielt. „Fast meinen brandneuen Anzug mit Mittagshitze-Gelb beschmiert bekommen offensichtlich. Ich dachte, ich komme früher nach Hause, um zu sehen, wie die Spielzeit läuft."

„Die, die Leute dabei erschrecken, wie sie einen Raum streichen, verdienen genau das, was sie bekommen." Ich beäugte den Anzug, aber er war farbfrei.

Theo hielt seine Hände hinter dem Rücken und das machte mich sofort neugierig. „Die Zeit vom Baby und mir in der Bibliothek war gut. Peter hat es genossen, mit den anderen Kindern zu spielen, obwohl ein kleines Mädchen, die Probleme mit dem Teilen hat, ihn angeniest hat, also können wir alle erwarten, dass wir krank werden – zumindest sagt das George. Er ist jetzt bei Anne und Melanie, damit ich fertig streichen kann. Das heißt, Peter, nicht George. Was hast du hinter deinem Rücken?"

Theo lächelte und stellte drei Pakete auf Peters Wiege, die abgedeckt war, dann nahm er mir vorsichtig den Farbroller aus den Händen, bevor er mich gründlich küsste. „Ich habe keinen Zweifel, dass wir uns von diesem Kind die Pest einfangen werden, das nicht mit Peter teilen wollte, und Geschenke."

Ich schenkte ihm einen langen Blick und nahm einen Lappen, um mir meine farbverschmierten Hände abzuwischen. „Theo –"

„Geburtstagsgeschenke", sagte er schnell und seine Augen liefen förmlich über vor Lachen.

„Mein Geburtstag ist erst in drei Wochen", bemerkte ich.

„Das sind frühe Geschenke." Er reichte mir einen kleinen schwarzen Karton.

„Du Schuft. Du weißt ganz genau, dass ich kein Geburtstagsgeschenk ablehnen kann, ohne mich zum Deppen zu machen." Stirnrunzelnd sah ich die Box an.

„Wenn das ein Ring ist –"

„Es ist kein Ring", sagte er schnell.

„Ich mag keine Ringe", erinnerte ich ihn und drehte mit dem Daumen an meinem Ehering. „Dieser hier ist eine Ausnahme."

Er lächelte mich nur selbstzufrieden an, der großzügige Bastard.

„Mach es auf."

Ich seufzte das Seufzen der Märtyrer. „In Ordnung, aber wenn es Schmuck ist, dann weißt du, was ich sagen werde." Ich öffnete die Kiste, um ein paar Ohrstecker vorzufinden, die einzige Art, die ich trug. Sie hatten die gleichen blaugrünen Steine wie in dem Armband, das er ab und zu versuchte, mir zu schenken.

„Verdammt", sagte ich ihm, schaute auf, um die Liebe meines Lebens böse anzustarren.

„Sie gefallen dir nicht?“ Ein Fünkchen Zweifel flackerte in seinen Augen auf, und ich fühlte mich sofort wie der gemeinste Mensch auf der ganzen Welt.

Seinen Anzug bedenkend, beugte ich mich nach vorne, um ihn zu küssen und genoss die Hitze seines Mundes auf meinem. „Nein, ganz im Gegenteil. Sie sind wunderschön. Schlicht, ohne Diamanten oder sonstiges Gefunkel, einfach zwei kleine Steine. Ich liebe sie. Ich werde sie als Geburtstagsgeschenk annehmen.“ Ich streckte meine Hand aus.

Er strahlte mich an und zog eine kleine Karte in Visitenkartengröße aus seiner Tasche und reichte sie mir.

Das verleiht dem Träger das Recht, mir ein Geschenk zu machen, das weniger als tausend Neuseeland Dollar wert ist, war auf der Karte zu lesen. Einen Monat zuvor hatte ich diese zusammen mit ein paar anderen der gleichen Art Theo als Geburtstagsgeschenk gegeben.

„Danke“, sagte ich, zerriss die Karte und warf sie in den Müll.

„Geburtstagsgeschenk Nummer zwei“, sagte er und reichte mir die vertraute weiße Lederbox des Juweliers.

„Wirklich?“, fragte ich und schürzte die Lippen Richtung Kiste. „Du willst wirklich deine große Karte jetzt verwenden? Ich habe dir erklärt, dass ich dir keine weitere geben werde.“

„Ich lebe gerne gefährlich“, sagte er mit dem frechen Grinsen, das meine Knie zum Zittern brachte.

Ich erklärte meinem Körper, dass wir ernsthaft bei der Sache bleiben müssten, wenn wir Geschenke bekamen und dass wir uns mit seinem Körper später austoben könnten und nahm widerstrebend die Box entgegen. „Wenn es wieder das Armband ist, ich habe dir gesagt, dass ich keinen Schmuck trage, also danke dir, aber ich brauche es nicht."

„Mach es auf", sagte er und stupste die Box an.

Ich öffnete sie. Darin lagen ein paar Schlüssel und ein Stück Papier mit einer Nummer darauf. Die Nummer war mein Geburtsdatum. „Schlüssel?", fragte ich und schaute verwirrt auf.

„Für unser neues Zuhause."

Ich keuchte, Freude erfüllte mich. „Du hast das griechische Anwesen erstanden?"

„Habe ich. Sie haben mein Angebot letzte Woche akzeptiert." Er schälte sich aus seinem Anzugjackett und brachte es vorsichtig außer Reichweite der Dinge, die mit Farbe zu tun hatten, die ich verwendete, um Peters Zimmer aufzuhellen. Als er einen Moment nachgedacht hatte, zog er sich auch das Hemd und die Hosen aus.

„Theo!", sagte ich leicht entrüstet, als ich mich im Zimmer umsah. „Du willst hier Sex? Auf dem Malerteppich?"

„Nein." Er zögerte und fügte dann hinzu: „Also, ja, aber hauptsächlich will ich dich in den Arm nehmen und du, Frau, bist von Farbe bedeckt. Jetzt darfst du dich richtig bei mir dafür bedanken, dass ich dir ein Haus gekauft habe, das nur ein paar Kilometer von der Insel meines Bruders entfernt ist, sodass Harry und du euch oft sehen könnt und Peter mit seinen Cousins spielen kann."

Ich beförderte mich in Theos Arme und küsste sein gesamtes anbetungswürdiges Gesicht, bevor ich mir selbst ein kleines Knabbern an der Sehne in seinem Nacken gönnte. „Du bist der wundervollste aller

Ehemänner", erklärte ich ihm, sobald er meine Zunge freigegeben hatte. „Aber was hat mein Geburtsdatum mit Schlüsseln zu tun?"

„Es ist der Sicherheitscode, um durch das Eingangstor zu kommen. Wie lange, hat Anne gesagt, würde sie Peter behalten?" Er beäugte den Malerteppich, der auf dem Boden ausgebreitet war mit einem nachdenklichen Blick, von dem ich keine Probleme hatte, ihn richtig zu deuten.

„Nur eine Stunde." Ich biss ihn sanft ins Kinn. „Aber das war vor vierzig Minuten."

Er sah nachdenklich aus, aber er seufzte und gab mich frei. „Ich würde es ja versuchen, aber ich habe ein letztes Geschenk für dich."

„Du schuldest mir zuerst eine Karte", sagte ich und streckte die Hand aus.

Er runzelte die Stirn. „Aber das Haus ist für uns alle."

„Es ist ein Geschenk", sagte ich und schüttelte die Box mit den Schlüsseln darin. „Du kennst die Regeln."

„Habe ich erwähnt, dass meine nächste Frau ein Goldgräber sein wird, die mich nur deshalb heiratet, weil sie mich ausnehmen kann?", fragte er entschieden missgelaunt, als er den Stapel von Karten hervorzog und sie schnell durchblätterte.

„Ja, jedes Mal, wenn du mich versuchst zu zwingen, ein extravagantes Geschenk von dir anzunehmen. Und ich möchte außerdem bemerken, dass ich zulasse, dass du diesen exklusiven Lebensstil finanzierst, also hast du keinen Grund, so griesgrämig mit mir zu sein darüber, dass ich keinen Schmuck oder Autos oder irgend so etwas haben will."

„Hier, du widernatürliche Frau, du", sagte er und reichte mir eine der Karten.

Ich überprüfte sie. Das verleiht dem Träger das Recht, mir ein Geschenk zu machen, das mehr als fünftausend Neuseeland Dollar kostet, aber weniger wert ist als der Preis einer Insel.

„Junge, du wirst die ganz schön schnell los", sagte ich und zerriss sie. „Du hast nur noch die große und ein paar kleinere übrig."

Er grinste. „Aha, aber ich habe nächstes Jahr Geburtstag und ich weiß ganz genau, was ich mir wünschen werde."

„Hm-hmm."

„Und jetzt zu deinem dritten und letzten Geschenk. Das Beste kommt zum Schluss", sagte er und reichte mir eine weitere Box in Form eines Schmuckkästchen. „Das wirst du definitiv haben wollen."

Er machte eine übertriebene Verbeugung, als er mir die Karte reichte. Das verleiht dem Träger das Recht, mir ein Geschenk zu machen, das weniger als tausend Neuseeland Dollar wert ist, das Geld nicht kaufen kann.

„Ich hoffe, dass es sich lohnt, dafür deine große Karte zu verwenden", sagte ich ihm, zerriss die Karte und öffnete die Kiste. „Denn nach sechs Monaten Ehe würde ich meinen, dass du weißt, wenn ich etwas ernst meine – Oh."

In der Kiste lag ein zusammengefaltetes Stück Papier, nicht das hübsche Armband mit den blaugrünen Saphiren, das ich erwartet hatte.

Ich schaute ihn an, für einen Moment überrascht von dem Blick voller Liebe in seinen Augen. „Wenn das die Besitzurkunde zu dem Haus in Griechenland ist –"

Theo lächelte nur, stand da, schön und männlich und verlockend. Ich musste meine Augen von seiner Brust losreißen, um das Stück Papier auseinanderzufalten, meine Augen bewegten sich über die Worte und waren für einen Moment unfähig, deren Bedeutung aufzunehmen.

Gänsehaut machte sich auf meinen Armen und Beinen breit, als ich mich durch die Beamtensprache wühlte, dann sah ich auf, um Theo mit vor Erstaunen offenem Mund anzusehen. „Sie hat Ja gesagt?"

„Hat sie."

„Musstest du ihr etwas zahlen?"

Theo schwieg und ich wusste, dass er das hatte tun müssen. Ich entschied, dass es kein Thema war, was ich vertiefen wollte. Welche Entscheidungen auch immer Nastya in ihrem Leben getroffen hatte, sie hatte das Richtige getan, indem sie das Sorgerecht für Peter uns übertragen hatte. Ich schüttelte den Kopf und versuchte, die Welle von Freude in meinem Inneren zu verarbeiten. „Er gehört wirklich zu mir?"

„Das hat er immer. Genau wie ich."

„Dafür bin ich wirklich dankbar. Aber jetzt ... Ich kann ihn adoptieren?"

Theo breitete seine Arme aus. Ich warf mich ein zweites Mal hinein, ließ zu, dass er mich zu Boden zog, meine Hände beschäftigten sich mit seiner Brust und seinen Armen, während er mich auszog. „Ja, meine Leckere, du kannst ihn adoptieren. Jetzt wirst du mich niemals los."

Ich kicherte, als ich mit einer Hand von seiner großartigen Brust bis zu seinem Bauch und tiefer strich: „Warum würde ich den Mann loswerden wollen, der meine Seele zum Singen bringt?"

Er liebkoste meinen Nacken, seine Hände waren mit meinen Brüsten beschäftigt, bevor er innehielt und den kleinen blauen Fleck auf meinem Arm betrachtete, wo das Implantat zur Verhütung einen Tag zuvor entfernt worden war.

„Bist du dir sicher?"

„Ja." Ich ließ meine Hände tiefer gleiten, nahm seine Genitalien in die Hand und ließ dann meine Fingernägel auf seinen Hoden zum Einsatz kommen. „Und du?"

Er knurrte mich an, in seinen Augen stand heiße Leidenschaft. „Wir müssen schwer aufholen, wenn wir Jake und Harry den Titel für die meisten Kinder abjagen wollen."

Ich lachte und knabberte an seiner Schulter. „Ich habe nicht gesagt, dass ich vier Kinder haben will, aber ich glaube, Peter hätte gerne ein Geschwisterchen. Du musst dich allerdings beeilen. Anne sollte in zwanzig Minuten hier sein."

„Oh, ich bin schnell", murmelte er und ließ seine Hände über meine Oberschenkel wandern, teilte sie, während er mich streichelte. Sein Körper war heiß und hart, als er sich in mich hineinbewegte, mich mit so viel Liebe erfüllte, dass ich schreien wollte. „Und wo gerade die Rede davon ist, wir müssen wirklich diese Revanche beim Rennen veranstalten ... Oh, lieber Himmel, Frau, mach nicht diese Kegelübungen oder es ist alles vorbei, bevor es überhaupt angefangen hat!"

An: Harry

Entschuldige, dass ich nur schreibe, keine Zeit zum Anrufen. Wir sind auf dem Weg nach Wellington, um Peters Oma zu besuchen, bevor wir nach Griechenland fliegen. Wir sollten am Sonntagabend bei euch ankommen. Rennen vorbei. Es tut mir leid, dass du nicht hier sein konntest. Hoffe, die Morgenübelkeit vergeht schnell. Wird Iakovos erneut kastriert werden? Bitte sag ihm, dass sein Bruder eine lahme Ente ist und ich ihn mit über sieben Sekunden Vorsprung geschlagen habe. Er hat eine erneute Revanche verlangt, sobald er wieder laufen kann, ohne zu stöhnen.

Liebe Grüße an alle.

Eine Nachricht von Katie

Meine Liebe! Ich hoffe, du hattest Spaß beim Lesen des Buchs, das ich mit den besten kunstvollen Worten handgefertigt habe, nur für dich. Wenn du zu den Leuten gehörst, die gerne Buchbesprechungen schreiben, würde ich mich sehr freuen, wenn du eine Rezension auf deiner Lieblingsseite für Bücher postest. Wenn du nicht der Typ für Buchbesprechungen bist, keine Angst, ich hab dich trotzdem gerne.

Ich möchte dich auch dazu ermuntern, dich bei der exklusiven Leser-Gruppe anzumelden, wo es einen Newsletter gibt, wo ich einen Blick hinter die Kulissen meiner Bücher teile (und Hundefotos, und Bilder von leckeren Männern und allem anderen, von dem ich glaube, dass es Leuten gefallen könnte), eine Vorschau für neue Bücher, Neuigkeiten in Sachen Wettbewerben in der Lesergruppe usw. Du kannst an dem Spaß teilnehmen, indem du auf den Button mit *subscribe to. Katie's Newsletter* auf meiner Webseite klickst unter www.katiemacalister.com.

Mehr von Katie MacAlister

Liebe lieber britisch
Katie MacAlister
E-Book-ISBN: 978-3-96087-792-9
Print-ISBN: 978-3-96087-855-1

Er verkörpert die britische Anständigkeit, sie die amerikanische Ungehemmtheit ...
Eine romantische Liebeskomödie von Bestsellerautorin Katie MacAlister

Die Amerikanerin Alix Freemar träumt davon, Schriftstellerin zu werden. Um an ihrem ersten Liebesroman zu arbeiten, reist sie nach London. So kann sie gleichzeitig auch ihre gescheiterten Beziehungen und Karrieren in den Staaten hinter sich lassen. Zur Inspiration möchte sich Alix in eine perfekte Romanze stürzen – nur der richtige Mann, der fehlt noch. Als sie auf den gutaussehenden und anständigen Alexander Block trifft, glaubt sie diesen gefunden zu haben.
Der junge Detektiv bei Scotland Yard sieht in Alix alles, was er an einer Frau verabscheut: Sie ist laut, ungehemmt und nicht an einer langfristigen Beziehung interessiert. Und zu Alexanders Missfallen nicht von ihrer Vorstellung von einer perfekten Romanze mit ihm abzubringen ...

(K)ein Milliardär für eine Nacht

Katie MacAlister
E-Book-ISBN: 978-3-96087-824-7
Print-ISBN: 978-3-96087-856-8

Er ist reich, attraktiv und gewohnt, alles zu bekommen – doch er hat nicht mit ihr gerechnet ...
Der neue humorvolle und sinnliche Liebesroman von Bestsellerautorin Katie MacAlister

Eigentlich hatte sie sich ein paar sonnige Tage voller Erholung vorgestellt, doch dann folgt ein Problem dem anderen und die größte Herausforderung wartet erst noch auf sie – der griechische Milliardär Iakovos Papaioannou. Der Playboy ist die Perfektion in Person, abgesehen vielleicht von seinem unaussprechbaren Namen und der Tatsache, dass Harry ihm sofort verfällt obwohl er ihr nur Ärger einbringt.
Iakovos wusste, dass seine Schwester eine Teenieband für ihren Geburtstag engagiert hat, ihm ist nur nicht klar, wie diese 180 cm große Frau mit den wilden Haaren und dem stürmischen Temperament da hinein passt. Oder wie sie so schnell in seinem Bett gelandet ist – Harry ist nämlich überhaupt nicht sein Typ. Sie ist genauso anstrengend wie faszinierend und anscheinend kann sie die Finger nicht von ihm lassen ...